毛头

在桥头蹲了不到半小时，我就揽上了活儿。谈妥价钱，我随业主去房，然后拉单子让他买料。我换上工作服，喷水，铲墙皮。我干过很多种活，跑车，装卸，还在屠宰厂杀过三个月猪，现在当泥工。这个城市每天都在建楼，不愁没钱赚。老鹰吃肉，麻雀吃谷，各有各的活法，各有各的奔头，我挺知足的。但我不能让女儿像我一样，她该往吃肉的方向努力。大女儿读了所技校，不怎么好，这怪我，从念书那天起，她就和别的拉了拉开了差距。在小女儿身上，我要下大注，让她进所全市最好的学校。

两天干，三百八十元到手了。业主不错，我只要了二十块钱。我买了两块小可爱吃的无水蛋糕，割了二斤肉。叫花子鸡刚出炉，来了一只。这等美味自然要喝点酒，不然父亲还不唠叨翻天？哈，堵北堵车了，电动车、自行车、行人都钻缝走。我是他们中的一员，我可不傻傻地站在路边等待畅通。又是那个疯癫的老女人，我明白堵车的原因了。她有家人吗？怎么不看着点儿？一个司机伸出头呵斥，这么宽，撞什么桥？我没理他，只要不蹭着他的车，想怎么走就怎么走。终于钻出来了，我把肩上的电动车移下来，像打了胜仗一样揉揉脖子。

母亲面带惊讶，真是稀罕，老东西说话回来了。我以为他胡说八道呢。目光落到酒瓶上，顿时冷了脸。我笑笑，少喝几口养人。一阵咳嗽之后，父亲说，已经买回来了，就不要说我了。母亲说，听见了吧，老东西不识惯。父亲提高声音，你再说我坏话，我把嗓子喊哑了。母亲气呼呼的，有本事你把房顶掀了。父亲啪啪拍拍墙，我拉开门帘，连说话的工夫也等不及了？父亲扬起的胳膊缓缓垂下，骂道，我就该气气她。

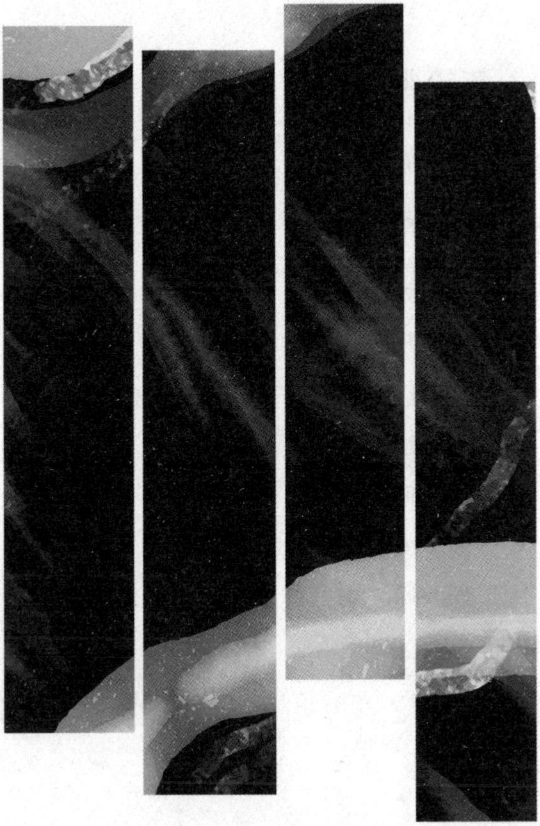

隐匿者

胡学文 著

河北出版传媒集团
河北教育出版社

年轮典存丛书

编者荐言

中国当代文学已走过七十多年，每一次文学浪潮的奔腾翻涌，都有彪炳文学史的作家留下优秀作品。

回首20世纪七八十年代，改革开放开启了中国当代文学持续至今的繁盛，由于几百家文学刊物的存在，中短篇小说曾是浩荡文学洪流中的浪尖。然而，以1993年“陕军东征”为分水岭，长篇小说创作成为中国文坛中独立潮头的存在，衡量一个作家的创作成就及一个时期的文学成果，往往要看长篇小说的收获。中短篇小说的创作和读者关注度减弱，似乎文学作品非鸿篇巨制不足以铭记大时代车轮驶过的隆隆巨响。

进入21世纪，特别是党的十八大以来的新时代，我们乘着光纤体验世界的光速变迁，网络文学全面崛起，读图时代、视频时代甚至元宇宙时代的更迭，令人应接不暇，文学创作无论是体裁还是题材都呈现出一种扇面散播效应，中短篇小说创作也再度呈扇面式生长，精彩纷呈。

为此，我们特编辑了这套“年轮典存丛书”，以点带面地梳理生于不同年代的当代优秀作家的中短篇小说精品，呈现不同代际作家年轮般的生长样态。

我们不无感佩地看到，生于1940年前后的文学前辈，青年时已是文坛旗手，在当下依然保持着丰沛的创作力，他们笔耕不辍，使当代文学大树的根扎得更深。

“50后”一代作家已走过一个甲子，笔力越发苍劲。他们不断返回一代人的成长现场，返回村镇故乡、市井街巷；上承“40后”的宏大命运主题，下接烟火漫卷的无边地气；既广受外国文学的影响，又保有中国古典文学的高蹈气质。

在“60后”这一中坚力量的年轮线上，我们能看到在城乡裂变、传统向现代过渡的进程中，一代人的身份确认、自我实现，以及精神成长的喜悦和焦虑。

“70后”作家因人生经验与改革开放四十年紧密相连而被称为“幸运的一代”和“夹缝中壮大的一代”，也是倍受前辈作家的成就影响而焦虑的一代。如今已与前辈并立潮头，表现不俗。

而作为“网生一代”的“80后”和“90后”，他们的写作得到更多赞誉的同时，也承受了更多挑剔和质疑。但经过岁月淘洗，我们欣喜地看到，曾经的文学小将已在文坛扎扎实实立稳脚跟，相继以立身之作进入而立和不惑之年。

六代作家七十年，接力写下人世间。宏阔进程中的21世纪中国当代文学，正在形成新的文学山峰的山脊线。短经典历久弥新，存文脉山高水长。

目　录

CONTENTS

从正午开始的黄昏

一

去的是海滨城市。

两年前，他走过那个方向，但选的是另一个地方。那一次，出了点儿意外。他躲着那儿，并非心有余悸，而是她的话仍挂在耳边："风向不好，妈的。"冒粗话，她眉宇间便透出一股豪气，仿佛被西风吹散的并蒂莲花粉。收拾东西时，他看见几天前在地摊儿上买的铜镜。他犹豫了一下，缓缓放进包里，没人窥视，但他却用身体挡住自己的动作。

车站广场乱哄哄的。他刚到那儿，后脑便被啄了一下。不轻不重，那是她特有的击打方式：五指并拢——她说那是凤凰的嘴巴。他突然回头，那个熟悉的身影闪了闪，消逝在人流中。他的目光迅速滑了一遭，然后慢慢移动。模糊的背影，陌生的面孔。逮她可不易。她喜欢藏在哪个角落，捉弄他取乐。有一次，火车要开了，她还没露面，他急了，支住车门，央求列车员再等一分钟，哪怕一分钟。他忘了他的腿是怎么进去的，似乎被谁猛拽了一把。他再次扑向车门，大叫："我要下去……"忽然瞥见她的鬼脸。天晓得她几时溜上车的。进站，检票，上车。找到座位，他把包放在目光触及的位置。她飘过来，如一段浅浅的影子，却不坐，在车厢荡来荡去，假装看不见他，直到他站起来。她挤着他坐了，头靠在他肩上。他把头偏向一边，让她睡得舒服些。她忽而劲头儿十足，数夜不眠，忽而睡瘾大发，就像现在这样。怕惊醒她，他喝水都小心翼翼。对面那位戴着黑框眼镜的女人从他落座就盯着他，当然，也盯着身边的她。他看女人，女人马上移开，等他转到别处，女人又摆过来。如果她睁开眼，准会瞪得女人低下头，然后，她得意地冲他说："咋样？目光真会杀人哪。"他没她那么冲，他甚至朝那女人笑笑。女人受了惊似的，有一瞬间，她目现惊恐，嘴巴发出一个低音。女人自己未必听得见，但他听见了。她在睡梦中，常常发出轻轻的却充满力度的低吼音。他收紧脸，目光冷冷地投向窗外。春天到了，树木已经泛青，偶尔能看到枝丫间黑黑的窝。乡间，燕子已开始筑巢了吧。

到站是下午。晴空万里，橘红色的阳光肆无忌惮地流淌，顿觉神清气爽。她高兴得跳起来。他买了张地图，另一个推销地图的动作慢了点儿，有些失望。他又朝他买了一份。他和她头对头研究一会儿，她的鼻息小虫子一样挠着他的脸。他说：“可以了，我们出发。”出租车司机问他到哪儿，他说了一个地方。他和司机聊天，司机问他去旅游还是做生意。他说做生意也旅游，司机说：“一看你就是个会享受的人，挣钱图啥，图的就是个乐子。”下车，他和她在那个区域转了一圈儿，目光不时碰在一起，会心地一笑。有时，她会冒粗话：“妈的，就它了。”

“我都饿得抽筋了哎。”她的声音泛着啤酒样的泡沫，她撒娇时就是这个样子。

她喜欢吃辣鸭头，但附近并没有这样的饭馆。他过了两道街，才看见一个重庆火锅店。他说：“就它吧，这地方的人不喜欢吃鸭头。”怕她不高兴，吃饭时他掏出那个铜镜晃了晃。她瞥一眼，不屑地说：“我以为是什么稀罕玩意儿呢。”他说：“这可不是一般的镜子，瞧背面。”她的眼睛顿时亮了，她眼睛大，放彩时犹如爆开的玫瑰。“拿过来，我瞧瞧。”他把铜镜放在对面。图案不是很清晰，但能看出那是一对凤凰。她所有的收藏都与凤凰有关。扇子、手绢、画册、烟盒、花瓶。她反复端详，说：“给你个面子，这礼物我收下了。”“不，不，我先替你保存着，活儿还没干呢。”他抢过来，放进包里。

登记房间，服务员问他是否要大床，他说：“要双床的。”服务员瞧他一眼，又问：“先生，是要双床的吗？”他说“是”，然后回过头。他看不见她，她准是逛大厅一侧的商品店去了。她不但要逛，还要一一问遍商品价格，搞得服务员很烦。他劝过她，她说："哪条法律规定不买就不可以问？看我不像买的，我偏要问，问晕她我兴许就出手。"他再劝，她就瞪眼："你和她伙穿一条裤子咋的？行啊，什么时候搞上的？我是不是能吃喜糖了？"他投降。

午夜时分，他和她溜出宾馆。城市的夜依然清得洗过一样，不过罩了层黑色的纱。他惊奇她在这方面出色的记忆力，走过一遍的路，她从不出错。当然，现在是他领着她走。他们从路边的栏杆钻进小区，只一扇窗户有灯光，其余黑乎乎的睡得正香。这个小区不是他们的目标，走到头，翻过墙，便是另一个世界。用她的话说，是标准的富窝。似乎从开始或在他遇见她以前，她的选择就很明确。帮那些家伙"减减肥"，她如是说。他转了转，在一处楼前停住。他早已关机，可还是掏出手机确认一下。两年前那次意外，是他的疏忽造成的，他的手机不合时宜地叫出声。他问："我先上，还是你先上？"她说老规矩。永远的老规矩。他无条件地服从。他和她贴在墙上，如斑驳的在风中晃动的树影。一楼窗户关着，二楼三楼也没有得手的可能。或许这一排会踏空，这是常有的事。钓的就是万一，当然，危险也伏于万一的边缘。终于把四楼窗户弄开了。他和她先后挤进去。他和她不喜欢在外放哨，一同进入觉得更安全。他拧着笔电筒，小心翼翼地搜寻。客厅、厨房、可能存放钱物的角落。他不期望有什么意外收获——那段日子已经逝去，现在他更在乎的是仪式，和她一起的仪式——有枣就摘几颗，没枣也罢。不空手怎么办？豁达一半是因为无奈。电视机上放了二百元钱，还有一张字条：家中无钱，不要乱翻。他咧嘴笑了。有意思的房主，肯定被人下过手，这也算豁达吧。但聪明处也难免失策，他马上断定房子没人。当然，他并没有麻痹，小心翼翼地推开卧室的门，一一查看了。如他所料。“怎么样？”他的口气不免有些得意。他打开灯，她跟在后面，看着室内的陈设。“这家伙是干什么的？怎么连个照片也没有？”他和她曾进入过没人住的房间，那时她就这样问过。在那个房间，他和她喝掉一瓶红酒，从容离开。她对主人不在场的宴请念念不忘，所以在卧室停停便返回。架子上不但有红酒，还有两瓶“酒鬼”。“红的？白的？”他问。她喝酒很猛，不等她答，他就说：“喝红的吧，我们上次喝的就是红酒。”他启开，给她和自己各倒一杯。然后，他关掉所有的灯，坐她对面。意外的收获，很久没和她这样对坐了。她总是匆匆地来，匆匆地走。黑暗中，她的脸忽隐忽现，捉迷藏似的。他闭上眼，陷进逝去的光阴。

他：什么时候收手？

她：怕了？还是烦了？

他：不能永远这样。

她：我喜欢，我要逛遍天南海北，怕了你就走开，我没逼你，对了，你是半拉子大学生嘛，我才不想那么远呢。

他：我担心你。

她：别给我念败兴好不好？

他：那好，我们就此分手吧。

她：你敢？我的老底都告你了，你说走就走？

他：我不会的。

她：不行！你走哪儿我跟哪儿，我缠你一百年。

他：……

她：好了，我不过吓唬吓唬你，再干两年，咋样？攒够钱，咱们买个房子住下来，我可不是非要嫁给你啊，不过，你表现好，我可以给你生一堆孩子。

他扑哧一笑。

第二天，他和她睡了个大懒觉。他早醒了一会儿，躺在那儿，凝视着对面，直到服务员叫门。他忘了设置请勿打扰的灯示。上午，他和她打车到海滩，这一天，他是属于她的。"痛痛快快疯一天！"她的声音夸张着，已显出疯样。"好吧，那就疯吧。"他说。

还没到那儿，妻子的电话就追过来。

二

乔丁本打算先回店里放包，可收到妻子讯问的信息，马上改变主意，让司机拐弯儿。他为之前的决定汗颜。仿佛为了弥补什么，他催促司机快点儿。司机不知是没听见，还是不把乔丁当回事，依然四平八稳。乔丁不由骂娘，当然骂的是接连不断的红灯和拥挤的车辆。离第一附属医院还有很远的距离，车就走不动了。医院与信访局一条街，相隔不远，要么这头堵，要么那头堵。一头堵整条街便塞得满满当当。乔丁扔下二十块钱，擦着行人和自行车急行。他一路说着“对不起”，身后还是丢过骂人的话。

妻子半歪在外科病房的椅子上，乔丁露面，她马上弹起来，比他步子更快地迎上来。“怎么样？”他问。她的眼泪就下来了，和她疲倦的脸一样瘦巴巴的。她说：“刚输完药，他睡了。”“妈在里面？”她说：“妈熬了一夜，回去了。”他轻轻推开病室的门。岳父躺在门口的床上，嘴角脸颊都旋着青色。乔丁有些恍惚，这张他熟悉得不能再熟悉的脸突然有些陌生，再望，他的目光没有摇摆。不是岳父又能是谁？

妻子讲述，乔丁始终抓着她的手。她讲得有些零乱，可能是紧张兼困乏的缘故，但乔丁听清了。岳父挨了打，打得倒没多重，可他跌倒了，脑袋磕在地上，没什么大问题，但头疼得厉害。他安慰妻子几句，问报警没有。妻子忽然醒悟似的："哎呀，我一着急就忘了，现在不晚吧？"乔丁说："余下的事交给我，你回去休息。"妻子不走，被他逼了回去。

妻子和岳父都是谨小慎微、打喷嚏也生怕惊了别人的人，可谓父女相传，但妻子喜欢静——这一点又随了岳母，岳父爱动。不是动粗动武、四处游逛，而是找乐子。从文化馆提前离岗后，岳父每天背着手风琴到公园义务为唱歌的男男女女伴奏，当然多是一些退休没事干的人。风雨无阻。无人唱的时候，岳父就在亭子里自娱自乐。乔丁的店距公园不远，他常坐在门口听岳父的琴声。打岳父的是一个中年男子，乔丁猜出大概。类似的事，每天都在上演，没想怕事的岳父居然成了主角。岳父面皮白净，高高大大，招人喜欢也很正常，但乔丁怀疑岳父未必有胆子。能干出什么？暗送点儿"秋天的菠菜"而已。怎么会忘记报警？妻子昏头昏脑，没想到是正常的，但岳母不会。岳母文静，却是家里主心骨，遇事极少慌乱。乔丁想岳母必有别的想法。不管咋样，不能白白挨打。乔丁不爱寻事，但绝不惧怕。岳父挨打，乔丁正好替岳父或替这个家做些什么。是的，该做些什么了。在心底的某个角落，一直潜伏着某种欲望。

乔丁再次进去，岳父已经醒来，眼里掩饰不住的羞涩和委屈，他躲闪着乔丁，大约拿不准把羞涩藏起来还是把委屈藏起来。乔丁叫几声"爸"，岳父的目光方犹犹豫豫地和乔丁对接。"好些了吗？"乔丁轻声问。岳父不大自然地说好多了。乔丁掖掖被子——其实没必要，病房并不冷——乘势靠在床边，又问岳父喝水不，想吃点儿什么。岳父摇摇头，指指桌上的水果。乔丁说："我吓坏了，你没事就好，躺几天，正好睡几天懒觉，像你上次让马蜂蜇了那样。"乔丁竭力说得轻描淡写，岳父的羞涩一点点退去。

"那人叫啥？"乔丁刚刚想起似的。

岳父看乔丁几分钟，像不明白乔丁指什么，目光渐渐暗下去，说："我不认识他。"

乔丁问："以前没见过他？"

岳父说："没。"

乔丁瞄一眼邻床——是个孩子，正玩手机——小心又随意地说："那个女人……我是说，找到她就能找到那男人。"

岳父声音低哑："我认识她，但不知道她叫什么。好多人我都叫不上名字，我只记得她们的嗓音，会唱什么歌。"

乔丁说："你放心，我会查出来，肯定有不少人在场。不能这么放过他，打了人，面儿也不露。"不由愤然了。

岳父忽然"哎呀"一声，头又疼了。

乔丁说："我去喊医生吧？"

岳父摆摆手："没用的，过几分钟就好了。"

岳父似乎害怕乔丁替他讨公道。乔丁犯了嘀咕："难道岳父真有把柄在人家手里？但握着把柄也不能随便打人。"乔丁想让岳父明白这点，可岳父已不给他说话的机会。直到岳母进来，岳父的头疼才止住。

岳母既没有天塌下来的无措，也没有岳父那躲闪的羞怯，更无对丈夫的愤怒和怀疑，只是平静中多了些凝重。她责备女儿吴欢："我不让她给你打电话，她不听，事办完了吗？"乔丁说办完了。岳母让乔丁回去，说这儿有她就够了。乔丁要留下来，岳母看他一眼："那个也要照顾呀，还有果果。"很简单的一句话，乔丁再没有反对的理由。他和她深知那句话的含义。岳母很清楚该说什么，或者说岳母很清楚说什么他会听。

在这个家庭中，乔丁显然是和岳母，而不是和妻子的对话在一个层次上。一点就透并非心里明白，而是明白对方的心理。不错，乔丁挺担心妻子的，但乔丁没有离开，他有别的话要和岳母说。他站在那儿，看着岳母利落地削一只苹果，切成薄片，递到岳父嘴里。岳父似乎要说什么，但岳母制止了他。岳母看上去比岳父年轻许多，可能和她的职业——舞蹈教练——有关吧。身材也没有她这个年龄的女人的臃肿。如果说他们是父女，肯定有人相信，但岳母完全是一个妻子的神色，内敛或是关切，看似淡薄，却柔韧无比。乔丁突然有些感动，情不自禁地叫声"妈"。

可能是声音大，岳父和岳母吓着似的看着乔丁。乔丁不好意思地笑笑，又小声叫声"妈"。

岳父依然看着乔丁，似乎等他的后话，岳母却扭转目光，说："顺便买点儿饭，娘儿俩怕还饿着呢。"已带出责备。

乔丁说："那我先回。"他把包放回店里，再回家。如岳母所料，女儿果果边写作业边啃方便面，妻子在餐桌边发呆，旁边是削了一半的土豆。乔丁告诉她情况——多半是她告诉过他的，他不过用自己的方式表述一遍。但话从他嘴里出来，意义大不相同。若说相信，还不如说那是深深的依赖。妻子问报过警没有，那个人会不会再大打出手。乔丁说："放心，我会处理好，这样的事不会再发生。"他没说得那么细，他知道怎样让妻子踏实，怎么捋顺她杂乱的目光。待吃完饭，她打开电视机，他彻底松了口气。

乔丁再次返回医院，岳母没和他争执。乔丁送她出来，她前他后。她的走姿甚是轻盈，带着弹性。但走得很慢，仿佛等乔丁，可乔丁赶上她，她又加快。走廊上弥漫着浓浓的气味，并非医院特有的来苏水味，更像深秋田野上混杂的果实的香味。乔丁不知道鼻子出了问题，还是幻觉——可他清楚置身于什么地方，他没有深思，只是贪婪地张着鼻孔，整个人有些癫。阴暗的走廊就以那样奇怪的方式嵌入记忆。此后几天，乔丁以同样的方式穿行，再没出现那种感觉。

走廊并不长，到了电梯口，乔丁叫声"妈"。岳母从按钮上撤回手，轻轻叹息一声："说吧。"岳母已然猜到，乔丁还是讲了自己的理由。岳母不赞成找那个女人，更没必要报警，她说："我相信你爸肯定是冤枉的，但较真有什么好处？你爸是躲事的人，吵吵嚷嚷只会让他生烦，我也不想。”乔丁说：“他们可不这样想，还以为咱理亏。”岳母说：“爱怎么想怎么想，反正你爸也没多大事。”乔丁说太憋气。岳母说：“没必要跟这样的人计较，自己走路还跌跟头呢，出了院，照样拉他的手风琴去，那女人管不住自个儿男人，不会再往你爸跟前凑了。”她大度地笑笑：“谁还没个坎儿？”

乔丁无话可说，岳母的态度自然也是岳父的态度。若是别的，乔丁也就罢了，他并不刺儿，可这是挨打啊，打岳父，也就是打这个家。乔丁是家的一部分，如果岳母是左腿，他就是右腿，如果岳母是左眼，他就是右眼。可以闭一只眼，可以缩一条腿，但同时闭两只眼缩两条腿，那就不仅仅是跌跤的事了。他甚至想起那句不搭界的话：养兵千日，用兵一时。他心底那个东西鼓胀着，像破土的蘑菇。

乔丁行动了。没费什么事，不但打听到那女人叫什么，连她丈夫的名字、住址都摸得清清楚楚。那女人无论身材长相都比岳母差远了，更没有岳母年轻，她的头发染过，头顶处已露出寸把长的白发，倒是她的眼睛有一种勾人的力量，与她的年纪极不相称。

岳父出院的前一天，女人和那个粗短身材、其貌不扬的男人终于露面。两人提着廉价的保健品，虚浮的笑在迈进门的那一刻便不断脱落，很快剩下干巴的一绺，像花朵枯落后的秸秆。岳父和岳母甚感意外，尤其岳父，竟显得局促不安。

女人向岳母解释男人喝了酒，岳父几次张嘴，乔丁巴不得他泄泄怨怒，但知道他不会。岳母及时调整了表情，礼貌、冷淡、得体。乔丁掩饰着自己“导演”的角色，掩饰着那一点点得意，再次退到幕后。

岳母没问乔丁，第二天，在办理出院手续的窗口，才淡淡地说：“你根本就不该找她。”

三

遇见她那天，他记得很清楚。阴天，没有阳光，像他被击得七零八落的人生。还有一年就毕业，他被逐出那个进出过无数次的大门。说起来有点儿冤，他不外乎想挣点儿钱。他老家在农村，土圪塄——单听地名就能想象出那是个什么地方。每次开学，父亲四处借钱，他放假，父亲的债不过还了大半。然后再借再还。他没有最初回家的喜悦了，临近放假便惴惴不安。他是不折不扣的黄世仁。他的上铺也来自农村，和他一样紧紧巴巴的。不知什么时候，上铺变得出手阔绰，让人生羡。又一个假期临近，上铺问他愿不愿赚点儿钱，他求之不得。他没想到上铺干那样的勾当，没想到他的运气那样差，还没明白怎么回事就给铐上了。也亏得他运气差，上铺被法办，他被放出来，但是学校没饶过他。他没敢回家，也没脸回去，在那个城市浪荡着。他干过搓澡工、饭店跑堂，还在一个黑中介当过几天托。什么都干不长，要么他干不下去，要么人家不让他干下去。忧伤，烦躁，灰暗，绝望。

那天，他又被炒，憋了一肚子气。那个旅店老板，当然也是他的老板，居然怀疑他偷了烟，他再三辩解，老板说只有他进过那个房间。他火了："进过房间就是贼？还有苍蝇呢？怎么不说苍蝇偷的？"话一出口，他就知道不可能干下去了。老板肥厚的眼皮缓缓仄起，眼球便格外的大，格外的硬。老板说一条烟不值得报警，也算对他留情，他半个月工资正好一条烟。老板限他一小时之内离开，否则……老板的声音切断了，寒气如潮。他的拳头握紧松开，松开握紧，终于控制住。

他在大街上搜寻着招工启事，电线杆上贴的也不放过。他没地儿住，兜里的钱撑不了几天。那是他全部家当，不到两千。仿佛是想更清楚一些，他掏出数数，一千九百二十。之后，他又在兜里捻着，这一下吃惊不小，钱少了一张。于是，他蹲在一根电线杆下再数。还是少一张。怎么回事？第一次数错了吗？他恍惚着，又数一遍。一千九百二十。为了确认，他又数一遍。没再出现差错。他站起身，一个女孩儿向他问路。大眼睛尖下巴，齐腮短发。女孩儿说声谢谢，忽然绊了一跤。他扶住她，她再次致谢。他的手插进兜里，头皮猛地抽紧。那个女孩儿走出十几米远，竟然回头扫他一眼，然后飞奔起来。

他没喊“抓小偷”，只是恼怒地喝叫她站住。那时行人很多，如果他喊，可能哪个人会绊住她。他还记得穿越一个路口时，交警用手势阻止她闯红灯。但他没喊，只有初时短短的一喝。他无声地追着她，像赛跑。后来，她问过他，他说想亲手抓住她，太想了，他一肚子的火终于可以发泄。她问：“还有呢？”他说：“没了。”“就这么简单？”“是的。”她狠狠瞪他一眼，说他一定想占她便宜，还凶蛮地逼他承认。

她是有机会逃进商场的，商场四个门，顾客熙攘，滑进去便如大海捞针。但奇怪的是，她没进去。一个女孩儿竟这样能跑，出乎他的意料。如果他有些积蓄，或许就放弃了，他的眼睛已快冒烟。可那是他全部家当啊。还有，他那么需要撒气。他慢下来，她也慢了，还频频回头。他看不清她的表情，但觉出她在戏弄他。怒气再次卷上来，他又加快了。

竟然跑到城外。她没再沿着马路跑，而是拐上一条便道。也许有她的老巢，还有同伙……他犹豫了一下，追上去。

没路了，前面是一片大湖。她站住，他也站住。她瞪着他，他也瞪着她。他说：“跑呀，怎么不跑？”

她说：“你别过来，你过来我就跳下去。”

他不由龇了牙，她竟然威胁他，真滑稽。他慢慢逼过去。

她说："我真跳了。"

他冷笑："你跳呀！"

她一步步后退着，退到不能再退，顿时可怜巴巴地说："哥呀，好男不和女斗，你放了我吧。"

他说："休想！"

她忽然怒道："大白天的，你明抢啊。"并环顾左右，企图求救。

他说："你倒是个演戏的料。"

她竟然又荡起一丝浅笑："哥呀，你想不想演戏？我领你去，挣钱比抢得还快。"

他往前迈了一步："演啊！"

她突然凶起来："你想逼死我吗？"

他用鼻腔哼了哼。

她纵身一跃，伴随着他的惊叫。扑通。扑通扑通扑通。仿佛跳的不是一个，而是一串，他的耳膜被连续击打数声之后，才醒悟似的扑到湖边。一片水草、几只野鸭，水面突然又空又大。他疯狂地脱衣，匆忙中撕掉两粒扣子。他跳进去，在水底搜寻。他是在大学学的游泳，水性并不是很好。好在水没多深，他很快抓住她，拼力拖上岸。她的头耷拉着，眼睛紧闭。大概呛住了，奇怪的是嘴里并不喷水。他没有救人经验，凭着书本上学的那点儿，猛拍她的后背，忽又翻身，抓着她的胳膊抢救。他似乎往她的脸侧瞅了一眼，又似乎没瞅，目光稍一僵，马上集中到她脸上。她的脸忽青忽紫，忽灰忽白，眼睛依然闭着。他越发慌乱得不得要领，跪下去，打算做人工呼吸。

她突然睁眼："你便宜还没占够？"

他重重往后一跌，惊愕地张大嘴巴："你……"

她坐起来，目光如针："你想干什么？大白天的你想干什么？"

他做了亏心事般，心慌着脸也红了："我想……救你。"

她呸了一声："谁知你安的什么心？又是揉又是捏的。"

他说："我认为……"

她抢过去："你以为我死了？死人的便宜你也占？"

他已经回过神。他让这个女孩儿耍了。但他一肚子的怒气像被水溶解了，怎么也动不起火来，只是伸出几个指头。

她问："干吗？"

他说："别装，把钱还我。"

她瞪着他："你欠我一条命，还冲我要钱？"

他说："少废话。"

她说："你把我逼到跳河，还不放过我？我没钱！"

他说："我要我的钱。"

她说："你搜吧，搜出都是你的，算我倒霉。"

他却迟疑在那儿，目光胡乱地瞄着。她很瘦，胸脯又扁又平。

她挑衅地说："怎么？怕了？"

他豁出去似的："我凭什么怕你？"

她又阻止了他："你占便宜占惯了是不？我自己来。"

她一个一个翻着兜，彻底翻过来，没有，真的什么也没有。他很是纳闷，她并没有机会藏，他的钱飞了不成？

她气呼呼地："看清了？"

他的目光软了硬了，松了紧了，却没离她左右。她毫不躲避，大有针尖对麦芒之势。无赖，他碰上一个无赖。她嘴巴这样硬，他又没有证据，算他倒霉。他无言地拧拧衣服，就那么湿答答地套在身上。

她问："你要走？"

他斜着她："咋？还得你许可？"

她说："你逼我跳河，差点儿要了我的命。还趁机摸了半天，捏了半天，噢，你说走就走？"

他的脸肌弹了几下："你还倒打一耙了？你想咋样吧？"

她脱口道："给我赔礼道歉。"

他说："你等着吧，什么时候太阳从西边出来，我还要给你磕头呢。"

她喝了一声，跳起来抓住他："想走？没门！"

他说："放开！"

她说："不！"

他奋力推甩，她拽得反而更紧。两个人气喘吁吁的。他气急败坏："你想咋？想咋？"

她说："找警察主持公道。"

他说："好，我求之不得呢。"

她气鼓鼓地"哼"一声。

她放开他。两人走得很急，飞离地面似的。拐上公路，他步子慢了。他的心重了。没有证据，他能说得清吗？万一……她嘴巴那么厉害，他害怕了。那个地方，他去过，阴影尚存。自投罗网，这个词忽地冒出来。他定住，目光极虚地说，还是别去了吧。

她说："咋？害怕了？"

他说："我不想折腾。"

她说："那就道歉。"

他看看她，又看看四周。天已经暗下来，远处雾蒙蒙的。不时有车疾驰而过。如果……他掐断思绪，说："我认错人了。"

她说："光这样不行，我肚子饿了，怎么也得请我吃顿饭吧。"

他说："我身无分文。"

她轻轻吐出三个字："穷光蛋。"忽然又说："算我倒霉，我管你顿饭。"

她和他吃的是辣鸭头。他直哈嘴，可她仍嫌不辣，一次次往碟子里加辣椒。他问她是湖南人还是四川人，她回答得干脆痛快："不知道，连父母是谁我都不知道。干吗这么多废话？别跟我套近乎，惹恼我，小心 AA 制。"他低下头，直到这时，他才想起那个问题，她把钱藏哪儿了？末了，他也没搞清她怎么结的账。

他欲离去，她喂了声："你住哪里？"

他摇摇头。

她道："你什么意思？怕我去你家住啊。"

他说："我不知道，我今天才没了住处的。"

她审视他一会儿，说："没想到你这么可怜，比穷光蛋还穷光蛋，难怪在大街数钱呢，几个钱就烧成那样？得，算我倒霉，让你粘上了，去我那儿借宿一夜吧。丑话说前头，你别趁机占便宜，我可没那么好欺负。"

他踌躇着。

她说："咋？怕我害你还是等我用轿子抬你？"急欲甩掉他似的，跳着离开。

四

六号。平平常常，和一个月中的任何一天，和一年中的任何一天，和一千个一万个一亿个日子中的任何一天一样。太阳升起太阳落下。早晨正午黄昏。但这又是个特殊的日子，每个月这一天，乔丁都要到孤儿院做义工。几年了，他和那些孩子混得很熟，知道他们背后的某些故事——能打捞出的，性格、喜好。比如静静，是个孤僻的女孩儿，她很漂亮，除了那双冷漠的眼睛。青青，爱哭鼻子，喜欢问这问那，对什么都好奇。小个子冬冬，已经上五年级了，书包上系个小熊玩具。明明，是个淘气的男孩儿，馋嘴。萍萍和蓝蓝是兔唇，半年前做了手术，还是改不了老习惯，笑起来总要捂住嘴巴。不断有新来的，躺在摇篮里那个是几个月前丢在门口的。乔丁每次来，或者带些小零食，或者带些玩具。所以他一到，他们呼啦围过来，静静不上前，但目光瞟着吵闹的一团。分发完，乔丁和值白班的杨护工一起清洁屋子，整理床铺，陪他们玩游戏。有时，他就那么坐着，看着他们嬉闹争吵。午饭后，乔丁和杨护工坐在门口小憩。杨护工四十几岁，丈夫是酒鬼，喝醉就打她，嘴巴、腮边、后颈都有记号。也许身体某些不能示人的地方记号更多。乔丁第一次听说，激愤得声音都走样了："为什么不去告他？为什么不离婚？"他差点儿骂出来。杨护工叹息一声："他不喝酒对我好着呢。"她的丈夫也发誓戒酒，曾在郑州戒酒中心戒过半年，花了不少钱，但无甚成效。乔丁劝过几次也便作罢。或许有别的原因，当然那也是他人无法理解的原因。儿子给她一部旧手机，她让乔丁教她发信息。发出并收到儿子的信息，她欣喜得脸都红了："回了，他回了。"触到乔丁的目光，她直直腰，郑重又带了些歉意地说："他们没来，男的没来，女的也没来。"乔丁"哦"了一声，没流露出失望，似乎已然料到。杨护工压低声音："你来这儿，就是为了等他们？"乔丁迟疑间，杨护工抢着替乔丁回答："瞧我这嘴，你喜欢孩子们嘛，谁都瞧得出来。"乔丁笑笑。

晚上，乔丁照例要去看望李护工。李护工已经退休，住在福利院后面的巷子里。李护工和杨护工一起待过两年，正是那两年中的某一天，那个男人和那个女人出现在她们面前。后来，女的又来过一次。时隔多年，李护工和杨护工的讲述有许多地方不一样。比如李护工说那个女的中等个儿，尖下巴，瘦里瘦气，杨护工则说那个女的高个儿，颧骨突出，但并不瘦。杨护工和李护工说如果那个女的和那个男的再来，她们肯定能认出来，只是他们再没露过面。乔丁怀疑，即使他们出现，杨护工也未必认得出，但又觉得有可能。至于李护工，根本不可能和他们见面了。乔丁搜寻、挖掘的是她的记忆。不错，乔丁的看望是带了功利的。像看那些孩子一样，乔丁不空手，一箱奶一束花什么的。

一般时候，乔丁十点前赶回家。那天，因为李护工絮叨家事，乔丁晚回了半小时。妻子没问他，他也无须解释，靠在那儿，陪她看一会儿电视。她是电视迷，且喜欢乔丁和她一块儿看。对到孤儿院做义工这件事，她既不反对，也没多大兴趣。当然，岳父岳母更不会阻止他。

进屋的同时，身后的世界便关闭了，枝枝蔓蔓的记忆，幽暗曲折的故事都留在那一边。现在，开启的是另一扇门。他是丈夫、父亲、女婿、店铺老板。他身上还有那个世界的气味，眼底深处还埋着那个世界遗失的种子，但乔丁不会让那些和眼前的世界发生混淆。

第二天是周日，乔丁三口到岳母家吃饭。其实平时也多半在岳母家吃。吴欢的单位、果果的学校离那儿很近，走路十几分钟的样子，乔丁的店铺远一些，中午和店员小刘买盒饭，晚上也往那儿跑。周日和平时没什么区别，如果说有，那就是岳母会喝一点儿红酒。往常，她是不沾的——其乐融融的气氛更浓。那一点儿波折已经过去，岳父又背着手风琴往公园跑，日子又恢复原有的秩序。是乔丁盼望的，也是他们希望的。乔丁喜欢这个家。不是大富大贵，也不是捉襟见肘。不无度挥霍，也不斤斤计较。岳母作为一家之主，说话的分量自然很重，却不骄横霸道，多半还惯着岳父。温暖、温馨，这是这个家庭给乔丁的感觉。

岳母包了三种馅儿的饺子。吴欢和岳父爱吃韭菜馅儿，乔丁爱吃茴香馅儿，果果和岳母爱吃萝卜馅儿。菜呢，也是按喜好做的。吴欢和果果的糖醋排骨，乔丁的辣子炒肉，岳父和岳母的豆皮萝卜卷，还有他们都爱吃的鸡蛋羹。并不是每个周末都这般丰盛。坐到餐桌边，吴欢对乔丁说："妈明天去顺城。"其实，乔丁进门看到鞋架上岳母刚刚打了油的鞋，便明白岳母又要出门了。岳母在顺城的私人舞蹈学校有一份工作，不定期去那儿授课，每次去，岳母都穿那双皮鞋，当然，她的包里还带着别的鞋。乔丁问岳母几点的车，是否买了票。岳母说："不用你送。"乔丁欲言，岳母说："我还没老到那个份儿上吧。"乔丁只好说："路上注意点儿。"吴欢附和："现在小偷多极了，我的同事等车那么一会儿包就让人割了。"岳母笑笑："不用教我，操心自个儿吧。"岳父说："公园也有小偷了。"果果不甘落后，嚷道："我还丢过铅笔呢。"大家都笑了。乔丁摸摸女儿的头，像夸奖她的伶俐，又像给手找个落放的位置。

岳母离家第四天的午后，正是生意最清淡时，乔丁记得清清楚楚，小刘出去交手机费，他独自待在店内。无事可干，他翻开销售记录。他代理两个牌子的白酒，每个牌子不下十个档次。哪种牌子哪个档次卖得好，他心中有数。翻看记录不过是对记忆的确认。还未触到第一行字，突然眼前一片模糊，不，是被模糊淹没了视线。是一团雾，包裹着什么的雾，他看不清，但能觉出它在移动，上升……终于腾空而起。凤凰！它们，它和它，盘旋游转，彩色的尾翼拖出长长的弧线。投下几声鸣叫，那美丽的羽影突又消失在无尽的天宇。乔丁的目光渐渐清晰，可那一行行字迹并未钻入眼中，乔丁仍陷在惊喜与失落中。他耳边似有喃喃细语，那熟悉的声音与温度，离他如此之近。她来了，她要来了。那是她与他联系的讯号，出发的号角。不同的地点，不同的时间，同样的方式，同样的暗号。

乔丁从柜里拿出那一卷地图。各种各样的地图，不同版本的，不同比例的，不同省份不同城市的。乔丁先展开那张大的。游戏开始，乔丁闭上眼，手指不疾不缓地在图上滑动。他听见数数的声音，在他头顶上方，在某个角落。停！……手指定在那儿。手指定在哪个省的范围，他的手指重新在哪个省的地图上滑移，直至确定要去的地方。手指再次停下，他睁开眼，是顺城。他稍稍顿了顿。顺城距皮城二百公里，他们是去过的。可是，这又有什么关系？他们重复去过好些地方呢。

乔丁和妻子告别。乔丁有各种各样的理由，订货会啦、同学会啦、厂家提供的免费旅行啦。妻子从未有过异议，除了“必不可少”的出门，乔丁没有别的嗜好。

他和她到达顺城已是黄昏。先去踩了目标，然后吃饭，住宿。他说：“明早我就得返回皮城，你喜欢在这里转转就转转。”他从未单独丢下过她，说这话时他甚是伤感。他想解释，又不好解释。她不高兴了，低着头嗑瓜子。嗑完一颗，重重地一摔。她不高兴就猛吃零食。不管住什么样的宾馆，她都随意丢果皮。他说她。如果碰上她高兴，会马上蹲下来清扫，却不忘调侃他：“我是土包子，哪有大学生有水平呀。”碰上她生气，她就硬硬地戗他：“你管得着？我是上帝，我乐意。”他掏出那块铜镜让她瞧，她冷冷地看一眼，没有任何表示。他拗不过她，总是拗不过她。他说：“好吧，如果你愿意，我陪你待一天。”她的脸松动了，露出他熟悉的微笑。

午夜，他和她穿行于顺城的街巷。要造访老朋友似的，坦然、平静，又有几分可掩饰的激动。街角站了几个人，显然是车祸。一辆轿车和一辆摩托撞了。两个交警大约是刚刚到现场，正讯问着。大半夜的，开这么快，真是疯了。他稍稍迟疑了一下，不知该不该从这儿通过。一个声音说：“怕什么，胆小鬼！”他直了腰。没人注意他。

“你先上，我先上？”没等她回答，他就说，“老规矩，我怎么忘了？”他掏出手机看看，虽然早已关机。

他和她攀爬而上，一层一层试探。都关着窗户。下来，摸到另一幢，依然如此。“运气不好，妈的！”他似乎听见她低低的叫骂。转到第三幢，他说再撬不开收手算了。已经是夏季，竟然关得这么严，似乎是不祥之兆。他恍惚一下，觉得黑暗中闪着一双眼睛。他想说出自己的怀疑，又怕吓着她。可能是他多疑了。听不到声音，只有他自己的呼吸。

终于打开第三层的窗户，他和她先后潜入。除了茶几上一部手机，没有任何入眼的东西。他打开手机后盖，取出手机卡。他早就打算送静静一部手机。但在离开时，他又把手机留下。他不能送静静旧手机。

毫无收获，这是常有的。他更在乎的是仪式，而不是窃到什么。他不缺啥，他不贪婪。一个普通人该有的他都有了，家庭、亲情、不奢靡也不拮据的日子。唯一缺的，不，唯一不能放弃的是往昔的仪式。那对他很重要，真的真的很重要。现在，他可以领着她回宾馆了。但可能是今晚碰壁太多的缘故，也可能他想验证黑暗中是否有一双眼睛，也可能什么原因也没有，完全心血来潮，他又往上攀了一层，又开了。“既然邀请，那就走一圈儿呗。你说呢？”黑暗中，他听到她调皮的声音，“最好喝点儿酒。”

他几乎是没有声音的，跟她操练这么多年，也算老手了。何况，还有她跟着。所以，当灯突然亮起来，他竟然蒙了。一个穿着睡衣的高大男人站在离他几步远的过道里，男人吃惊而不是紧张地看着他。有那么几秒、几十秒或许是几分钟，他和他就那么对视着。他没有逃，男子也没有喊叫。他醒悟过来，正要后退，听到一个声音问：“怎么了？”

他愣了一下。那个声音是那么熟悉，那么亲切。那个身影出现在男子身后，也穿着睡衣。目光相遇的刹那，她骇然地捂住嘴巴。她的目光像他一样试图逃离，突然消逝，但她没能如愿。她陷在他的眼睛里，被他呆然的目光揪住。同样，她也揪住了他。空气凝固了，灯光凝固了，整个世界没有任何声音，那个男子仿佛只是墙上的一幅背景画，或是屋中的一具模塑。他和她无视男子的存在，他的嗓子不合时宜地嗞咝着，他张着嘴，险些叫出那个称呼来。

五

他没见过那样的屋子，不大，但布置得花花绿绿。四壁、屋顶、门板，甚至某些角落都披着外装，有的是卡通贴画，有的是画在纸上又贴上去的——不知画的是什么，像鸡，却挂着长长的翅膀；像孔雀，却看不见腿。后来，他才知道那是她的杰作，是她心目中的凤凰。

他在旧沙发上睡了一夜。他实在太累了，她警告他不要打她主意时，他连眼皮子都掀不动了。他醒来，她已经买回早点：豆浆、一大包油条。她喂了一声："狠狠吃一顿吧，过了这个村可没这个店了。"他四处瞅着，不明白她为什么把屋子搞成这样，她不耐烦了："哎，有啥看的，赶快吃，吃了马上滚蛋。"他耍赖："我要不走呢？"她猛一瞪眼："你敢？"他老老实实坐下，她又戏谑："哎，你咋穷成这样？"

他狠狠吃了一顿，滚出来。他慢慢走着，不知该去哪里。无喜、无悲、无欲、无求，机械的腿、机械的身躯。过马路时，他被平板车剐了一下。他趔趄着，没有摔倒。他迟钝地看着平板车，车已远去，车主头都没回。日悬头顶，他有了饿的感觉。他吃那么多，几乎撑着，竟这么快就饿了。他试图驱逐，饿却更凶恶地扑上来，疯狂地噬咬着他。他的脑子被咬清醒。他意识到自己的处境，必须尽快找份工作。他去了饭馆。不要工资？老板瞧怪物似的盯他两眼，险些将头摇掉。另一个饭馆，那个小胡子留下他，指着桌上的盘子让他收拾。盘子边缘是鱼形图案。他端起盘子时，忽然觉得那条鱼飞起来，如她屋里那些四不像，要飞出去。他急忙去拦，盘子摔在地上。他背着小胡子的脏话滚出去。一个蓬头垢面的流浪汉在垃圾桶寻食，他瞟了几眼，狠掐自己一把方离开。他走进超市，在琳琅满目的食品间徘徊，目光贪婪。一个架旁有免费品尝的薯片和盛在小纸杯中的饮料。他迅速往嘴里塞了几块，喝了两杯，慢慢离开。过一会儿转回去，再次品尝。反反复复，直至被客气地“请”出来。

晚上，再无处可去，他想到她那眼花缭乱的小屋，起先还犹豫，很快对她的愤怒占了上风，是她把他逼到绝境，偷了他的全部家当，还险些让他成为抢劫犯。把他整得那样惨，就这样轻易地打发掉？

“怎么又来了？”她杏目圆睁，嘴角却抽了抽，似有笑的表示。

他说：“我没地方去。”声音带着可怜，怒气在见到她时躲得无影无踪。

她说：“我这儿又不是收容所。”

他不动，也不说话。

她马上说："好吧，谁让我这么倒霉呢，谁让我这么好心呢。"

她又请他吃一顿。她这样阔绰，钱的来路肯定不正。她像猜到他的心思，没好气地说："我的钱可不是白来的。"他惊了一下，躲开她的逼视。她并没放过他，不停地奚落："你咋就这么穷呢？你咋就那么烧包呢？你咋那么没用呢？一个爷们儿，去偷呀！抢呀！咋那么死心眼儿呀！"

住了一夜，她警告："不能再缠我了啊，我可不是好惹的。"晚上，他又回到那儿。她臊他一顿，却不逐他，照例大方。第五天头上，她盯住他："你馋出瘾了？我就不信你一分钱也没有。"他说真的没有。她不信，要搜他，末了又改让他自己翻。他的手触到那硬硬的一沓，忽地僵住。他张着嘴，小心翼翼地抽出。她顿时凶了："这是啥？钱不在你身上吗？还赖我！"他捻开，不多不少，他的全部家当又回来了。他呆住，不知它们何时飞回兜里的。她数落他一顿，让他请客，她要狠狠宰他一顿。他和她喝了不少酒，先是在饭馆，后来回到她的彩屋。在她的追问下，他毫无隐瞒地敞开了自己。憋得太久，以至于都有些霉味儿。她一声接一声地哟着："你还是半拉子大学生呢，你这个倒霉蛋。"他问她，她说："我可没你这么惨，我是石头缝里蹦出来的，天不怕地不怕。"

她允许他暂时住下，他那几个鸟钱经不住花。“不过要交房租的哟。”她说。他住在那儿，固然为了省钱，可还有他说不清楚的原因。他终于在房屋中介找了差事，白天上班，晚上回到凤凰飞舞的小屋。他清楚她干着什么，可她对他依然是谜。她有时整天待在屋里，有时几天不见踪影。看到报上警方抓获盗窃犯的消息，他的心就一紧，马上想到她。回去时脚下生风，看到她完好无损地躺在床上，他的心落进肚里。想说什么，终是没有开口。有一天乘公交，一位妇女的钱被偷了，妇女失声痛哭。他的心被咬着，尽管并没看到她的身影，还是想到她。晚上，他和她讲白天的见闻。起先她未作反应，他像是止不住了，她忽然被点燃了似的：“你什么意思？有话明说，绕什么弯子？告诉你，我就是一个贼，你去告发啊！”他讷讷着：“你年纪轻轻……”她打断他：“我乐意，你管得着？你吃我的喝我的，还想教训我？”越说越火，她让他现在就滚，他动作慢了点儿，她狠狠推他一把。

次日，他被不可遏制的念头牵引着，又去了那里。她没让他进屋。他快快的。第三天，她总算让他进去，但不和他说话。整整一个星期，她正眼也不瞧他，直到他送了一对凤凰形状的簪子给她。

年根儿，中介被盗，丢了两台电脑。门没被撬，警方认定是内贼。三个员工都有钥匙，审来审去，没什么结果。老板让员工平摊电脑钱，他半年的工资化为乌有。他沮丧到极点。那一晚，她奚落着他这个倒霉蛋，让他跟她干。她说："你一个爷们儿，干吗让别人当老板？你自己不就是老板？"他想起那位妇女的痛哭，摇摇头。她冷笑："你还倒霉得不够。"她说他并没拿过老板的香烟，也没拿过老板的电脑，可在老板心里，他就是贼。这和他干不干没关系。真干了，自己并不认为那是偷，那就不是贼。和他干不干也没关系。那就是一项生意，不是所有的贼都是一路的。她说，她专搞有钱人，他们花不了，帮他们花花，其实是做善事。对于那天他遭了她的道——她终于承认，她不过是和他开个玩笑。他在大街上数钱，实在是太烧包。她无聊，不过逗逗他。他没想到她的嘴这么厉害，几乎被她说晕。他终是拒绝。她说："我可把老底交了，你出去得装哑巴啊，别把我卖了，不然我饶不了你。"

改天，他和她去超市买东西。排队时，她忽然要上厕所，让他在门口等她。他结了账往外走，刺耳的警报声响吓他一跳。他没有停，反而加快了，仿佛那声响要咬他。但他没有走掉，一个工作人员揪住他，很快跑过一个保安。那时，他才意识到声音与他有关。他返回去重走一遍，声音再次响起。众目睽睽之下，他一项一项掏。一排笔管，他呆了呆，他并没往兜里塞，肯定是她。他要补钱，没得到允许。他反复说这是误会，他朋友出来会解释清楚。等了很久，她也没露面。他被请到办公室。他再三辩解，那三个保安一脸看透他的鄙视。他说不就是笔管嘛。一保安冷冷地说："偷一根针也是贼。"他嚷："我不是贼！"保安反问："这么说，我是贼了？"他青了脸不言。她不会丢下他，她准是和他开玩笑。等了四五个小时，她来找他。她问清楚，补了钱，交了罚款，面对保安的训斥，她那样的好脾气。一出屋，他狠狠瞪她一眼："你干的好事！"她"咦"了一声："你怎么跟狼羔子似的，我救了你，你倒反咬我。"他说："笔管怎么跑我身上去的，它长了腿不成？你尿长江还是尿黄河，一泡尿那么长时间？"她的目光嚓的锋利了："你算我什么人？我撒尿你也管？你手不干净凭什么赖我？"他还欲再言，她让他打住，往后退三步，她可不想和管她撒尿的人在一起。他顿时就软了，那么怕她不理他。他道歉，承认自己故意藏了笔管。走回屋，她突然哈哈大笑。

她问："你是贼不？"

他说："就算是吧。"

她说："干脆点儿，是，还是不是？"

他说："是。"

她说："怨我不？"

他说："不怨。"

她说："好吧，我犒赏你一顿。"

她的顽劣让他吃尽苦头，他反而越来越离不开她。

一天下午，她突然让他陪她回家看看。他吃惊不小。她说她是和父母闹别扭跑出来的，她的家就在这个城市，父母一直在找她，有几次她在街上看到过他们。她只想气气他们，现在目的达到，她也该回去了。他的失落从惊愕中溢出："你要回去住？"她乜着他："咋，你舍不得我？"他吃力地说："我想这个小屋……"她盯住他："别绕弯子，正面回答！"他老实承认，她满意地说："这还差不多。"又说反正是租的房子，她转给他，碰上她高兴，也许会跑来待一两晚。他问她："父母知不知道……"她说："瞧你说话也没个利落劲儿，不就是个贼嘛，又不丢人！不过父母并不知道。"她警告他别说漏嘴，不然饶不了他。

到了她说的那小区，她忽然又犹豫了。于是两人又拐到街上。她说她又恨他们了，想起来筋都是疼的。他劝她，她下了决心。快到那儿时，她又走不动似的慢下来。她问他，万一父母生她的气呢？万一父母生气不让她进屋呢？他说不会，没有父母不原谅儿女的。她说："看不出你舌头也蛮有用的。"得到夸奖，他越发要表现，提出买些水果什么的。她冷冷地说："用不着，我家不缺那些。"他问她父亲是做什么的，她警惕地看着他："你问这干吗？你又不是选岳丈。"他嘿嘿干笑几声。她忽然说："你的主意也不错，买些水果。"

傍晚，她终于拿定主意。她打开门，竖起手指："别出声，给他们个惊喜。"他蹑手蹑脚跟她进去。她父母不在家。

她里里外外转了一圈儿，说："他们准是出去找我了。"他问："等他们回来吗？"她说："算了，改天再回来。"她说他看中啥随便拿。他笑道："不能打劫你父母呀。"她不理他，这儿翻翻那儿找找，并塞给他一个电动剃须刀。他推拒，她恼了："让你拿你就拿。"估摸半个小时，她就要走，让他把水果提上。他问："不留下？"她说："他们没牙，咬不动。"

回到彩屋，她丢给他一沓钱："这是你的。"

他不解，问她什么意思。

她说："你是真糊涂还是假糊涂？折腾半天，不就图这个吗？"

他的眼球差点儿跌出来："你是说……"

她得意一笑："不使计，你敢跟我去？你知那是谁家？是那个污蔑你偷烟的老板家。我跟踪了他几天，摸清了他的规律。怎么样？我可是给你报仇呀。你得感谢我才对。"

他直冒冷汗。想起那天路过那个旅店，他不过随意一指，她却记在心里，还……"那钥匙是怎么来的？"

她说："这你就不用管了，想从门进我就从门进，想从窗户进就从窗户进去。"

他的目光坠裂成无数的鳞片："你还是个大盗。"

她往床上一蹦："不是跟你说过嘛，我只搞有钱人，那不就是自己家吗？你说呢？你那会儿害怕吗？我不催你，你还要赖在那儿呢。”

他的身体也在下坠，嗓子塞了东西似的，有窒息的感觉。

她不屑道：“别丧个脸，你不就是个穷光蛋吗？好像我坏了你名声似的，你的名声早就坏了，臭豆腐一样。”

他讷讷着：“你这是逼上梁山呀。”

她朗声道：“我可没逼你，是你自愿，怎么，你打算自首？去吧，我不拦你。她指着门说，去呀，那可是阳关大道。”

他的目光从她脸上移开……忽然跳了一下，那背了一身彩的门正慢慢缩着，越来越瘦，越来越细……

六

乔丁连续两周没去岳母家吃饭，吴欢终于生疑了，问他：“怎么回事，是不是和妈闹别扭了？”她似乎下了很大的决心，声音摇晃不已。乔丁上身微倾，双手勾转，那是要托住什么的架势，神色却很无辜：“没有啊，我怎会和妈闹别扭，我不是有事嘛。”吴欢问：“真的？”乔丁说：“我向老天保证，妈问我了？”吴欢点头，忧郁地说：“妈这几天瘦了，好像……可我又说不上……”乔丁说：“明天过去。”停停又说：“明天没事了。”吴欢松了口气的样子，让他抽时间带妈去医院查一下，并强调“妈听你的”。

乔丁不想见她。岳母，妻子的母亲。那个给他疼爱的女人。那个与他默契的女人。那个他敬重的女人。那个喂馋他胃口的女人。那个优雅大度的女人。那个普通又非凡的女人。那个坦荡的女人。那个娇惯丈夫的女人。谁想那是她一层层的面纱。她遮掩了他的眼，遮掩了所有人的眼。是的，他恨她。原来她……原来她……她碎裂了，那无数的碎片，不是落在地上而是刺在他心上。偏偏让他撞上，巧得让人怀疑。他宁愿躲开那一晚，宁愿被她欺骗着，可谁能把时间扭转?

答应了妻子，乔丁方意识到他的躲还有一层怕。他怕见到她。他撞见她的秘密，她也窥见他的秘密。他从未示人的秘密。当然，他和岳母不同。岳母是背叛，背叛丈夫，背叛女儿，背叛了……他。而他不是，不是！为什么怕她？毫无必要嘛，可是他甩不掉被追逐的感觉。

不能再躲了，不能把妻子和岳父扯进旋涡，这是他和岳母之间的事，至少表面上是。

第二天，乔丁理了发，冲了澡，从里到外整得精神抖擞。依然是过去的他，但又不是过去的他了。示威吗？他说不清楚。他早早地赶过去。“来了？”岳母的声音没什么不同，浮着他熟悉的平和的笑，可是他还是窥见她眼底的异样。她果然瘦了，让他吃惊的瘦。与他是如此的相似，依然是过去的她，但又不是过去的她了。乔丁竖起的毛刺突然就萎了。

乔丁陪岳父坐了一会儿，听到厨房有声响，便走过去竖在门口。他喜欢在狭小的空间和岳母忙活，和岳母说话。她肯定觉察到了，但没有回头，仍专注地切着藕片。“妈，我来！”他站在她身后。岳母说：“不用，你歇着吧。”他固执地等在那儿，岳母放下刀。转身时，她扬着胳膊。他往后一撤，躲开那个巴掌。她诧异地扫他一眼。她不过捋捋头发。他的脸有些烫。他恼怒地咬咬嘴，脸迅速冷下去，罩了青色。不是惩罚她，而是惩罚他自己。零零星星的对话，可有可无。礼貌如一个巨大的阴影，悄然横在中间。偶然对视，迅速躲开，不经意间又碰在一起，仿佛躲避的目的就是鼓足勇气再次对接。他急欲从那复杂的眼睛里抽出什么，她又何尝不是？探询，遮掩，出出进进，你来我往。一场没有方向的较量。他并不想这样，初见她的那一刹，他甚至可怜她了，可他被激怒了，被自己和她共同上演的冷漠与客气激怒了。依然是一声一个“妈”，声音水水荡荡，又坚硬无比。

吴欢和果果进门，乔丁大大地松口气。窥岳母一眼，她绷紧的神情也舒展许多。餐桌上，一如过去的轻松。乔丁说话，岳母和其他人一样看着他，偶尔也会接话。岳母说话呢，乔丁眼含适可而止的笑意。他和岳母在伪装上仍是这样心有灵犀。

离开时，乔丁突然记起似的：“妈，我领你去医院查一下吧。”岳母嫌恶地皱皱眉：“无缘无故地查什么？”吴欢也劝：“查一下放心，瞧你——”岳母说：“我自己的身体自己清楚，没啥。”乔丁问：“妈，你咋就瘦了？”他听出声音里的恶意。岳母扫乔丁一眼，那目光极有力度。“多吃就胖少吃就瘦，别大惊小怪。”岳母拉开门，急欲打发他们走的样子，却没忘叮嘱乔丁和吴欢，“记得关好门窗，夜里睡觉睁一只眼，别让贼算计了。”

乔丁冷冷一笑。

大约是第四天的中午，岳母拎着饭盒走进店里。她冲乔丁点点头，问小刘是否吃过，她带了饺子，还热着。小刘说不用，她已经订了。乔丁说他不出去，小刘如果有事可以晚回来一会儿。小刘很自然地说，正好想去买双鞋。

剩下乔丁和岳母，空气便凝重几分。

岳母让他趁热吃，乔丁没问她是否吃过，饿极了似的埋下头。岳母端详着货物的标签。乔丁揣测她肯定有话说，送饺子不过是借口。

乔丁吃完，静静地看着她。

岳母问：“馅儿不咸吧？”

乔丁说：“正好。”

岳母说：“放不少盐，我怕咸了。”

乔丁说：“大老远的，可别跑了。”

岳母说：“反正也没事，静下来，没着没落的。”

乔丁说：“你照顾我爸呀。”

岳母的语气便重了："听听你这话，好像我没照顾他，睡觉前枕巾我都给他抹平。"

乔丁说："我相信你会，可……"目光荡起，像屋里突然旋起大风。

岳母说："我今天不是向你解释的，你没必要知道，就是我告诉你，你也未必明白。你还没到那个年龄，有些事只有到一定年龄……"

乔丁受了侮辱似的："可我不是傻子。"

岳母盯住他，目光锋利："和你有关系吗？"

乔丁叫："当然有，你骗了——"他险些说成"我——我爸"！

岳母说："那是我和他之间的事，我会解决。"冷傲弥漫到脸上，他想，那是装出来的吧？"我今天不是来给你解释，你该明白我的意思。吴欢是我唯一的女儿，从小到大没和人吵过架，她胆子小，心眼儿好。我知道她没多大出息，我从没指望她有什么出息，平平安安就好。我原以为她过的是安稳日子，可是……你让我失望了。为什么？你缺钱吗？"

不是和解，而是讨伐。他不回避她的逼视——此时她已完全站在审判台上——他说："我不缺钱。"

岳母大声道："为什么？好玩吗？"

乔丁说："你不懂。你说我不明白你的事，其实我清楚得很，没那么难理解。"——不就是偷情吗？他控制着，这句话只在心里飞撞——“我的作为我说不清楚，我也不想说清楚。我想说的是，我没背叛你女儿。”

岳母问：“你的意思是你还要……你非毁了吴欢，毁了果果的前途吗？”

乔丁说：“不，我没想那么做。实在必要，我会跟她说。妈，你会吗？你会跟我爸说吗？要不要我们互相抖出来？”

岳母哆嗦一下，脸色渐白。

乔丁甚是不忍，表情却没有软下来。

岳母冷笑：“何必在家里抖搂呢？到公安局更直接，连口供一块儿录了。”

乔丁问：“现在去吗？”

岳母凝视着他，慢声道：“乔丁，你是个浑蛋，彻头彻尾的浑蛋。”走到门口，她摇了一下，又丢下两个字：“浑蛋。”

乔丁呆了呆，马上追出去。稍一顿，又折回锁上店门。他远远地跟着岳母，那个背影曾是那么的……温暖，此时却瘦巴冷硬，仿佛一棵枯树。她摇一下，他的心便缩一下。想追上去扶她，可他想那会是什么结果。他的话重了，他很难过。可谁让她毁了他心目中的形象？谁让她失去资格依然对他横加指责？过街口，他心惊肉跳的。那些车避让着她。她走到小区门口，他嘘了口气，竟攥出湿漉漉两手汗。

七

并没有他想象的那样提心吊胆，几次之后便习惯了，如她所说就像进自己家一样。他也认可了她另一个说法，减轻有钱人的罪孽，等于行善呢。她的话语，她的作为，她的眼神，她的一颦一笑及她浑身散发出的神秘气息，汇成一个强大的磁场，令他趋附、着迷，甚至融化于其中。他不明白怎么回事，他可是个差点儿就要毕业的大学生，喜欢她？不可否认，但这远非喜欢所能涵盖。有时，他试着反驳她，但几个回合便被她击得稀里哗啦。她嘻嘻哈哈，又野性十足，他根本不是对手。他不再抗拒，心醉神迷，偶尔顶牛，不过是从她那儿寻找更为踏实的借口。

他跟着她从一个地方到另一个地方，造访他们陌生而熟悉的“客户”。虽有意外，但总能化险为夷。吃喝玩乐，游山玩水。原来世上竟有这样的活法，原来他不耻的勾当竟这样迷人。不用再瞧老板眼色，也不再怕谁问什么学历，追问他不光彩的过去。那始终结在心里的疙瘩悄然解开。他开始给家里寄钱，往村里打电话时双腿不再发颤。他有工作了，虽然采购员甚为辛苦，但收入不菲呢。他明白了扬眉吐气是什么滋味。

那次，他和她造访南方一个旅游城市，数次空手。“妈的，风向不好。”她咒骂着，夜也不过，恨不得插上翅膀马上飞走。对此，她固执地迷信。后来，他意识到那是她天才般的直觉。回到凤凰飞舞的彩屋，她严肃地说，他该长些本事了。他和她一般从门进去，她的手、她手里的钥匙有魔力似的，轻轻一捅便开了。很多时候防盗门从里面反锁，就得翻窗。他没有攀爬的本事，只能在外放哨。她讥诮，说是哨，其实是个累赘，她老得担心他。他明白她的意思，点头答应。付出才有回报，学校也是这么教的。

她把他领到城市的烂尾楼，训练他的攀壁功夫。她从上面垂下绳子，让他拽着绳子攀。上到半截他就坚持不住了，手臂酸得随时要脱落。她冲他叫，连“妈的”都冒出来。他还是没坚持住。她怒气冲冲，又是蹦又是跳。她给他示范。她身轻似燕，他想起武侠小说中的女侠。她又是跟谁学的？她跟他一块儿攀，他支撑不住时，她就拽他一把。终于成功。第二次就自如多了。起先白天攀，后来在夜晚进行。从一个烂尾楼到另一个烂尾楼。她对城市熟悉得像自己的身体一样，知道哪个部位有胎记，哪个部分有划痕。她嫌他攀得慢，一次攀到半截，他闻到一股柴油味。她居然点燃了绳子。虽然她只在下半截浇了油，中途火蹿慢了，但呼呼的声音让他心惊。他不知自己攀上去还是跃上去的。她大笑，说他就爱吃罚酒。他有些恼火，面对她的刁蛮，他只好干瞪眼。

一个冬天过去，他虽然不像她那样如履平地，但上下已很自如。

他长了本事，和她配合得更加默契。那种日子依然让他着迷。不干活儿的时候，她和他也闹别扭。那种别扭不过是调节情绪的一味作料，他和她不当回事。就连她的蛮横，过后他也能嚼出让他迷恋的味道。而她，也并非一味霸道，哄人的功夫也很了得。看起来粗粗拉拉一个人，有时又心细如丝。一次，他和她经过他们大学门口，他多看了一眼。几天后，她送给他一个大学毕业证。他惊奇不已。他明白那是假的，但他看不出假来。就像她说的，你认为是真的就是真的。这个遥远的证书，这个让他痛恨让他亲切的证书。他们比他多的只是这样一个东西。她问他还要不要别的，他说一个足够了。有她也足够了。只是这句话没说出口。

某天晚上，他和她回到彩屋，边喝啤酒边聊天。他蓄意却又不经意地问起她的过去。他敞得那样开，而她依然深埋。她倒没少讲，但版本太多，父母忽而是高官，忽而是富商，忽而是要饭的，忽而又说自己是野人，根本没父母。她扯谎也是一流，他总是相信。下次，她自己戳破，再给他讲一个“真实”的。我要骗你，我就是毛驴养的。她发着誓，下次又推翻，还警告他不要骂她妈：“我可是我妈叉着大腿生出来的。”

她问：“你真想听？”声音很轻，像一片飘落的树叶。

他说：“当然。”

她声音依然轻轻的，但目光重重地压住他：“你为什么老打听这个？怕我父亲是叛逃特务，连累了你？”

他窘迫着：“我随便问问，又没逼你讲。”

她很无奈似的：“好吧，这回我实说了吧，省得你闻闻嗅嗅，像馋骨头的狗。”

他嘿嘿。

她声音挑高了：“咋？我说得不对？”

他说：“赶紧说实话吧。”

她说：“瞧你那德行，挖苦我？我凭什么告诉你？他们又没生你！”顿顿，忽然又道：“算了，还是给你讲吧，先陪我干了这杯！”喝得猛，啤酒从她两个嘴角漏泄。而后抹一下嘴，道：“我妈生我那天费老鼻子劲了，险些昏过去。”

他不自觉地“咦”了一声。

她恼道：“不听了？”

他忙说：“听着呢。”

她的目光滑开去：“我说的事有些远了。我没骗你，这是我妈后来告诉我的，她总给我讲过去的事，她是个碎嘴婆婆。我离家那天，她还给我讲她和那个男人的故事……喂，你听没有？”

他说：“听着呢。”

她接着讲。跳跃性很大，但他还是缝接起来。她出生不顺，家人对她厌恶。从她记事起，家里就接二连三遭遇灾难，要么失火，要么闹病。她七岁那年，父亲被车撞成瘸子。就是这个瘸子开始不回家，拖着残腿在外胡混，终于有一天没了踪影。母亲终日抹泪，经常拿她出气。两年后，母亲有了男人，开始偷偷摸摸，后来领到家里。她看不惯，母亲让她滚蛋。她怕滚蛋，可一个黄昏，她逃离了，从此再未回去。

比她先前讲的故事长。静得只有啤酒泛着泡沫。她“嘿”一声：“你怎么了？”

他的眼睛湿了，泛着红。

她哈哈大笑，并不爽朗，像混杂着尘土。笑声止住，眼角仍有笑的残渣往下掉：“你真信了？我不过逗你玩儿。”

他盯住她。

她发誓：“真的，骗你是毛驴养的。”不同的誓，同样的赌。

他声音发颤：“求求你，正经点儿好不？”

她嘲讽：“瞧瞧你这点儿出息，别人的事把你搞成这样？我不懂什么正经。哎，可怜的家伙，不逗你了，我改口，我说的是真的，起码到现在还是真的。我要骗你……我干吗要骗你？她警告，别拿我妈出气啊，我可是她叉着大腿生出来的。”

他抱住头，让她说得异常的疼。

她说：“该，谁叫你刨根问底，要不要我搞份家谱给你？”

他泄了气。

她蹲他身旁，一脸幸灾乐祸。注视一会儿，她的目光渐渐柔软：“还大学生呢，你这个可怜虫。我豁出去了，让你占点儿便宜吧，算是犒赏……等等，把你的爪子分开，关上那俩眼睛珠子！”

他说：“你已经豁出去——”

她叫：“少废话，关不关？”

他听话地闭了眼。

她和他接吻。那个场景从开始就被她颠覆。她不闭眼，让他闭，必须闭。她的手抓挠着他，但不让他动手。还不让他趴她身上，要么站着，若躺着，她必定覆盖在他上面。他戏谑，她是强权，他只能算第三世界。

娇喘和呻吟终于使他难以自持，他的手翻拐上来，试图伸进她的衣服。

她啪地打开：“狗爪子，瞎摸啥，还嫌便宜占得不够？”他嬉笑着，继续试探。

她沉下脸：“小心我剁了它。”

他不敢造次，委屈地说：“不怪我，我管不了它嘛。”

她语速极快：“交给我，不收你一分钱。”

他缩缩肩：“还是不麻烦你了。”

睡觉时，他又贼心不死地凑过去，想尝尝床的滋味。他一直睡沙发。她的施舍仅限于接吻。她并不生气，反而笑着说，如果他的骨头想断成几截，她也不反对。他虚试几下，讪笑着离开。

那夜他睡得不踏实，无数的凤凰在脑里飞舞，想抓却又够不到。黎明时分，他渴醒，起身喝杯水，往下躺时，目光忽然被牵住。他怔了怔，轻步朝大床挪去。光线还暗淡，但他的眼睛能刺破那模糊的外壳，又亮又烫。抑或，是被她照亮。她身体弯成弧形，起起伏伏。手臂伸在外面，一只压在身上，另一只往外张着，像要抓住什么……是凤凰吗？她睡得很香，他能闻到她的呼吸声。是的，他闻到了，伴着呼吸的似乎还有茉莉花香。他又往近探探，看清了她的脸……他骇异地一缩，仿佛绞了一下似的。一个拇指大的耳郭，不，更像个小肉球。他呆立。一连串的回忆闪过。难怪她总掩着那里，不让他碰。他明白了。可是又不明白。她……她……他探出手，撩起弯曲的一细绺头发，那个小肉球彻底呈现在眼前。

他探究着，寻思要不要摸摸。

她突然醒了。来不及说，甚至僵硬的手未及缩回，一记耳光就甩过来。

八

乔丁又到岳母家蹭饭了，他和岳母仍旧在说话中干些什么或忙活时说些什么。但他知道，那一切并没过去，他没过去，她也没有过去。他和岳母是伪装的，他们配合得很好。

即使岳母欢愉地大笑，他仍能觉出藏在她眼睛深处的蒺藜。每每这时，他柔软的地方忽又坚硬。在那个下午，他跟随岳母穿越大街时，身体的某个部位不可阻挡地融化。他想起岳母种种的好。他或许是过分了。

可是，这是他的问题吗？是她啊！他都想吼了。如果能吼，他会冲她吼上一千二百遍。她已然失去资格，而他没有。他和她是不一样的。如果坦白，把那个秘密端上桌面，他不会退缩，她敢吗？他不是有意瞒着吴欢，实在是与她无关，他的仪式伤不着她。恰恰相反，他从那个世界滑回来，会更安分，更爱她，更能嚼出日子的味道。而岳母……扔出的不亚于一枚炸弹啊。

乔丁甚至冒出向岳父说出一切的念头。岳母对他好，岳父对他也不错啊。岳母起先对他很是挑剔，果果出生之后，她才转变态度，并出乎意料地默契。他不只是女婿，还是说得来的朋友，她是岳母，也是知音。也许知音的说法不恰当，但他就是这么认为的。她和他的关系有一个过程，而岳父从开始就接纳了他。他给岳母保密，等于欺负岳父。欺负岳父自然是错的。那天，听着从公园方向传来的歌声，他忽然按捺不住了。他要和岳母赌一赌。谁让她这么硬气来着？她起码该痛哭流涕地忏悔，不，掉几滴眼泪也可以，最次也要面带羞愧。她一方面发虚，一方面却又套上铠甲，像干了什么了不起的事。她认为他不会说出，凭着她的聪明，凭着她对他的了解。可牌的打法多的是，他现在就不按常理出牌。他要给她点儿颜色看。

公园里歌声飘摆。进门不远处的一棵老槐树下，围着一圈儿人，那是岳父固定的场地。乔丁急匆匆的，看见这个场面却扎了脚似的，踟蹰不前。这可不是说话的地方啊。那就等着，等到演出结束，把岳父拽到僻静的地方。他站了一会儿，悄悄靠前。其实，岳父根本看不见他，完全沉浸在音乐之中。岳父身边是一个中年汉子，唱的是《牡丹之歌》，之后一对妇女唱《天仙配》。一个老妇唱时，她抱的孩子顽皮地抓她的脸，她偏着头。岳父神情笃定，谁也不看，也不看乐谱。他面前什么也没有。他似乎什么都会拉。他的半个脸镀了层金色的光亮，哪里是那个小心谨慎的岳父？

乔丁悄然离开，怕惊着岳父，怕惊着那些忘情唱歌的人。其实，没有任何人注意他。

意外地，岳母在店里等他。不是吃饭的时候，她当然不会送饭。她是不是觉察到他的企图？她淡淡地解释："刚巧路过，进来看看。"他"哦"了声，说："我去公园了。"她的目光晃了晃，很轻，但他感觉到了。她问生意的情况，他很耐心地回答。他正想把小刘打发走，岳母忽然说得回去了，问他晚上过去不。他说过去，马上又补充："我和你一块儿回吧。"岳母看他一眼，他和她又想到一起了，他想。

不再一前一后，他和她挨得很近，他试图搀她一把，她用他熟悉的口气说：“我没那么老吧？”

乔丁暗道，当然不老，跑那么远约会，不是一般的激情呢。

岳母突然问：“你想什么？”

乔丁竟然脸红：“没想啥啊。”

岳母并不看他：“你觉得我是个不要脸的女人，是吧？”

乔丁想，她可真厉害。顿顿，他问：“你能告诉我吗？”

岳母回答得极其干脆：“不能。”

那不像两个字，而像两个拳头。乔丁感觉到钝痛，他的口气一改刚才的温和：“我要是想知道呢？”

岳母笑笑：“我不会告诉你，永远不会。和你无关，你没必要知道。”

乔丁问：“这么说，你还要去那个地方？”

岳母站住，目光尖锐：“什么意思？让我保证？还是想给我下通牒？”

乔丁竟耐不住她的逼视，摇头：“不，不是那个意思。”

岳母缓缓道：“我没想过，也许……我不知道，这对你很重要？”

乔丁说：“是你，妈，你对……这个家很重要。”

岳母叹口气：“我今天突然烦躁得厉害，想和你说说话，到店里又不想说了。说什么呢？能说的我都说了，不能说的不会说。随你怎么看吧，我不是求你谅解，你也没资格。

你想怎么样吧？轻视我，骂我，我都不在乎……这几天我像憋在闷桶里，我只求你，好好待吴欢，你该清楚你不只是她丈夫。”

说到最后，岳母声音嘶哑，乔丁忽有一种不祥的感觉，难道岳母……他的心揪紧了，几乎是情不自禁地叫出声：“妈，你别……”

岳母严厉地说：“瞎想啥？我没那么不结实。”

乔丁不知说什么，心里一下空空的。之后，两人都沉默了。乔丁稍稍拉后一步，这样，岳母的背影又罩在目光之下，瘦、僵、苍老。她声言不那么不结实，其实她是不结实的，或者说，起码没那么结实。掩盖多年的秘密被发现，尚未掀起波澜，她就承受不住了。她受到了打击。他，他的两面，对她也是打击。他再次柔软起来，甚至有些愧疚。他们，他和岳母，在不合适的地点相遇，目睹了彼此的真实。那么，忘掉吧，就当什么也没发生。

又一个六号，乔丁在孤儿院忙了一天，晚上看望了李护工。大约第三天或第四天，乔丁找东西的时候，看见缩在柜子里的包，突然想起她很久没来了。她怎么……他愣怔一会儿，缓缓抬起头，转动着脖子，期待在某个角落逮住她顽皮的影子。墙角空空的，灯线空空的，他拉开包……万一是她恶作剧……没有。他捏起铜镜照照，揣进兜里。没什么好找的，她没出现，连出现的信号也没有。怎么回事？她该来了，早就该来了。乔丁脸色渐白，慌不自持。他跑出店外。日光如网，声响不绝。他又退到店中，她如果来了，就算在大街的人流中，他也感觉得到的。她的悄语穿越喧嚣穿越黑夜和黎明。难道是他疏忽了？难道他的耳边竖起了隔板？

他僵坐在那里，支着耳朵，倾听她窸窣的脚步……

整整一天，他像蹲在那里的一架机器。

次日，他告诉吴欢晚上不回家了。他把小刘打发走，早早关了店门。他铺展开那一沓地图，手指在光滑的图纸上游走。一遍又一遍，指力渐重，可耳边空空。他闭了眼，数到十，突然睁开，期待那个飞舞的彩影，扑进眼睛的只是无边而沉重的黑暗。他又闭上，数到一百、一千、一万……失望，失望，失望。

清早，小刘打开店门，看到枯坐的乔丁，吓了大大一跳。乔丁从臆想中滑出，苦涩一笑，在小刘呆然的注视下走出店外。在一个小摊前，他吃了两根油条，喝了一碗豆浆。走了一段，他又买了一张煎饼。他觉得饿，又吃不进去，便拎在手里。

他不知自己要干什么，像多年前揣着全部家当那样，把自己置于陌生的人流。他的脑子空着，像一个大大的陷阱。空着也好。几乎是顷刻之间，突然又涨满。那个折磨人的疑问又来了，他无法避开。她没来。也许她不再来了。这么多年，他已习惯了带着她游走。走遍所有的地方，她在彩屋种下她的梦想。为什么？为什么她不再来？他想起那个尴尬的夜晚，她羞于与他为伴，还是因她和他的秘密被发现而生气？他并没有把他和她的秘密示人，任何人，那完全是个意外。她要惩罚他？她要彻底和他决裂？

他的脑子陷于混乱。但有一点，他很清楚，这一切与岳母有关。没有运气的夜晚，难堪的对峙像一把锋利的刀劈断他的生活秩序。他忘了自己是怎么离开的。那时，他尚不自知。窥见和被窥见的惊愕、羞恼覆盖了一切。这些日子，他和岳母依然被阴影罩着。现在，就在他准备遗忘那一切的时候，却发现他的生活秩序被斩断。

或许还有可能……他抱着侥幸，像过去的任何一次一样，开始了小心翼翼的旅行。他选定城市，当然是他自己选的——和她在一起的时候，他自己也选择过。到了车站广场，他左顾右盼。一个身影，又一个身影。说不定她就藏在其中。他和她是有感应的，他来，她能不来吗？等了一个多小时，他上了车。火车缓缓滑行，他盯着站台，如果她奔跑过来，他马上跳下去。忽又回头，东张西望。她没来。她来了，他肯定能感觉到。也许，她打算和他去那个城市会合，她总有新奇的点子。他不踏实地眯了眼。到站，还是不见她的影子。谁知她又搞什么把戏？是不是在他行动时突然现身？他踩了目标，登记了住处。他仍要了双床的房间。一次，他要了一张大床，她罚他睡地板。午夜，他潜出宾馆。但是，他找不到路了。转了几圈儿，他的心慌慌的，要跳出去似的。他没这么紧张过，第一次做也没有过。他感觉不到她在身边。她没来。她真的没有来。他已经到这儿了，她还是没有来。

他游逛了半夜。黎明时分，退了房，直奔火车站。

她要离他而去，真要离他而去了。疼痛如针，扎一下，再扎一下，忽然加快，在他身上穿着一个又一个洞。

他去了岳母家。这个时间，只她一个人在。除了去那个城市，她不乱逛，练功也在家里。她喜欢家。家，多么放心的地方。养精蓄锐，然后疯狂、放荡。没什么可以阻碍她，她仍可以一次次约会。他能把她怎样？她说过，与他无关。他的行为也与她无关。可是，他已经不能了。她扼杀了他的仪式。本已搁置的愤懑再次喷涌。

岳母瞧见他的架势，稍一愣，很快平静了。她是装的，她不可能有过去的平静了，就算他是一粒沉默的石子，也会硌着她。她没说话，她那么聪明，只点点头，等他开口。他却突然哑了。那些话触到她的眼神突然躲得无影无踪。他只是挑衅地和她对视着。

“还没吃饭吧？”岳母问，不等他回答，起身。

是的，他没吃饭，但现在不想吃。他喊住她：“我不是来吃饭的。”

岳母说：“是来打架的喽？那也得先吃饭呀，吃了饭更有力气。”

他跟着她来到厨房门口，他的声音烧沸了似的冒着气泡："我又干了。"

岳母头也不抬："知道，吴欢说你出门了。"

他问："你不生气？你不是要阻止我吗？"

岳母说："我能拦住你？"重重地叹口气："我只是替吴欢担心。怎么这么快？不顺利？"

他说："是你……"

岳母终于回头："我？……我吓着你了？"

他说："吓着她了。"

岳母皱眉："谁？你说谁？"

他大声说："她！"

岳母狐疑地看他一会儿，冷静地说："想出气就来吧，你出够气我再做饭。"

他往后退退："站住。"

她拍拍他的肩，让他坐下。她说："你不是来打架的，你憋得不行，是不是？好了，说出来吧，那是怎么一回事？"

他并没有哭的打算，可是，该死的眼泪汹涌而出。

九

她和他和好了，但不再和他接吻，甚至不让他碰触她的身体，不管她心情多好，他一有什么动作，她的大眼温度陡降。他为自己的鲁莽付出了代价。她不谈及她那个地方，他自然不敢问。可探询的欲望始终蛰伏着。她的身世，她说那么多，对他依然是谜。就连她真正的名字，他也没搞清楚。认识她的时候她叫吴紫。忽然有一天，她说改名了，叫张红。她不停地换着名字，李青、赵蓝、白雪、黄娇。就像她对凤凰的迷恋，她对颜色有着偏执的嗜好，每个名字都与颜色有关。不仅如此，每个名字都有证件，那对她实在是小儿科。她一方面心直口快，连打盹做了什么梦都告诉他，一方面嬉闹似的包裹着自己。他仍如过去一样迷恋她，相信终有一天会咬开她的壳。

腊月，他给家里打电话，父亲让他这个年一定回家过。“你妈想你。”父亲哽咽的声音使他马上答应下来。他好多年没有回家，的确也想回去看看。父亲让他把对象带回去，他在一次通话时说走了嘴——他犹豫一下，说和她商量商量。父亲说一定要领回去，不然他和母亲要追过来。

那几日，他心不在焉，一脸沉闷。她觉察出来，问他是不是让那个大胸女孩儿勾走魂了。他和她常吃麻辣鸭头的重庆馆新来个服务员，胖乎乎的，胸脯凸翘，他的目光总是不小心落在那个地方，彼时她就用筷子敲他的手。她常拿那个女孩儿嘲笑他：“瞧瞧你那馋相，就差流口水了。”他没像往常那样调侃地检讨，只是重重地叹气。追问之下，他说了。

“你要回家过年？……这么说，要把我一个人丢下？”她的声调变了。

他忙解释。

她绷着脸：“不行！我还好几年没回去呢，我不是为了陪你吗？你这个没良心的家伙。”

他说要么两人各回各家，要么她跟他回。

她的声音跳跃似的：“早说嘛。我跟你回……别这么愁眉苦脸，我吃你多少，交多少伙食费。”

他说：“有个事，我得告诉你。”

她的眼睛稍稍眯了。

他说：“我说了，你可别生气。”

她不耐烦了：“让你急死了，说呀！”

他边说边揣摩她的神色，她的脸没什么变化，眼睛仍那样眯着。然后，她追问：“就这？”

他点头。

她哧地一笑：“我还以为干了什么勾当。不就说我是你女朋友吗？我本来就是你女朋友嘛。”

他解释他说的女朋友不是普通朋友，是对象。

她突然恼怒：“谁是你对象？”

他的心被挫了一下，尴尬地说他是哄父母的，父母盼他带个对象回家，可他们认真了……

她哈哈大笑，像冰层突然跃出火苗，让他措手不及。她边笑边拍着床垫，脸上霞光绽放。

“好吧，我就算是你的对象吧。”她笑够了，直起腰说，“瞧瞧你这点儿胆子，一个对象就吓成这样？”

他让她戏弄个够，此时也轻松了，说：“我怕你生气。”

她说：“生什么气？给人当对象，多乐的事呀。除了你，谁敢要我啊。我的便宜让你占光了……你真把我当对象？”

他几乎要发誓，她适时制止：“好吧，我信。谁让我碰上你呢，哪年我高兴了，给你生一堆孩子……你打算要几个？”

他说：“你生多少我要多少。”

她说：“我得想一想哦。”

出乎他的意料，惊喜就这样撞了他。从那晚开始，他终于又能吻她了。仅限于此。她仍高度防备，他小心着，不摸碰她的耳侧。可是临近年根儿，他又担心了。万一他的父母瞧见呢？就算他们不问，也掩饰不住眼里的惊愕。她似乎比他还上心，早早买好大包小包的东西，每天都有补充，结果有一些带不走，丢在彩屋。

他和她到了县城，本来能赶上回家的车，但她忽然提出在县城住一晚。他以为她要做活儿。他不想在家门口干，尽管这个县城和他没多大关系，但那也是家门口。他劝她算了，小地方没什么油水。她说吃腻了大鱼大肉，喝点儿清汤寡水也好。他再劝，她瞪大眼：“谁说我要干了？”

他想，她或许真想逛逛。可第二天，仍没动身的打算。他催她，她犹犹豫豫地——他从未见她这样——说："要不，你一个人回吧。"他甚是吃惊，问她什么意思。她说没什么意思，只是不想去了。他动情地劝着，继而改成乞求。她说她不敢去。她不像开玩笑，可她开玩笑他也辨不出来。就这么从早晨耗到中午，又从中午耗到晚上。他瞧出来，她确实有些紧张。他不清楚她为什么紧张，她不是这样的人啊。她实在是过于反常了。他竭力地说自己父母多么老实善良，他们会怎样喜欢她，他甚至激她。她仿佛咬牙似的，说："去就去，我才不怕呢。"

她问见了他父母咋称呼，他说叫叔叔阿姨就可以。她问她是他对象，也这么称呼吗？他说那就随他，叫爹妈。他补充说他父母心里会乐开花的。她问称父亲母亲是否可以，他说太书面了，有些别扭，不过也可以。她问他有哪些亲戚，他说他会一一告诉她。她怕到时候喊不出口，非要练练。他拗不过，只好陪她。她是她，他则是他的父母亲戚。

她叫："爹。"

他笑笑，浅浅地"嗯"一声。

她说："你正经点儿。"他忙说："好好。"

她又叫："爹！"

他答："哎。"他有些乐，但终憋住了。

她叫："妈！"

他答："哎。"

她叫："叔！"

他答："哎。"

她叫："姨。"

他答："哎。"

她叫："父亲。"

他答："哎。"

她叫："母亲。"

他答："哎。"

似乎叫出了瘾，她又叫了一遍。接下来，她喊他舅舅、舅妈、姨姨、姨父、姑姑、姑父、伯伯、婶婶、姥爷、姥姥、爷爷、奶奶。整整一个晚上，她不厌其烦地练习。他哪有那么多亲戚？她兴致高，他只好扮演一个又一个角色，包括死去的。这还不算，她重新装扮角色，让他叫，他就一一叫着，"爸妈……"最后，他忽然叫"小亲亲"。她"哎"了一声，双眉忽竖："你占我便宜，不行，得罚你。"于是，他重新叫了一遍，直到隔壁有人抗议。

他数年没归，现在回来了，还带着对象，父母自是喜上眉梢。她没白练习，大大方方地喊爹妈。她的野气似乎消逝了，带着些娇羞。看得出，母亲很喜欢她，拉着她的手，似乎还想摸摸她的头发。他的心紧张到极点。她偏偏头，母亲大约意识到了，放开手去做饭了。他不离她左右，生怕有什么意外。吃饭时，她忽然改口称“叔叔、阿姨”。父母对视一眼，询问地望着他，似乎想知道是不是怠慢了她，以致这么快就改口。他知道父母在乎那个称呼，但不好解释。后来，她又称“父亲、母亲”。他暗暗叫苦，她似乎要把那些称呼操练一遍。待会儿，她又冒出“爸爸”。父亲看着她，以为她有什么事，她只是笑笑。她有些傻，可爱的傻。让人心疼的傻。乘出院子的时候，他提示她，只称呼一样就行。她反问：“犯法吗？”他说不犯。她说那就别管这么宽。好在也没什么，父母很快习惯了。

晚上看电视，镜头里一个男人殴打妻子，她忽然说：“妈的，该一枪崩了他。”他觉察到父母神色的异常，还好，他们没说什么，只是安安静静地陪她看。第二天，母亲和她拉家常，这是母亲表示亲近的方式。父母不会挑剔，只是对她的某些表现不习惯。他怕她疯，又怕她受委屈。母亲这样，他竟有些感激。话题忽然转到她父母身上，母亲只是礼貌地问候。她对母亲讲着她的父母，他未曾听过的一个版本。她张口就来，母亲自然毫不怀疑，并不时插问一句。他想，如果她只讲这一次，毫无问题。他担心哪天再说到这个话题，她会换一对。不再是医生，而是工程师或其他什么。还好，没人问她。

那天，他儿时的伙伴来看他，他正要介绍，她爽快地伸出手：“你好，我叫张红。”他的目光掠过母亲，嘻哈地岔开话。他给母亲说的是她另一个名字：黄娇。

吃过饭，父亲喊他抬东西，他随父亲去西厢房，父亲马上掩了门，他立刻猜到。父亲绕着弯子夸她，然后很不情愿很不好意思地说：“这女娃好是好，只是……是不是不大着调？”他说她有些紧张，不大习惯。父亲问：“不是姓黄吗？怎么改姓张了？”看来，父母没少嘀咕。他说那是为了上户口改的，三句两句说不清楚，她很聪明的。父亲“哦哦”着，脸松弛许多。

走的时候，母亲再次抓着她，嘱咐她明年一定还回来，她点头，竟有些哽咽。他惊讶得怀疑自己的眼睛。又是破天荒的。他只见识过她的假哭——某次戏弄他。母亲也动情了，抬起另一只手——他迅速揽住母亲的肩，她的脸已防备地撤后。他和她对在一起，她狠狠瞪他一眼。显然，她不喜欢他过于明显的护卫。母亲不明白怎么回事，似乎还想拉她，他说行了行了，赶不上车了。想来母亲有几分遗憾，她是那么想摸摸她。那可是他也不敢碰的地方啊。

她对回家之旅还算满意，只是左一声右一声地叫，真是累死了。他问她想不想家，他再陪她回去一趟。她斜睨着，很是不屑：“就你这土样儿，他们不把你赶出来才怪。”他说：“我不怕挨打。”她问：“你真敢去？”他说：“我没那么胆小，为你挨打也值。”她不领情：“少卖嘴皮子，值几个钱呀。”他嘻嘻地望着她，说过去不值钱，现在变得值钱了。

她明白过来，骂："你讨打！"她说他这么想去，她就破例回去一趟，她实在是不想回那个家。然后一通疯狂采购，她说她家虽然什么也不缺，但不能空手回去。可没过两个小时，她又变卦了，说这几天家里人来客往，除了送礼就是求她父母办事的，还是别丢这个丑了。他很是沮丧，可拗不过她。蛮横的公主。有一个星期，他和她不出门，发狠地消灭大包小包的食品。

也就是那几天，他起了洗手的念头。不，在家里的时候，他就有了。现在，不过是重新审视。他和她各攒了一笔钱，加起来是个不小的数目。做点儿生意，过另一种日子，毫无问题。那种新奇的感觉已经淡去，勾当仅仅作为弄钱的手段。常在河边走，哪有不湿鞋的？早晚有到头的时候。过去他不想，现在时刻在想。

犹豫几番，他还是说了自己的想法。她的嘴角停止嚼动，看他一会儿，又轻轻嚼起来。而后慢悠悠地问："你的意思是，要和我分手？"他说不是，他离不开她，也不想离开她，只想让她收手。她问："你怕了？"他说："不怕，只是——"她冷冷地截住他："我不逼你，你也别拦我，各走各的路。"他说："我是为你和我的将来。"她大叫："别教训我，我不要将来！你走，你现在就走。"他不走，她过来撕他拽他，他一次次被她弄到门口，又一次次缩回去。和她负气只会适得其反。她折腾累了，骂他癞皮狗，没再逐他。

他和她又开始干活儿。配合得很好，却又像两个哑巴。她不理他，他搭讪也没用。辗转了两个城市，再次回到彩屋，她突然赞同他的提议。不过得再干半年，要把钱攒足，到时候买一套房子，她给他生一大堆孩子。她又恢复了顽劣的神情：“我可没说嫁给你哦。”他大喜过望，想象未来的生活成了两人每晚的节目。半年之后，她又变卦，央求他再延长半年，这回说话一定算话，她不是非干不可，实在是心里憋得难受。“我会憋出病，再让我过过瘾吧。”难得她说软话，他只好从了她。她亲他一口，夸他懂事，许诺给他生一大堆孩子。她珍惜那短暂的时间，他们干活儿的密度大了许多。他又担心又心疼她。有惊无险的日子画上了句号，为此，他和她在彩屋举行了小小的告别仪式。她兑现了诺言，他大松一口气。可半个月之后，她先是阴郁着脸，继而狂躁不安，后来她就央求他，再陪她干一次，只一次，如果她再反悔，让他剁掉她的手。他没答应，纵容一次，还会有第二次，他们想象的生活永远不会到来。没得到他的响应，她忽然大声道：“活人还让尿憋死，你不去我自己去。”他恼怒地难过地望着她，她真干，他根本拦不住。“我保证，就这一次，再犯，不用你，我自己把手剁掉。”他不为所动。走到门口，她回头：“就陪我一次，行吗？”他忧伤的目光陷落在凤凰们的羽翼中。

她走了。

十

白底黑字，那几个字瘦长瘦长，像手背上暴起的青筋。门牌毫不起眼，院子却幽深，快走到头了，拐个弯又是一番天地。孤儿院只是其中一个部分。他熟悉这里的每一条路，每一个角落，每一片草地和树荫。他嗅着陈年的气味，寻找着她遗落的故事。那棵最粗壮的老槐树，是她的领地，没人上得去，她猴子一样自如上下。她高兴的时候、生气的时候，都要躲到树上。那次，那个送孤儿院一车西瓜的老板捏她耳朵，她咬他一口，然后逃到树上，待了整整一天。她说脏话被罚挨饿，她偷护工的包，藏在其中一个树杈上，被扭青嘴，却不承认。在那幢风雨剥蚀的白楼上，上演过惊心动魄的一幕。因同学嘲笑她的耳朵，她把那个又高又壮的男孩儿打成乌眼鸡，男孩儿父母兴师问罪，她拒不道歉，后冲出众多逼她就范的大人的包围，逃到白楼顶，威胁跳楼。谁都不想输给她，于是她跳了，摔折一条腿。跳楼事件影响甚大，院长因此被免。那个陡直的烟囱也是她常常造访的地方。大人们必须登梯子才能够着扶栏，没放过梯子，因为没人爬过。她能壁虎一样吸附在上面，若是抓住扶栏，还能腾出手嗑瓜子。一个老人因目睹她爬烟囱，突发心脏病。老人的亲属一度封锁了大门。惹祸挨罚在她是太平常的事。让人头疼，却又毫无办法——没有效力的办法等于没有。

他是在整理她的遗物时发现那个证件的，并不是她的。它和她众多的证件混在一起，那么的委屈。他凭着它，一步步追寻到这里。

他滴血的心被无形的大手攥住，疼得难以呼吸。如果他早一些知道……能怎样呢？早一些知道也许是另外一个结果，那天晚上，他会跟着她。那天，她并没去干活儿，光顾的是在建的高楼。她憋得难受，只有那样才舒服一些吧？以她的身手怎么会失足？他认为是他，是他毁了她。

负疚时时啃噬着他。遇见吴欢之后，他渐渐从阴影中走出，但并没有放弃他和她的仪式。他从未告诉过吴欢，那是他自己的秘密，以前他不认为这是对吴欢的欺骗和背叛，现在仍然是。他只是在心上开了一小扇门，通向另一个世界的一小扇门。他去那里走一遭，最终要返回这里。去那里洗濯忧伤，回这里平静生活。他习惯了，三千多个日子都是这么做的，可一夜之间，日子突然断裂。

连着数日，每个下午他都到孤儿院。除了和那些孩子玩耍，就是在小道上行走，或者去李护工那里。以至于杨护工都很惊讶，问他怎么了，是不是想到这儿上班。他笑笑，不答。他像丢了魂，只能在这里找到；或魂快要丢了，必须在这里寄放。

那天，他并未向岳母说什么。那个秘密是属于他自己的，就算说了，她会像在别的事上那样灵犀通透吗？毕竟，他和岳母藏的是不同的秘密。对岳母重新卷起的愤怨在他离开时已经淡去，他能拿岳母怎样？他不能拿岳母怎样，也不能拿自己怎样，只好一趟一趟往孤儿院跑。

可到这儿究竟要干什么？是抓住越离越远的她？还是等待那一对男女？是凭吊已然逝去的一切，还是整理陷于混乱的生活？

他不清楚。

他知道这不对头。每天晚上，他尽量早早回去，尽量从那个世界拽出，不让自己的情绪影响到家庭。如果赶得上，他必定随吴欢去岳母那里吃饭，努力和岳母说笑。但已不像过去那样，他从那扇门出来，一切被严严地关在身后。无论他怎样努力，还是带了些什么。那个世界的灰尘和气息。他从吴欢阴郁的眼神里觉察出来，尽管她什么也没说。可是，他又控制不住自己。一到下午，他被看不见绳子牵着，犹豫一下都不可能。

那天，他刚到那儿，杨护工就告诉他，一会儿记者要来采访他，院长让他做好准备。他不解地问："采访我？为什么？"杨护工说："不采访你采访谁呀？甭说你牺牲自己的时间照看孤儿，单你买东西花多少钱呀？"他忽然慌了："不，不。"杨护工说："你谦虚啥？早该让你风光风光的。"他仍然摇头。他花的并不仅仅是自己的钱——他和她的，更多的钱是她的。杨护工说：“孩子们都知道了，要拍你和他们在一起的照片，瞧，他们兴致比你还高。”他扫一眼，静静正用彩纸叠鸽子，青青则忙着画画儿——准是凤凰，他教她的。他有些难过，他要让他们失望的。唤起他们的兴趣和希望是多么不易，但他不能够……说什么？那是能说的吗？就是胡编乱造也不能，他不想让自己的名字和照片出现在别的地方。

他逃离。他打算去李护工家，中途忽又想，记者会不会追到那儿把他堵住？记者不会撬他嘴巴，可他也不想和记者见面。转向。他关掉手机，打车到鸭嘴山脚下，拾级而上。他爬到最高的朝阳亭，从那儿可俯瞰皮城。他久久坐着，任肥硕的西风吹荡。

黄昏，他下山时打开手机。短信炒爆的豆子般蹦跳。数个未接电话提示，全是岳母的，几条短信也是岳母发的，内容一样：你在哪里？速回电！他颤了一下，打过去。岳母的声音并不焦急，而是冷冷的，问他在哪里。他说：“在外面，什么事？”岳母依然冷冷的：“你回来看看吧。”他马上想到吴欢。他甩着大步，后来就奔跑了。坐上出租车，才想起打吴欢的手机。关机。

果然是吴欢。她被车剐了一下，不是轿车，是电动自行车。骑车的人怪她横穿马路，没等她做出任何反应就走掉了。

她动不了，是路人帮她打了岳母的电话。岳母陪她检查了，只是轻伤，并无大碍。但她走不了路，她吓坏了。吴欢躺在床上，依然一脸惊悸。他怜爱地抓住她的手，她眼睛顿时水蒙蒙的。他安慰："没事的，没事的。"岳母没说什么，但目光浸着责备，重重地荡过来。他低下头，面对岳母，他终于心虚。岳母让吴欢晚上就住下，这是岳母另一种责备方式。他问吴欢："你行吗？"似乎他给她注射了力量，她下了床，来回走了两圈儿。他看岳母，岳母说："那你就照顾好她。"

他们是走回去的。

他洗了澡，陪吴欢看会儿电视。睡觉前，吴欢突然说："我今天去店里了。"他觉出她话里的意味，问："有事？"她说同事要买酒，陪同事去的。他"哦"一声，说这几个下午他都在外面。她问："孤儿院吗？"他点头，解释："护工请假，别人照看不了那些小孩儿，我去帮个忙。"她问："你真喜欢那些小孩儿？"他的心一紧："怎么想起问这个？"她说："好奇嘛。"他说："他们其实蛮可爱的。"她问："明天还去吗？"他迟疑一下，但语气很干脆："不去了。"过一会儿，又补充："以后还像过去那样，一月只去一趟。"

吴欢蜷在他怀里睡了，像一只怕冷的小猫。她多年的习惯。即使在睡梦中，他也能觉察出她身体细微的抽缩，能听清她梦中的呓语，知道那是欢乐的，还是做了噩梦。她是他身体的一部分，她什么都跟他说。一次岳母和他谈到吴欢，用了一个词：傻女子。他是那么疼爱这个词。他的傻女子。

现在他的傻女子出了问题……是他让他的傻女子出现反常之举：她被剐，竟然没给他打电话。陪同事去店里，同事并不是不认识那儿。没完没了的询问，她对他的事从不过问。她怀疑他了，因为他混淆了曾经分得很清的两种生活。如果不能在两个世界自由穿梭，只能关上其中一扇门。

他大睁着眼，与黑暗对峙。关上，别无选择。

十一

秋天到了，风粗了许多。两旁的黄叶猎猎作响，仿佛一面面旗帜。偶有一两片舞落，吻归于大地。

乔丁抓着公交车上的吊环，盯着窗外。看惯了的一切，细瞅，每天都不一样。就像公交车，昨天张贴的是“禁止携带易燃易爆危险品上车”，今天已换成“民警提示：小心扒手”。看来，最近一段小偷又多了。前几天报上登一则消息，贼入室盗窃，连主人的喝水杯也没放过。盗亦有道，那些家伙恐怕听都没听说过，别的更是枉谈。他们不过是一堆杂碎。

六号，是他做义工的日子。他只在这一天进入那个地方。他适应了新的秩序，或者说新的秩序适应了他。

午休的间隙，杨护工告诉他，李护工去世了。来得突然，他惊愕地盯住她，似乎验证她是否出现口误。他上个月看望李护工，她还说："那对男女只要再露面，我一准儿能认出。"他呆了好一会儿，才问什么时候，杨护工说上个月二十几号。一个人的离去是多么容易，他伤感地抽抽鼻子。杨护工压低声音："那对男女没来，来了我也能认出。"他"哦"了声。杨护工仍以为他在等那一对近于传说中的男女，所以说得那么诡秘。

像过去一样，他走进窄巷时，使劲蹭蹭脚底。李护工鼻子灵，他踩了什么脏物尚不自知，她一下就能闻出来。她是个洁净的人，可能与她多年的护工工作有关。门仍如过去那样掩着，不知现在她的哪个子女搬了进来。他伸出手，又慢慢缩回，李护工不在了，他还有进去的必要吗？他看着那个门缝——她的咳嗽声常从那儿溅出来。

他静静地站了一会儿。他想起第一次与李护工见面的情景，她抓着他递过去的照片，惊呼："天啦，她还活着！"他想起李护工是怎样激动地抓住他的胳膊说："她是我从门口捡的，我一手带大的呀！"他想起李护工评价她的声调："她咬过别的护工，没咬过我。因为她，免了两任院长呢。"他想起李护工叙述她逃走的那个夜晚时，忧伤如何漫上她苍老的眼睛。

李护工走了，带走了自己的秘密，也带走了凤凰的秘密。

那天晚上，他对吴欢说想出趟门，缩在他怀里的吴欢只是“嗯哼”了一声。半年没出门，车站竟有些陌生。他目测了好一会儿，方从这陌生中辨出什么。没人认识他，他也不认识别人。耳边荡甩的只是嘈杂。售票员问他去哪里，他随意说了一个地名。直到火车启动，他也不清楚自己到那个地方干吗。

他坐在靠窗的位置，盯视着飞逝的风景，目光却扫着对面的少妇。她上车便不停地发信息，偶尔抬头，眼睛浸满忧郁。

后来，他闭了眼，仿佛被对面的忧郁扎伤。茫茫尘世，黑夜白昼，每一颗跳动的心掩藏了多少秘密啊。他想起远去的她，想起岳母、李护工、杨护工，包括吴欢——也许他不知道罢了。秘密是生命的一部分。从早晨到正午，从正午到黄昏，秘密随生命生长，成为饱满结实的果子，散发着诱人的甜香。可总有一天，果实会干瘪坚硬，划伤碰触它的人。他一度认为岳母的秘密是肉体的纵欢，而他则关乎心灵。他终于意识到自己的傲慢——岳母内心藏着什么，外人如何知晓？岳母的秘密同样散发过香气——于她而言。

是的，从青涩到成熟，从柔软到坚硬，是有一个过程的。而她，与凤凰相伴的她却没有这个过程，一开始便如蒺藜扎在她心上，也扎着他。她的秘密始终是苦涩的——那也离开了她，也终将离他而去。

他忽然明白自己为什么旅行——一次告别之旅。那一切正静卧在记忆的角落里，有如尘埃。

下了火车，他马上买了返程车票。他送走了她，也许她仍会回来，但那是另一回事了。他和她守着各自的世界，彼此凝望和祝福。并非结束，而是以他们只能接受的形式开始。

苦 水 淖

一

初识乔灯，是在棺材铺。

那时，我睡得正香，他粗声大气的吆喝惊扰了我。我抽回跷在写字桌上的腿，但并没有回应他。他似乎没有看到窝在老板椅上的我，喊了几声便推开通往后院的门。那是放成品和半成品的地方。木匠请假，现在只有觅食的麻雀。棺材未上漆，特别招麻雀，它们固执地啄着木板的缝隙，仿佛在替老马验收合不合格，有时夜晚还赖着不走。几分钟后，他返回来，仍“老马老马”地喊着。他瞥了瞥我，也可能没瞥。他要推里间的门，我终于忍不住了。里间是老马睡觉的地方，现在是我的“寝宫”。我起得晚，被子还在床上团着。当然，这不是关键问题。他的目光这才落到我脸上。

“老马呢？”他个儿不高，还有些驼。脑袋倒是不小，与身板不怎么相称。脸褐紫褐紫的，像烤焦了。

“不知道。”我漫不经心地打个哈欠。

“你是谁？”他的神情带着审视和警惕。

我懒洋洋地：“别管我是谁，你要干什么？”

他说：“我要两副棺材。”

我暗暗吃惊。难怪老马说三年不开张开张吃三年，可能是哪儿又出了矿难。距营盘镇百十公里即是产煤大省，我们那儿好多人都在矿上。矿难当然是免不了的，死人也就难免。可是他脸上看不出任何悲伤。他口气平淡，像买大白菜。我有疑虑，却没有多问，告诉他棺材在后院，自己去挑。

“不挑了。”他不再看我。

我越发愕然，买棺材没有不挑的，虽然挑也挑不出什么来。刷了漆外观都差不多。我盯住他，想瞅出些端倪，可他硕大的脑袋扭来扭去，故意避开的样子。终于，他的目光停住。准确地说，停在写字桌抽了多半的玉溪烟盒上。我抽出一支抛给他，他没接住，掉在脚边。他迅速捡起，却没有抽，夹在耳朵上。

“现在拉吗？”我尽量保持着客气，顺手拿起计算器。

“不，让老马送去。这两三天就行。钱让老马算。”他把话拆成数段，但语速极快。“老马知道。”他又补充。

我皱皱眉，拨老马的电话，想问个清楚。电话不通，想必还睡着，也不知在哪个女人的床上。自我回来，老马就做了甩手掌柜，要么在麻将桌上厮杀，要么找女人厮混。这两个乐子是连在一起的。

“哎呀……你莫不是……”他突然叫起来，吓我一跳。“你是老马的公子？没错，肯定是！你和老马挺像的呢！”他兴奋过度，目光把持不住，稀里哗啦乱抖。

这么文绉绉的词从他嘴里跑出来，很让我意外，也令我别扭。第一次听别人这么说我和老马的关系，似乎老马多有权势，他的儿子须是公子。我没说话，算是默认。他伸出双手，想和我握的，但他胳膊太短，隔着写字桌够不着。于是，他绕到侧面，走到我坐的这一侧。好像是多么重要的仪式，非握不可。我被他搞得莫名其妙，也有些隐隐的不快。所以，我立起来，但没有动，更没有伸出手。但他没有丝毫难堪，硬是够到我的手，握了握。

“我知道你的，早就知道你了。”他大声说。

我瞧出来，他的仰慕是冲我，而不是老马，我反而更加糊涂。我曾有些名气，比如初二那年一篇作文曾被登在报纸上，但那已是很老的皇历，老马都不再提及，他绝不会知道的。也就那么一点点光彩经历，后来我渐渐成了反面教材。我失手伤人，老马上下周旋，还是劳教半年。是这个让他刮目相看？又想怎么会呢，如果这样他岂不是对杀人犯顶礼膜拜？他是有些不同，但也不是多么不正常。

“你在城里做大事，我知道的。”他的兴奋没有衰减，似乎还添了得意。那情形像盗墓贼突然掘到珠宝。

原来如此。一定又是老马吹嘘。老马总是这样，一面千方百计引诱我回来继承他的大业，一面又爱炫耀，生怕别人不知道他的儿子在城里做事。其实我做什么老马并不清楚。可不管我做什么，他一个买棺材的，和他又有什么关系呢？

“我叫乔灯，苦水淖的。”他自我介绍。

我不禁“哦”了一声。苦水淖我知道。那个村在三省交界，据说村里的人个子都不高，鲜有一米六的。我记得班上有个苦水淖的，个儿虽不高，力气却大，拔河比赛从来是主力。除此，没有别的印象。

我点点头，说：“你把订金交了。”

“我没带，赊上吧。”乔灯并不显得难为情，随随便便的。他的兴奋还在我身上。

我这才意识到，自始至终他没问过价格。

乔灯倒也敏感，说：“老马知道的，我打个欠条，年底统一结。”他睃寻着，从笔筒抓起一支笔，在手背画了画。纸呢？他问。我没理他。他毫不在意我的态度，开始翻那沓旧报纸。老马从不看报，却订了一份报纸。平时是和报纸放在一起的，乔灯自言自语，熟门熟路。报纸下面还真放了一沓A4纸，我在桌前坐十多天了，居然没有发现。我想拦他的，但说不清为什么，我没有动，就那样看着乔灯写下欠条。

二

结识乔果果当然是因为乔灯。

老马让我送棺材，我没有二话，没有如往常那样讨价还价。我的态度令老马满意，他拍着我的肩说："这个行业绝对是有前途的，你干几年就知道了。"他以为我生出兴趣，肯下村跑业务了。其实是乔灯，还有那个叫苦水淖的村子让我好奇，想一探究竟。云南贵州好些古村落是游人意外发现的，苦水淖不是古村，甚至不是完整的村，不会有什么价值。但这个村子是特别的，有几分奇诡的色彩。

次日，老祁早早地守在后院的侧门。老祁有辆轻卡，常为老马送货。没想到棺材那么重，看来老马没偷工减料，我抬着小头，仍龇牙咧嘴。老祁不得不跑到街上喊人。上了路，我的气还没喘匀。老祁斜我："没干过这么重的活儿吧？"我含含糊糊地"嗯"一声。我确实没干过重活儿，可我的那帮弟兄哪个都比老祁力气大。那又怎么样呢？他们都听我的。

三月的口外，一切都是灰的，只有树杈挂着的塑料袋鲜艳刺目。我问多久到苦水淖，老祁说两个多小时吧。我"啊"一声："这么远？"老祁说："不只远，路还不好走，一会儿你就知道了。"我掏出手机，昨天乔灯留了号的。老祁猜到了，说："那里信号不好，打不通的。"我没理他，没有信号要手机干什么？果然不通，再拨还是忙音。我盯那个号老半天，终是作罢，闭目歪靠着。老马讲了大半夜乔灯的故事，我睡不着，翻了会儿《鳄鱼街》，天就亮了。

乔灯算得上传奇人物，老马这样评价。苦水淖又叫矬子村，这是绰号，却是实话。两个名字把苦水淖的特点都概括出来了。没有谁认为苦水淖的苦水有什么问题，也没有谁认为苦水淖的人个子长不高有什么问题。20世纪90年代，经专家检测，苦水淖的水苦是因为含了一种他处没有的矿物质，但个子高矮是否与饮这种水有关，难以确定。几番论证均无结果。后来上面做出搬迁的决定，这是最简单的办法。怎奈苦水淖的人喝惯苦水，谁也不愿意搬。政府也用了招，终于说服乔灯带头搬。乔灯是村长，在他的带动下，苦水淖的人搬离家园，被分散到各个村庄。没多久问题就来了，有些人水土不服，也不是多大的不服，就是口角生疮、舌尖起泡。喝下火药好了，但停药马上就犯，而且更严重。无端多了开支。还有，苦水淖的人虽然有力气，也有手艺，但因为身高常遭歧视。一个苦水淖的人偷牛被抓，所有苦水淖的人都被打上小偷的印记。一年后，苦水淖的人又陆陆续续搬回去，无论政府怎么劝说，他们再不肯离开。第一个搬回去的居然是乔灯。

苦水淖的男人很少能娶到外乡女人，即便娶到高挑的外乡女人，女人肯定有别的缺陷。乔灯的老婆不但个高，长相还蛮好。是乔灯去后草地贩牛时领回来的。女人在街上走一圈儿，整个村庄都跟着发亮。怎么把她弄到手的，乔灯绝口不提。好些人认为女人喝不惯苦水会离开乔灯，可女人一喝就是十年。老马特意强调，我见过那个女人，细声细语的。搬出苦水淖几个月后，乔灯女人车祸身亡。她牵着女儿过马路，被撞的瞬间把女儿推出去。乔灯把女人埋葬到苦水淖，再也不肯离开。

咯噔一声，我颠了一下，差点儿撞到挡风玻璃。“抓好了，真他娘的不好走。”老祁抱怨。路面遍布大小不一的坑，深的地方足有半臂，轻卡像麻花一样扭来扭去。若是碰到下雨天，车肯定进不去。乔灯提前买棺材，买两副，也算是未雨绸缪。“怎么不修修？”我问。老祁用鼻腔“哼”了一声，仿佛我问了非常幼稚的问题，不屑回答。到苦水淖地界了？这次老祁没哼我，说别的地方没这么多的枸杞。我的目光竭力往远处伸，所及之处确实除了枸杞还是枸杞。苦水淖的枸杞全是野生，粒大汁甜，收枸杞的贩子最爱往苦水淖跑。

终于到了，我觉得腰快颠断了。车一停，乔灯跑出来，我刚探出腿，乔灯便伸过手臂，做了个护的架势，好像我是微服私访的皇帝。“马公子，你亲自来了？”乔灯褐紫的脸爬满惊喜。我说：“你那个破电话怎么回事？根本打不通。”乔灯嘿嘿着检讨：“这怪我、这怪我。”

院墙半人高，好几处豁口，院子倒是很大。三间正房两间西房，倒是挂了瓦，但颜色不一，有红瓦有灰瓦，红瓦也是深浅不一。拐角处一架长梯直达房顶。乔灯引我进屋，我说先站站。乔灯抓住我的胳膊："风硬，别吹着马公子，屋里歇。"我回头瞅瞅轻卡上的棺材，乔灯说有人卸的，硬把我拽进屋。屋内极其简陋，后墙挂了三块镜子，还有几张明星照片。"果果，快给马公子倒水！"乔灯一边喊一边推我上炕。我说不习惯炕，乔灯说上去就习惯了，不由分说脱掉我的鞋。我只好爬上炕。乔灯双目放光："怎么样？热乎吧，你歇着，我指挥他们卸车。"他手里仍拎着我的皮鞋，我"哎"一声，他已闪出去。

难道怕我跑了？我纳闷中间，门帘一挑，乔果果进来了。

那是我第一次见她。此后的很多年，那个场景不时在我脑里闪现，像突然横跨长空的彩虹。她身材高挑，长发披肩，我几乎以为是哪个明星从墙上飘下来。只是她的脸色黝黑了些，穿着也普通，墨绿色褂子显小，与她的身高不相称，与她的年龄也不相称。她瞥瞥我，目光立刻垂下去。我看出她有些紧张，捧着水杯的手在抖。她走得很小心，绝不是捧了水的缘故。我自己反而盯得不好意思，搓了搓脸。乔灯在指挥人往院里抬棺材，隔着玻璃仍能听到乔灯的声音。

乔果果总算走到炕沿边了，我似乎听到她松了口气。"你是乔……村长的女儿吧？"我没话找话，她飞快地看我一眼，没说是也没说不是。"我吓着你了？"我试图开个玩笑，"我不吃人的。”乔果果的头垂得更低了，像在瞅地上的什么东西。我不大自在，端起杯喝了一口。“怎么是凉的？”我问。乔果果说：“凉凉的。”这就是说，她早就把水准备好了。为什么不重新倒一杯呢？没容我再问，乔果果已转身离去。我又喝一口，明显放了糖，很甜。

我承认，我留下来吃饭是因为乔果果。不然，就算乔灯拿走我的鞋，我赤着脚也要爬到车上。我不是什么好货，但也没那么坏。我不是打乔果果的主意。乔果果长得不错，但也就是在苦水淖这个地方。在城市，比她漂亮的女孩儿多了去了。与她们相比，乔果果是怪异的，但吸引我的恰恰是她的怪异和特别。说吸引其实也不准确，她没那么大的魅力，可我想不出更妥切的词，可能好奇的成分更多些。

老祁嘟嘟囔囔不大情愿，说什么路上的坑像嘴一样，天黑了就要吃人。我甚为不快，说：“老祁你靠前。”老祁像乔果果一样紧张，说他耳朵好使得很，我说什么他都听得见。我又招招手，他终于往前靠了靠。我怎么可能在乔灯家打人呢？我又不是暴徒。我掏出一百块钱塞他上衣口袋里，他惴惴地看看我，老老实实闭了嘴。

乔灯就在旁边站着，愣怔怔的，不过什么也没说。

一个炒鸡蛋、一个炒土豆丝，均放了辣椒。乔果果端上来的时候，乔灯“哎呀”一声。乔果果出去，他才不安地解释，他平时爱吃辣的，嘱咐她别放了，她忘了呢。“见到陌生人，她有些紧张，马公子，你多担待些。”我不在意地说：“无辣不成菜，我吃得惯。”酒是自酿的枸杞酒，颜色微红，甜丝丝的。但这酒明显上头，几杯下去脑袋便有了感觉。我摇手说不喝了，乔灯硬是给我满上。后来，他喊躲在外屋的乔果果给我斟酒。我说算了吧。乔灯不依：“马公子是贵客，怎么也得让果果倒杯酒。”乔果果抓起酒瓶，我端起杯。乔果果本就抓得不稳，我这个动作加重了她的慌乱，酒径直倒在我腕上。她更慌了，若不是乔灯抢得快，那半瓶酒就摔地上了。我以为乔灯要发火，他的脸色变了，他心疼酒或觉得冒犯了我，但他只是啧啧两声，说你这孩子，便打住。乔果果抓了抹布，小心翼翼地擦洒在桌沿的酒。她不看我也不看乔灯，但我看出她极度不安，黝黑的脸一阵一阵地白。我笑笑：“哪来这么多规矩，自己倒好了。”乔果果出去后，乔灯说：“她不爱说话，你莫见怪。”我问：“一直这样吗？”乔灯说：“小时候可欢实着呢，自打我那口子……她就不怎么说话了，不过心性亮着呢，她还会画画儿。”如果不是我制止，乔灯就要招她表演了。我不忍再为难她。

吃饭中间，一个枯瘦的老汉扒着玻璃往里瞅。乔灯挥手让他离开。老汉不理，像吸在玻璃上。乔灯咕哝了句什么，我没听清。然后起身出去了。乔灯把老汉扯开，可走到当院，老汉说什么也不走了。不知乔灯说了些什么，然后乔灯就不见了。老汉坐在院子里，翘首望天。乔果果端上烙饼，我说：

“你也吃吧。”乔果果似乎没听见。我吃完两张烙饼，乔灯仍没回来。我等了一会儿，出了屋。

原来乔灯在屋顶打电话。我知道那梯子的用处了，也明白了为什么打不通乔灯的电话。乔灯声音很大，那边该是老汉的儿子。对老汉的来意也猜到了几分。

枸杞酒后劲儿足，我回去就睡了。若不是青雨打电话，没准儿一觉就到天亮了。她每天都打，不知是想我还是借想的名义查岗。响了三遍才接：“你是故意的吧？”我似乎看见青雨噘嘴的样子，说已经睡了。青雨叫：“这么早就睡了？你不会……”我说：“喝了些酒，困了。”青雨说：“谁这么大能耐，能把你灌醉了？”我的头隐隐地疼，懒得解释，问她有什么事。青雨自是听出我的不耐烦，嘴怕是噘得更高了，但她随即换了顽皮的声调：“猜我晚上吃什么了？”我瞥见床头的《鳄鱼街》，说：“不会是吃了鳄鱼吧？”青雨大叫：“真恶心！快一个月没见了，也不给人家说句好听的。”我问今天收入怎样，青雨的声音顿时欢快起来。青雨曾说我能带给她快乐，对此我始终存疑，但有一点可以肯定，她需要我。当然，我也需要她。

我的睡意渐渐离去，不全怪青雨，主要枸杞酒搞得脑袋发沉。青雨说得没错，我的酒量没那么差劲。亏得乔果果把酒倒洒了，如果我和乔灯全喝下去，可能当场就趴窝了。乔果果就这样浮上来，高个儿，长发，一脸的惊慌。现在，她也该睡了吧。我终于知道什么是惜字如金，这样的人在梦里也守口如瓶吗？我很想知道，虽然与我没什么关系。

我抓起《鳄鱼街》翻了翻，又丢在一边，在黑夜里瞪着眼睛发呆。

乔灯找我是两天后了。他拎了两串蘑菇、一小袋枸杞，说那天就打算给我的，可一激动记性就让狗叼了。我瞅着灰头灰脸的他，问他是不是还想赊两副棺材。乔灯说："够了够了，多了也没处放，我是特意来谢马公子的。"我扫扫他的礼物，虽然不值多少钱，肯定是苦水淖最好的东西。他进屋，满屋皆是蘑菇的浓香。"我有什么好谢的？"他瞧出我的疑惑："那么远的路，又难走，马公子亲自跑一趟。"可就算这样，他也没必要讨好我。我问他是不是有什么事，乔灯往前蹿蹿："马公子火眼金睛呢。"我说："甭废话，有事直说。"乔灯嘿嘿着，不好意思的样子。我叼了支烟，顺便抛给他一支。他仍然夹耳朵上，然后快速从怀里掏出一盒没开启的烟，也是玉溪。"抽我的，抽我的。"他小心翼翼地把烟放在桌上。"到底有什么事啊？"我提高声音。乔灯嘿嘿着："想请马公子吃顿饭。"我差点儿跳起来，他拎了蘑菇枸杞讨好我，就为请我吃顿饭？乔灯解释，乔果果手艺差，为此他很过意不去，所以想请我在镇上的饭馆补一顿。乔灯当村长多年，对上有招对下有策，据说镇长见了他都头疼，而且能让一个俊俏女人死心塌地跟他喝苦水，自是有几把刷子，“传奇”两字不是平白无故得来的。我不能上他的当，可又一想，在偌大的北京我都能混饭，弟兄们跟着我没有谁饿了肚子，乔灯怎值得我设防？吃一顿饭又能怎样？反正快中午了，只是让他掏钱我不忍。我说吃饭可以，但必须我请他。有些话，正好趁这个机会问问他。乔灯不同意，说：“那怎么行呢，跑这么远的路，让你请，我不白跑了？”我说：“一顿饭，别争了。”乔灯说：“那我交个实底吧。”讲是乔果果差他来的，那天把酒洒我胳膊上，她很不安，这两天一直自责。她自责的方式就是不肯吃饭，他都急死了，所以才……我想起惶恐不安寡言少语的乔果果，心生疑惑。为了一个陌生客人，因为一丁点儿芝麻粒的事，她当真会绝食？可是，乔灯褐紫脸上的忧虑不像装的。我说：“你告诉她请我吃过饭不就得了？何必……”乔灯“哎呀”一声：“别看她不说话，邪着呢，我根本哄不了她，到那时不定闹出什么事呢。马公子，这个忙你一定要帮我啊。”已经不是接受谢意，而是帮忙，帮的还是乔果果，若再推辞，岂不冷酷？

三

乔灯落座便从怀里掏出酒瓶。先是烟，又是酒，好像他怀里揣了个大口袋。喝咱自己的酒痛快。他很得意似的。一瞅酒的颜色，我的脑袋先涨起来。我想换酒，可这样他就得多掏腰包，便忍了。少喝点儿不会有事的。可喝起来就不由我了，乔灯敬酒的花样很多，菜还没上，我和他各自喝了六杯。乔灯软磨硬泡，我稍有迟疑，他便抓住我的手腕央求。他生怕我喝不好，我喝不好，他没法向乔果果交代。若换了别的酒，我早把他灌趴了。那几个弟兄领教过我的量，我在一个下午喝掉二十四瓶啤酒，整整一筐。枸杞酒让我发怵，但数杯之后也就不当回事了。我不只为帮忙，还想从乔灯嘴里掏些东西出来。他和妻子，他和苦水淖，还有关于他的种种传说。我问第一个问题，乔灯直摆手："老皇历了，咱还是喝酒吧。"那就喝，不信撬不开他的嘴巴。再问，乔灯终于透了点儿口风。再后来，乔灯的话就像拧开的水龙头。

一瓶酒很快见底，我正要招呼服务员，乔灯竟然又掏出一瓶。我几乎跳起来。"你揣了几瓶？"乔灯嘿嘿一笑："这你别操心了，管够。"我说换啤酒吧，乔灯用胳膊一挡："不换，喝白的，白的过瘾。"既然水龙头打开了，白的就白的，我奉陪到底。

从中午喝到下午，从下午喝到黄昏。灯亮起来，乔灯方意识到，"哎呀"一声："不能再喝了。"我附和："是不能喝了。"

"差点儿忘了差点儿忘了。"乔灯拍了几下脑袋，懊恼中带着庆幸。我问他有什么事，他突然抓住我："马公子，这个忙你得帮哟。”他攥得死死的。我叫：“你倒是说呀。”乔灯满含期待：“你帮帮我吧，求你了。”他那样子，好像正被仇家追杀，他必须把身家性命交我手上。好奇与急躁卷裹着，我爆了粗口：“你他娘的说还是不说？”

乔灯受了惊吓，手突然松了：“我说我说。”

虽然喝了酒，但我还没糊涂。他请我喝酒不过是幌子，这捎带的事才是真正目的。他居然要我把乔果果带到城里。我狠狠盯住他，他褐紫色的脸在酒精的刺激下，竟现出一块一块的红。他有些紧张，但并不是因为我凶恶的目光。

僵持几秒，我突然笑了。我咬了截大葱，夸张地大嚼，说：“你开什么玩笑？”乔灯讲了乔果果许多事情，说实话，我挺同情她，甚至想留点儿钱给她。可带她到城里，她能做什么？我抛出这个问题，乔灯当即道：“什么都可以啊，帮她找份活儿干，给她找个人家，都可以啊，只要离开苦水淖。”我问：“她具体会干什么？”乔灯说：“她什么都会干的，谁也不是天生就会。”我问：“村里找不着对象吗？”话说出来，立刻意识到这个问题会伤着他。果然，那一块一块的红暗淡下去，他垂下头：“我是死也要死在苦水淖的，但不想让果果也这样。”

我听出乔灯的伤悲，怕被他的情绪传染，忙点了支烟。然而，我的手还是抖了几下。

乔灯继续说乔果果，好多他先前没讲，说着就唏嘘起来。

“马公子，这一天我盼得心都长毛了，你就帮帮她吧。”

我很好奇：“你为什么选中我，就不怕我把她卖了？”

乔灯说：“你有这个本事，又是正派人，老马常说你呢。”

我冷笑：“别听他胡扯，我没本事，更谈不上正派。难道他没告诉你吗，我被劳教过？”

乔灯说：“我当然知道，你是因为义气才……”

我说：“城里没那么好混，你看，我不是回来了？”

乔灯露出一丝不会被我蒙骗的狡黠：“你是干大事的，营盘镇咋拴得住你？你不过是城里待腻了，回来瞅瞅吧？”

我问：“棺材铺的活儿能干吗？镇上离家近，你也可以常来看她。”

乔灯反问：“你会留下来吗？”

我纳闷道：“这和我留不留有什么关系？你是怕那些棺材吓着她？”

乔灯摇头：“那倒不是。我西厢房常年备着棺材，她不怕的。”

我问：“那又为什么？”

乔灯顿了顿：“你父亲这个人什么都好，就是那个毛病不好。”

我明白那个毛病指什么，乔灯对老马还真是了解。“你信得过我？我是老马的儿子，他的毛病我都有。”

乔灯说：“我自然信得过你。”

我追问："凭什么？"

乔灯说："不凭什么，反正信你，若你肯娶果果……"

我叫："越扯越远了。"

乔灯讪讪地说："我也就是说说，吓着马公子了？"

我说："你是当父亲的，怎么能乱讲？"

乔灯说："不乱讲了，这个忙……马公子，求你了。"

我忽然想到一个问题："你不怕她水土不服？"

乔灯咧咧嘴："果果才不会呢。"

头隐隐地疼了，我揉捏几下，说："我考虑考虑。"

乔灯突然立起，像要扑我身上。我以为他要使暴力，他的目光比胳膊还长，要击射我的样子。他被凳子绊了一下，于是软软地垂下去，整个身子垂下去。他伏在我膝盖上，抓住我的胳膊，软软地摇了摇："马公子，我乔灯求你了。"

不知是被他的神态搞得紧张还是被他的恭维冲昏脑袋，也可能是乔果果惊慌的脸闪出来，抑或，我喝多了急欲离开。"好……吧。"我说。

"恩人呢！"乔灯长号一声，整个酒馆都跟着抖了。

夜里渴醒，我这才发现睡在老马的楼里。老马为了诱我回来，在县城和镇上各买了一套楼。县城的租出去了，镇上这套一直空着。配套设施没跟上，不是停水就是停电，所以我宁可睡在棺材铺。果然又停水了，我不由暗暗骂娘。我看看表，已是凌晨两点，嗓子火辣辣的，骂都骂不出来了。有二十一个未接电话，二十个是青雨的，一个是小武的。另有青雨一条短信。我怕她再打过来，将手机关了。昨天真是喝多了，青雨的电话也未将我吼醒。但昨天的事还记着，我和乔灯从酒馆出来，劝他住一夜，乔灯不放心乔果果，坚决要回。我站着，看他跨上那辆破自行车消失在黑暗中，方摇晃着往回走。后来看见老马，再后的事就想不起了，想必是老马送我回来的。

我想耗到天明，可喉咙的火熊熊燃烧，似乎能听到嘴角爆裂的声音。这么下去，天亮我怕就烧成灰了。

走出楼道，被寒风撞个倒仰。我咧大嘴，任凭寒气灌入。似乎好了点儿，但也没好太多。小区黑黢黢的，街上也只有风在乱窜，店铺的门全部紧闭，怕是踹都不会开。我在街上疾行。还是北京好，即便是我住的西五环外，也有二十四小时营业的便利店。

终于瞥见一盏昏黄的灯。我大喜过望，凑近才发现是老马的棺材铺。整个营盘镇，只有棺材铺亮着灯。门从里面反锁着，打不开。我擂了七八下，老马才拉开门，他眼睛瞪得灯泡似的："怎么是你？"我顾不上说话，撞开他，接了水一顿猛灌。

我打了几个嗝，水快从喉咙返出来了。老马披了褂子，赤腿站在当地。"喝多了？"我说："不多，就是渴了。"说着瞄瞄里间的门。老马忙道："不早了，回吧。"我说：

“天都要亮了，回去干什么，凑合一下吧。”老马哧溜滑过来，挡在我面前。还没见老马如此紧张过。我故意问：“你怎么了？”老马推搡我：“回头再说，快走吧。”我说：“你这样可不像我亲爹。”老马说：“别捣乱。”硬是将我推出去，然后隔着门喊：“好好睡一觉。”

我瞅瞅那盏昏黄的灯，沿来路返回。没那么着急了，腿便重了许多。大街空空荡荡，只有风在穿行。骑着破自行车，又是坑挨坑的路，乔灯或许还没回到苦水淖。想起对他的应诺，还有他那声长号。一切历历在目。可是，我为什么有虚幻的感觉？

四

堵车了，还没到北京人往外跑的季节，想必又出了车祸。只有两条车道，很容易堵死。

我熄了火，看着熟睡的乔果果。她歪着脑袋，半个脸被长发盖住。胳膊松松垮垮的，但仍护着那个花书包。她怕是一夜没睡。我告诉乔灯一早去苦水淖接乔果果，虽然我心疼已经开了三年的现代，但那么远的路，怎么也不能让乔果果步行。谁知黎明时分乔灯和乔果果便赶到镇上。随身东西倒是不多，一个花书包、一个装行李和衣服的编织袋。我责怪他，他不安地搓着手："哪能再给马公子添麻烦呢。"乔果果低头不语，似乎这一切与她无关。乔灯仍在嘱咐她，她一声一个"嗯"。三天前我又去苦水淖一趟，我必须弄清乔果果的态度。我问她同不同意去北京时，她也这样"嗯"。乔灯有些伤感。我看得出，虽然这是乔灯渴求的，但乔果果没有，她很平静，只是上车后抹了下眼睛。我想看她是否流泪了，她却把头撇过去。

我伸出手，想摸摸她的长发。快触到时，骤然缩回。这会惊着她。我把自己的爪子搁在方向盘上。我抽烟不凶，可双手已经失去本来的颜色。

终于挪动了，没几步又梗住。我打开后备厢取水，又看到那个鼓鼓囊囊的编织袋。乔果果的东西都在里面，那是她的家。乔灯以为跟着我，乔果果就可以在北京安营扎寨了。我是应诺了他，但那是被酒精吹的，老马一番话，我又改了主意。

我回北京，老马很是不快，认为我还是看不起这个行当。"你知道我存了多少钱？你留下来我就告诉你。"老马百般引诱，我不为所动。其实，我回来只是躲一躲，风声已过，我不想再缩在这个小地方。老马提起那个夜晚把我推出门外的事，说不是不心疼我，实在是没办法，他就这点儿爱好，如果我能继承大业，他可以把女人戒掉。我笑笑，母亲辞世后，我就再没计较过他的个人生活。待知道我不仅要走，还要带乔果果，老马急得脖子都粗了。他骂我疯了。他见过乔果果也就两三次，但一看就知道和正常人不一样，谁肯花钱雇她？“在苦水淖好歹有一口饭。乔灯是她亲爹，不能不管，你算什么呀？”我讲了些理由。老马说我被乔灯算计了。乔灯老了，知道养活不了她，所以把这个累赘甩给我，而我居然接了。“你脑袋真是进水了。”被老马一通轰，我意识到确实有些棘手。可已经应了乔灯，怎么也不能马上反悔。拧了半天眉，我想出个变通的法子，带还是要带的，三五日，最多半月二十天，就把乔果果送回来。

堵了三个半小时，到北京已是下午。乔果果醒了，我把矿泉水递给她，她接了，却没有喝。“你不渴吗？”我问。乔果果摇头。“饿了吧？”安静了一路，总得说点儿什么。乔果果仍然摇头。“那书包，是你自己缝的？”我不死心。她离开苦水淖，现在归我管，我至少有问话的权利。她“嗯”一声。“装了什么东西呀？”她不说了，目视前方，像没听见。一路上我心情都不错，虽然堵了那么久，可此时突然有些懊恼，大声喝问：“我问你话呢，你没长耳朵吗？”乔果果慌慌地看看我，我的脸硬得石头一样。乔果果尖叫一声便要逃离。她用力撞门，因为系着安全带，她撞得不是那么猛。然后她挥着手擂门，砰砰砰。

我惊出一身汗，这可是高速。我喝令她安静，反让她更加躁乱。

终于停在路边，乔果果的动作也慢下来。

“对不起。”我几乎要虚脱了。

乔果果又擂一下，终是停住。

“我不是故意的，真的对不起。”

乔果果窥窥我。

“你父亲让你叫我什么，你还记得吧？”我以为她要“嗯”的，没料她轻轻吐出“哥”。“对。我是你哥，怎么会吓唬你呢？和你开个玩笑。你不喜欢这样，我就不了，好吗？”

乔果果“嗯”一声。

我长长地舒出一口气，若不是天晚了，真想掉头回去。“我就是好奇，你不想告诉我就算了。”我一百个和颜悦色。

车启动后，乔果果却从花书包掏出一张张纸让我瞧。我轻轻扫了一眼。画了些乱七八糟的东西。想起乔灯说她会画画儿，那么该是她的作品了。我以为什么宝贝呢，真是的。乔果果以为我没看到，又往我这边伸伸，说：“这个。”老天，她居然说两个字了。我“嗯”一声。她慢慢缩回去，说：“我画的。”要不是怕惊着她，我真会叫出来。我以为她还要说什么，等了一会儿，侧脸瞧她，她的嘴巴已经关闭。

小武、嘎子、六指几个已经在门口候着，车一停他们便围上来。我给他们介绍乔果果，然后对乔果果说：“这是我的弟兄，他们都很能干。”乔果果“嗯”一声，明显有些紧张。我说：“别怕，他们不是坏人。”哥儿几个均龇了牙，我也笑了。乔果果竟然也跟着笑了笑，虽然稍纵即逝。

青雨回来了，她一手拎包，一手拎食品袋。看见我，她紧跑几步。这女人也不分场合，上来先吊住我脖子啃了一口。弟兄们熟视无睹，嘻嘻哈哈开着玩笑。我推了推，青雨松开。我担心乔果果有什么过激反应，还好，她仍站着，只是低了头。“这就是果果妹子吧？”青雨并不待我介绍，径直搂住乔果果。她松开时，乔果果的脸红了。青雨将食品袋塞给她：“糖炒栗子，还热着呢。”

接风地点与小区隔一条街，青雨的美容店就在这条街上。包厢不大，但很有个性，墙壁皆是逼真的竹林，进屋便有鸟语响起，仿佛真的置身竹林之中。乔果果四处张望，显然在寻找鸣叫的鸟。青雨喊了两声，她回过头。“在哪里？”她问。青雨说：“人进来鸟就飞了。”乔果果的目光不甘地绕了一圈儿。青雨拍着椅子，让乔果果挨着她坐。乔果果却看着我。我指了指，乔果果绕过青雨，坐在我右边。青雨冲我吐舌头，我略带得意，她只认哥。

我给乔果果要了饮料，替她倒上。青雨让乔果果陪她喝啤酒。乔果果摇头。青雨怂恿，跟水一样，喝几次就习惯了。乔果果便看我，我说：“别听她的，就喝饮料吧。”青雨小声说：“喝点儿酒就不拘束了。”我说：“喝你的吧。”青雨不吱声了。

数日未见，喝得有些猛。弟兄们敬青雨，也敬乔果果。

乔果果每次都要看我，我点头她便站起来，带着慌乱。这里不是苦水淖，有些东西是要适应的。后来见她鼻尖都冒汗了，我拦住弟兄们，没人再理她，只有我不时给她夹菜。乔果果自是不习惯这样的场合，不过倒也安静。对我们的高谈阔论她没有反应，外边每有鸟鸣，她便竖起耳朵。之后低下头，看着盘子和盘子周边那一块。

又一道菜上来，仍然先转到我面前。我习惯性地夹了一筷子。乔果果突然一声尖叫，蹦跳而起。她要逃的，可又忍不住瞥瞥盘子。结果她的脸都变形了。她速度快，我试图拽她，落空了。小武敏捷，拦她的去路。她像一匹受惊的鹿，小武没拦住。她撞开小武跑向门口，然后蹲下去吐起来。

青雨跑过去轻轻拍着她的后背。我示意小武，小武将那盘炸竹节虫端走。竹节虫高蛋白，青雨最喜欢吃的。

吐过之后，乔果果镇定了些，脸上的白却没有散去。她不逃了，但也不肯回到座位，虽然我一再说已经端走了。

我让青雨送乔果果先回。乔果果看着我，似有话说。我说："我还没吃饱呢，陪他们喝会儿。"她乖乖跟在青雨身后。走了几步却又回过头，她仍然不踏实。我大声说："我一会儿就回去了。"几分钟后，我给青雨打电话，又嘱咐了几句。

我是一小时后回去的。乔果果洗过澡了，正在收拾她的东西。青雨说："还真让你说对了，马桶、热水器什么都不会用，得手把手教。"我说："她不笨，就是不爱说话。"

青雨问："都在咱这儿住吗？"我说："空着也是空着，怎么也不能把她安顿到旅店。"青雨说："多个人怪别扭的。"我说："凑合几天吧，待不了多久的。"

还好是两居室，可以让乔果果占个单间。若在以前，租住的平房，还真没法弄。虽在西五环外，租金也不便宜，而且年年涨。临行前，乔灯硬是塞给我一千七百块钱，可能是他全部积蓄了。对于他，那是不小的数目，在北京若住高档宾馆，怕是半日的费用也不够。老马说乔灯精明，单就这一点，确实。但我绝不认为被乔灯算计了，说到底我是自愿。而且，就在到京的这数个小时里，我有了之前不曾有的感觉。我知道与乔果果瞟我询问我有关。是的，她的眼神触划了我的敏感部位。

青雨给乔果果抱了被子，但乔果果执意要用自己的被褥。青雨向我告状，说好心当了驴肝肺。我说哪有那么严重，随她去吧。青雨没再说什么。毕竟这么久没见了，我们有更重要的事做。

没几下青雨便叫起来，而且特别放肆。我忙捂她的嘴，这是她的风格，我喜欢并习惯了。但那晚我如惊弓之鸟。乔果果就在对面，青雨怎么能大呼小叫呢？我没捂住青雨，只得停下。青雨明知故问："怎么了？"我压低声音："姑奶奶，轻声好不好？"青雨抓被子盖住我和她的头。

五

我和弟兄们合开一家收购站，收购废品也收购一些别的。除此，帮人讨讨账什么的。我们没那么规矩，太规矩难讨饭吃。算不上好货，但也没坏到哪儿去。不抢不拐不坑不骗，有自己的分寸。比如帮公司或个人讨账，都要签正式合同，对欠债方动一些粗，吓唬吓唬什么的，对老油子也使些损招，谁让欠债不还呢？赖账自然要吃苦头。基本可控，卸胳膊挑腿筋那都是胡说八道。也许别的讨账公司会，但我们不那么干。当然，常在河边走难免湿鞋，但湿鞋与半条腿掉进河里有极大差别。偶尔有个闪失，不至于撞到监狱。

收购站在福田公墓南侧，旁边有一条河，但常年无水。当然，这对收购没什么影响，那一块全是收购站，没有谁在意河里是否有水。收购站主要是六指管理，这个补习三年、每年只差三分的高考落榜生数学极好，我们叫他铁算盘。六指表面腼腆，心计却深。嘎子人高马大，满脸横肉，适合讨账。而小武手脚勤快，所以常跟着我。他们的分工都由我安排，我是他们的头，用小武的话，相当于CEO。

六指已将近一个月的账目整理好，我翻了翻便丢下。六指不会在账目上作假，如果作假能让瞧出来吗？我过目不过是形式。我更喜欢六指自己说。纸上的数字是死的，就像封冻的河，要窥见冰层下的秘密，得有特殊本事。而嘴巴和眼睛是活的，更像河水，尽管鱼仍在下面，窥视就容易多了。我盯着六指，就能判断六指有没有说谎。这是六指的短处，他的腼腆哄管理员可以，哄我不行。我不是信不过六指，但必须验证过才踏实。毕竟我们是一个拳头，若哪根手指萎缩，拳头就成馒头了。

临近中午，我们去西黄村吃大盘鸡。吃什么并不重要，但我喜欢被簇拥的感觉。若说挣钱，未必有老马开棺材铺挣得多。老马说有两种人永远不会失业，一种是接生的，一种是做棺材生意的。有人生就有人死，而且做棺材生意利润丰厚，即使是卖给乔灯，他也赚钱。我不怀疑老马存折上的数字。可被簇拥被需要的感觉老马哪里体会得到？我是弟兄们的头头，更是他们的大脑。我回去卖棺材，弟兄们怎么办？一年下来，他们未必攒多少钱，生活是没问题的。当然，没有我，他们也饿不死。不过，与我这个大脑还是有些关系吧。不然，他们何至于马哥马哥地追在身后？我没逼过谁，他们自愿的。

在餐馆坐下，我给青雨打电话。我让她领乔果果出去玩了。一听青雨正做面膜，我顿时急了：“乔果果呢？”我的声音有些高，周围的人纷纷侧目。当然，我不在乎。青雨说：“还没出小区，乔果果说什么也不去了。哪儿也不去，就要在屋里待着。她是什么性子，你知道的，我能拗过吗？”青雨很委屈。我没再说什么，狠狠掐了电话。

大盘鸡正好端上来，吱吱啦啦地响。我站起，六指随即让服务员端回去。我摆摆手："你们吃，不用管我。"嘎子劝："哥你好歹吃一口。"嘎子饭量大，饿得也快，但我说等，他不会说别的。我是头儿，却不霸道，这是他们愿意跟我的一个原因。我说："你们吃完各忙各的，有事会给你们打电话。"小武要跟我，我制止了。我是有些着急，但不能因为一个乔果果折腾弟兄们。

我几乎是跑上去的，虽然四层，却气喘吁吁的。

乔果果在家。正在画画儿。她很专注，似乎没听到开门声和我的喘息。我在门口站了有四五分钟，她才抬起头。"画画儿呢？"我问。她点点头，略带羞涩。是的，只是羞涩。我没看到不安、慌乱和紧张。

"能让我看看吗？"我问。乔果果默默把画作递给我。一片黄灿灿的向日葵，却是长在河里的。鱼在葵秆间游戏，有一条大眼睛的鱼居然跃到葵盘上，像蜜蜂一样。我不禁笑了。长在河里，葵花还不得泡烂？我想开个玩笑，但终是没说出口。我问她还画了什么，还想看看。她便从书包里掏出她的涂鸦。路上我瞄过，但没仔细看。

乔果果是有绘画天赋的，我不得不承认。只是，她的画儿很可笑，甚至怪异。比如田野上的母牛，却是四蹄向天，像踩着空气在走，牛脊背下面是大片的麦田。马长着翅膀，像蝴蝶一样翩翩起舞。蝴蝶则像猴子一样长着长长的臂，荡来荡去。枸杞一嘟噜一嘟噜的，跟红葡萄一样。土豆状如蘑菇，长着长长的腿。还有一幅显然是集市，但水果、蔬菜、衣服、器具都摆在云朵上，行人的脚均踩着风火轮一样的东西，轿车则在悬空的钢索上滑行。

看到这里，我的嘴巴张开，突然间想起什么。然后，我又把前面的画儿看了一遍。是有些怪，但不再觉得可笑。我觉得心上有东西渗出来，顺着血管游走，像大盘鸡一样吱吱啦啦地响。

我愣了好一会儿才想起来："你饿了吧？"

乔果果点点头。

没走远，就在小区门口，各要了一盘炒饼。青雨发短信，说这就回来给乔果果送饭。我回说不用了，已经和乔果果吃上了。青雨问我是不是生气了，我说刚才有点儿，现在没事了。确实，若她领了乔果果游玩，我恐怕不会注意到乔果果的画儿。至少今天注意不到。

"能告诉我，在哪里见过长翅膀的马吗？"原打算回去问的，可她放下筷子我就迫不及待了。

乔果果稍怔了一下，指指头："这里。"

声音嘈杂，乔果果吐字极轻，但我听清了。我大喜过望，追问："谁教你画的？"

乔果果一脸茫然。

我问："你父亲吗？"

乔果果摇头。目光像浸过河堤的水，缓慢流动，很吃力地，终于爬不动了，停住，只是水气在氤氲。

我竖起大拇指："你画得棒极了。"

乔果果的脸颊有红晕飞起。

我强调："真的，我不骗你。只是……"我看着她，小心翼翼地，"马为什么会长翅膀？"

乔果果偏过头，然后突然反问我："为什么不能？"

我愣住。好一会儿才拍拍脑袋："哥真笨，为什么不能呢？"

乔果果微微一笑，我随她笑了。

还想问些别的，又担心密集的问题难住她，她重又封住嘴巴。一个人在黑暗中久了，不能突然见光。慢慢来吧，我已经找到开启她的钥匙。

午后，乔果果继续作画。没有画板，她已经习惯，在哪儿画哪儿就是画板。我欲看她作画的过程，乔果果捂着，神情里竟然有一丝调皮。我说："好吧，好吧，不打扰你了。"过了一会儿，我忍不住，蹑手蹑脚走过去，乔果果没注意到我，也许觉得我不会碍事，反正没抬头。她在画一只报晓的雄鸡，虽然还是一个轮廓，但大框架已经出来了。雄鸡既不是站在石头上也不是立在屋顶上，而是踩着高跷。高跷的底端像一把扫帚。边报晓边扫街，真有创意。

那个下午本来还有别的事，但我临时改了主意。我没出屋，当然不全是为了陪乔果果，她作画，不需要陪。我只想安安静静待一个下午。一个月准有那么一两天，我会躲在一个地方，翻翻书或仅仅是为了一个人不受任何打扰地发呆。

我是一个有梦想的人，这么说有些滑稽。像我这种货色，似乎不配有。但我确实有，尽管梦想躲躲藏藏，如偷油的老鼠……我想成为作家。美丽的语文老师经常鼓励我，还送我一本谈写作的书。她说："你最大的缺点就是坐不下来，当作家是要坐下来的。"为让自己坐下来，我曾用稻草缚住双腿。那时，我不明白，一个人能不能坐下来其实与脚无关。在一个寒冷的黄昏，我的梦想被一把水果刀击碎。劳教期满，我随人去深圳混了一年，然后是北京。那个叫梦想的东西似乎又回来了，但也就是些碎片。那是我的秘密，弟兄们不知道，青雨也未窥知。弟兄们和我混饭吃，但他们与我终究是有区别的。我没有蔑视过他们任何一个，但我确实与他们不同，尽管在歌舞厅我和他们一样搂着小姐的细腰乱吼，尽管在大排档我和他们一样喝得烂醉，然后冲来往的车辆撒尿。

我想把看了一半的《鳄鱼街》看完。我回营盘镇就带着，但断断续续地，读几页就放下了。不怎么好读，那些奇诡的想象弄得我很头疼。也可能那些天我有些烦躁，读小说要心静的。现在好了，乔果果在那边作画，我关掉手机。读了几页又放下了。我想到了作者，那个叫布鲁诺·舒尔茨的家伙。

他是犹太人，波兰籍，写作还画画儿，年纪轻轻的就被盖世太保枪杀。我没见过布鲁诺·舒尔茨的画儿，难道也如他的小说一样与众不同？天才都是不寻常的，乔果果是不是呢？这个念头冒出来，我几乎被惊着。我在地上一遭又一遭地转着，像拉磨的驴。后来，我点了支烟，强迫自己静下来。乔果果怎么能与布鲁诺·舒尔茨比呢？她不过是个把自己封闭起来的普通女孩儿。可是，她终究是有些不同，那些画作令人惊讶。如果有人指导一直画下去，没准儿就是另一个布鲁诺·舒尔茨。她活在太平盛世，没人会动她一个手指头。又有一些想法冒出来，我激动不已，几次才把烟点着。

青雨回来，我仍在烟气腾腾的屋里坐着。青雨打开窗户，连声问我出了什么事。我不言，拉着她的手去乔果果那屋。雄鸡已经完成，乔果果在画另一幅。乔果果慷慨地把画作递给我，我一张一张翻给青雨。“怎么样？是不是很特别？”我问。青雨说：“你真是大惊小怪，这不是动画片吗？”我没因她的粗鲁生气，甚为兴奋地说：“她会成为了不起的画家。”青雨反应倒快：“你是说，她的画儿能卖很多钱？要真是那样……”她的眼睛被电击一样闪着火花。我知她想什么。她一直想在北京买套完全属于自己的房，哪怕三十平方米。不错，青雨也是有梦想的人。“她可是你发现的呀！”青雨整个人都被电击了，痉挛得有些失控。

六

先去植物园，还是先去动物园？

乔果果看看我，又看看青雨。青雨说："听姐的，先去动物园，那儿有大象、长颈鹿、猴子，你们苦水淖肯定见不到。"我说："动物都关着，跑不掉，哪天都在，植物园那些花就不一样了，今天盛开，没准儿明天就凋谢了，就再也看不到了，明白吗？"

"植物园。"乔果果没再犹豫。

我得意地瞟青雨，青雨噘噘嘴："你就是个忽悠精。"我没有和青雨赛口才的意思，她一向听我的。至于乔果果，植物园也好动物园也罢，她没概念，带她去哪儿她就去哪儿。我和青雨的分歧不过是演双簧，让乔果果选择，其实是让她开口。乔果果选择植物园，与我的理由有关，还因为她更信赖我。当然，乔果果也相信青雨，不然就不会跟青雨逛商场了。

还没到西下庄就堵上了。清明节快到了，至少一半的车辆是去福田公墓的。因为收购站傍临福田公墓，我走了无数次，哪个时期堵什么时间段堵，摸得透透的。该一早起来就走的，而不是等青雨磨磨蹭蹭化妆。"我的娘哎，这得猴年马月到啊。"青雨抱怨。我没接茬，浪费唾沫毫无意义。平时我也会急躁，嘴上不说并不等于心里不急，但那天挺有耐心的。

我窥乔果果。她安安静静地坐着，整条路上，她肯定是最平静的。脸上不急，心里不急，她的时光从来都是缓慢的。我给乔果果买了画板、画笔、颜料，光纸就抱了两卷，够她用一阵了。她的衣服从里到外从上到下都换了新的，那是青雨的杰作。青雨不吝啬，但也没见对谁如此慷慨过。她的娘舅从老家赶来借钱，她也就借了三千，就这还抱怨好几次，说她娘舅好赌，生生把家里败光，那三千怕是打水漂了。青雨还给乔果果买了化妆品。她用什么牌子也让乔果果用什么牌子，好像她与乔果果是一个人。昨天晚上，她教乔果果涂口红，还让乔果果戴了假睫毛。我不得不喝令她停止。青雨喜欢戴假睫毛，就像蝴蝶的翅膀一样翩翩起舞。她还试图隆胸，征求我的意见。我说不愿意摸着假乳房睡觉，她才作罢。蝴蝶到夜晚就休息了，若弄两座假山，还能拆掉吗？不破坏基础，青雨爱怎么折腾怎么折腾吧。可乔果果不同，不能任由青雨折腾，即便乔果果愿意。青雨说她每次戴假睫毛乔果果都很好奇，说明她心里喜欢。我说喜欢也不行。青雨挺委屈，说这可是北京，土里土气谁看得上。她还提出包装之类的词。不是没一点儿道理。嘎子的形象是我给设计的，当然也没特别的创意，平头，墨镜，脖上挂一条筷子粗的金链子。当然是假的。往那一站，还真能唬住人。有一次我开玩笑，说脸上有道疤就更牛了，没想这愣货背着我，自己在脸上划了一刀。凶是凶了，找女朋友却成了难题，为此我自责至今。乔果果是画画儿的，不是去讨账，不是去当演员，没必要打扮成另一个人。我不同意，青雨不会说别的。但就这样，乔果果还是有变化，这才四五天工夫呢。

走了两个多小时，到植物园十点多了。青雨一路抱怨，进了大门脸也松弛了，说："真他妈的好。"我碰碰她："能不能文明点儿？"这是青雨的表达方式，直接通俗，我已经习惯。可乔果果就在旁边呢，她得有个姐姐样。青雨做个怪相，小声道："这就不文明了？"我说："这是植物园，可不是床上。"青雨拧我一把："你才粗呢。"

乔果果不会在意青雨说什么。不，她根本就没有理会，大片盛开的花已经把她的目光掠了去。我叫她三次，她才接过矿泉水。她或蹲或仰，一凝固就是一刻钟，仿佛不是她来看花，而是让花欣赏她。我一再催促："果果，往前走，前边的花更多。"在另一个花园，她的腿又钉住，青雨拽她，她才恋恋不舍地离开。在苦水淖当然见不到这么多的花，而这个季节，杨柳还未发芽，田野灰黄。乔果果不被勾魂才怪。只是，照这个节奏，三个月也未必逛得完。

斜里有一条小径，指示牌上写着"蝴蝶馆"。我问乔果果要不要看蝴蝶，乔果果点点头，说："要！"这是她强调的方式，在动作之外，一定要加上词语。我说："不能耽搁太久，不然关门前咱就逛不完了，我走你就跟我走，行吗？"

乔果果“嗯”一声。

进蝴蝶馆乔果果的脚立马又生根了。不要说喊，拽她都难。她的脸紧贴着玻璃，几乎要钻进去了。蝴蝶是世界各地收集来的，小的如蜜蜂，大的如拳头。我和青雨到植物园游玩过，但没进过蝴蝶馆，也很新鲜，不过转一圈儿也就淡了。蝴蝶形态各异，但也就是蝴蝶而已，幻化不出聊斋故事，没那么大吸引力。乔果果则不同，她被施了魔法般，要变成蝴蝶了。

一小时后，我和青雨一个拽一个推，终于把她弄到门口。我长长松了口气，乔果果的心仍在蝴蝶馆，目光黏丝一般，拉拉拽拽。我说：“一会儿就闭园了，闭园就出不去了，咱可说好了的，你忘了吗？”乔果果终于看我了，但她不说话。“说话必须算话，对不对？不然下次就不带你出来了。”我哄小孩儿一样连吓带哄，其实在好多方面，乔果果就是小孩儿，甚至比小孩儿还小。乔果果不说话，咬着嘴，低着头，不知在想什么。“走啊。”青雨又拽她一把，她才慢慢挪着。走了几步又站住。她看着我，目光满是乞求。我的心突然就软下去。既然她愿意看蝴蝶，就由她好了。我说：“咱们去吃点儿东西，吃完再回来，好吗？”乔果果摇头：“我不饿。”我和青雨的目光撞在一起，妥协了。

青雨随乔果果返回蝴蝶馆，我去买吃的。已是下午三点，青雨早就喊饿了，我何尝不是呢？

我买了烤肠、面包、矿泉水，还有一罐啤酒。返回时，青雨独自在台阶上坐着，我问：“果果呢？”她抬抬手，指了指蝴蝶馆。我叫：“你怎么不陪她？”青雨说：“她又不是傻子，还能丢了？就这一个出口，快给我！”青雨真是没力气了，不然会扑过来和我抢夺。我拿出烤肠，把袋子丢给她。青雨见我往门口走，软软地说：“你就是烤龙肉她也没心思吃。”我没理她。我都饿得前胸贴后背了，果果吃得又少，当然更饿，我放心不下。

果果张着双臂，像只巨大的蝴蝶吸附在玻璃壁上。她的嘴唇在动，似乎和蝴蝶说悄悄话。我几乎惊呆了。喊了数声，果果回过头。她的目光是虚的，并未将我摄入视野，而是看着更远处的地方。我摇了摇手：“果果，我是你哥啊。”果果的目光这才和我对接。我说：“烤肠，趁热吃吧。”“我不饿。”果果轻声道。同时扭转头，重又吸附在玻璃壁上。无论我怎么喊她都不理了。

我被晾在那儿。参观的人本来就少，那一阵更是看不到人，似乎只有我和乔果果。而乔果果已成了蝴蝶的同族，如果可能，她肯定会把自己和蝴蝶关在一起。苦水淖虽无珍禽异兽，却不缺蝴蝶，我不明白乔果果何以如此着迷。蝴蝶有伴儿，乔果果有伴儿，只有我孤零零的。

显然没有陪乔果果的必要，她已忽视我的存在。我的腿有点儿软，在门口竟然绊了一跤，烤肠甩出老远。我站起来，捡了烤肠，摇摇晃晃走到青雨身边，挤靠住她。

“怎么样？我说她没心思吃吧。”青雨一嘴酒味。我被唤醒，再次被饥饿攫住，大大咬了一口烤肠。

夕阳西沉，风大了，已显出凉意。三月的北京，温差还是不小。我和青雨都没有动。蝴蝶馆门口空空荡荡，没人进也没人出。守门的妇女更像个模具。

“你刚才怎么了？好像让人打了，怪吓人的。”青雨说。

我说：“我挨了打，你扑上去撕咬才对。”

青雨说：“敢打你，那得是什么人哪？除非我长三头六臂。”

我揽住她：“逗你呢，哪舍得让你扑。”

青雨拱了拱：“你说，她的画儿真能卖大价钱？”

我点头：“当然，不过现在还不行。”

青雨说：“我知道，种土豆也得三季呢。”

我“哈”一声：“这句话好哲学。”

青雨说：“那你该是她的经纪人对吧？”

我想了想：“算是吧。”

青雨叫：“什么叫算是？你就是！要不是你把她从苦水淖带出来，她怎么会……到时可别忘了我的功劳啊，起码要给我弄个副经纪人当。”

青雨的口气，好像乔果果已经怎么着了。我说：“放心，到时给你记头功。”乔果果吸附在玻璃壁上的样子突然闪出，我的心莫名地颤了一下。

乔果果几乎是被驱离蝴蝶馆的。这么说也不准确，真实的情形是，守门的妇女要驱逐她，但没有奏效，只得向“家属”求助。乔果果身体僵硬，我几乎是夹着她离开的。

青雨把留着的矿泉水和烤肉给她，乔果果不接，青雨硬塞进她手里。乔果果不吃也不喝，也不左右顾盼，机械地跟着我和青雨。青雨小声问我：“她怎么了？”我说：“人出来了，心还在蝴蝶馆里，你扶着她，别让撞着。”

回去的路上，我试图和乔果果说话。她要么不理要么“嗯”一声。我放弃了努力，她却突然说：“可怜！”

声音很轻。但她一直不出声，冷不丁来一句，我和青雨都是一惊。喜悦是后来冒出来的，我保证，开始只是惊愕。

“谁……可怜？”我问。

“蝴蝶！”

“怎么就可怜了？”我想乘胜追击，拧开她的水龙头。

乔果果不再开口，直到入睡也没有。

夜里我起来方便，乔果果那屋还亮着灯，灯光从门缝流出来，把那一块地面浸得油光发亮。我推推青雨，让她去瞅瞅。青雨迷迷糊糊地问：“你怎么不去啊？”我掀掉她的被子：“你个猪头，我能过去吗？”青雨这才哈欠连天地坐起来。她仍带着睡意，差点儿撞到墙上。

片刻，青雨踢踢踏踏返回来，说：“真是大惊小怪，大画家画画儿呢。”我说：“这么晚了，怎么还不睡？”青雨说：“你问她去，有本事你摁着她的头让她睡，我困死了。”青雨真是属猪的，躺下没两分钟便睡过去。没有别的事就好，我放心了。可我没有青雨那么容易入睡。翻了几翻，终是爬起来。《鳄鱼街》就在床头。

天明，我叩开乔果果的门。一夜未睡，她毫无疲倦，眼睛里昨天暮气沉沉，现在有了几分亮色。她没有捂，而是主动递给我。她似乎明白我迫不及待敲门是为了什么。

“什么呀？”我明知故问。

“蝴蝶。”

她画了一群蝴蝶。不是飞在空中，而是在海底畅游。青草葳蕤，鲜花盛开，有一对蝴蝶在鱼背上歇息，像划船的情侣，在说悄悄话。

还没等我发表意见，乔果果就说：“蝴蝶不会被逮到了。”我想起不久前看到的屠杀鲸鱼的纪录片，血流成河。当然，我不会跟她说这个。我笑笑：“蝴蝶会感谢你呢。”

七

乔灯来电话是在夜晚，我们刚刚吃过饭。葱花油饼，乔果果烙的。当然，她自己不能完成，需青雨这个帮手。她害怕燃气点火时急促的吱响，害怕那嘭的一声。起先她要躲出厨房，在青雨的演示和劝诱下，终于肯站到青雨身边。点火那一刹那，她仍会下意识地偏躲，如临大敌。接下来乔果果就成了主角。青雨为乔果果哀叹："就这样子，将来可怎么嫁人呢？"我给她讲某作曲家的故事，从来没有饥饿感，不会主动吃饭，家人喂才吃。天才都这样。"你见过哪位画家亲自下厨？你开个美容店，一个月还要叫二十次外卖。"我这么说，青雨就感觉犯了大忌似的，说："以后不让她做了。"随后又说："我也没让她干这干那的，是她自己走进厨房说她来。"我说："她硬要干，你也不要阻拦，她没那意思，你千万别指挥。"我一本正经，青雨连连点头。我时常不在，担心乔果果受委屈。乔果果是个谜，难以解开，你猜不到逆着她会有什么后果。高速那一幕至今让我惊恐。而青雨虽不是反复无常，但心绪不好的时候，脾气特别大。我不在的时候，她俩万万不能掐起来，而这个预防针只能给青雨打。

乔灯还是第一次打电话，我给他打过两次都没通。到北京这么些天，乔灯才来电话，我很是诧异，难道他不牵挂乔果果？还是觉得我把乔果果带到了天堂，他从此可以不闻不问？"马公子，是我呀，我是乔灯！"伴随着他粗直的声音的是呼呼的风声，至少五级。我脑里闪出乔灯在房顶勾着腰的样子，这货，非要挑这么个大风天打电话，在平地上也把人推着走的，何况是屋顶。我问他是不是在房顶，完后觉得问了废话，除了房顶，他就得去爬树了。乔灯的声音透着惊喜："我是在房顶，马公子什么都知道呢。"我心里笑笑，想这算个啥啊，我说："风大，你注意点儿。"乔灯几乎在喊了："没事的，我抱着烟囱呢。"

乔灯问了问乔果果的事，晕车没，路上吃东西没。我那个来气，都是猴年马月的事，难道他的时光比乔果果还缓慢，彻底定格在那一天吗？但我还是耐心回答了他。他又问工作的事。本来想说说乔果果的画儿，还有些问题想问他，可想到他被风卷掠着，根本说不清，便简短告诉他："正在找，快了。"乔灯叫："马公子，小女就交给你了。"我生怕他长号，忙问他为什么现在才打电话。他说手机坏了，一直没顾上修，今儿才鼓捣好的。我哑然失笑，这也太巧了吧。不知果真如此还是不愿道出缘由，但不管怎样，都没那么重要了。我让他和乔果果说，毕竟和我是序幕，重点是乔果果。

我敲开乔果果的门，说她父亲要和她说话。乔果果迟疑着，似乎反应不过来。我说："拿着，你父亲惦记你呢。"然后按了免提。我不是想偷窥什么，只是好奇，这对父女如何交谈。

"果果，我是你爸呀。"风似乎更大了。

"……"

"喂，果果，是你吗？"乔灯又在吼了。

“是。”乔果果声音很轻，乔灯未必听得见。

“你吃饭了吗？”

“吃了。”

“你还好吧？”

“好。”

突然之间静默了，只有风呼呼地响。不知乔灯说不出话了还是不知该问什么，而乔果果茫然地站着。我就在门口，都快急死了。我冲乔果果打手势，让她张嘴，但乔果果根本不看我。

“我也好着呢。”卡了壳的乔灯终于活过来。

“嗯。”

“你要听马公子的话呀。”

“嗯。”

“记住没有？”

“嗯。”

“那我挂了，别记挂我。”

刺啦声消失，房间突然安静下来。不知青雨什么时候把电视声音调低了。这女人，还算懂事。乔果果仍然站着，蒙蒙的，好像还没有从刚才的世界里出来。也可能她根本就没进去，她的脸上没有任何感伤。抑或，是我窥不到。

那天夜里，青雨说她替换下的手机还好好的，改天给乔果果弄张卡。我说算了吧，她不需要这个。即便她愿意，除了乔灯，她打给谁？谁又会打给她呢？这么想着，我一阵伤感。

在我心里的某个角落里，一直住着这种东西，或许与我的梦想有关。但我绝不让青雨看出来，更未在弟兄们面前表露。那会让他们觉得我像个娘儿们。他们未必因此从我身边离开，可那会让他们失望或在身体之外长出别的什么。跟在狼后有肉吃，谁会跟一只绵羊呢？虽然我不是狼，但必须装出狼的样子。因此我更喜欢让他们看到我阴狠的一面。有几次我几乎是踩着死亡的边缘，比如帮“小四川”讨重庆面馆那次，我何尝不怕？怕死了。但只能挺，必须挺。

次日，我带着小武到798艺术区。她画得怎么样，得懂行的说了算。我挑选了十幅，有她在苦水淖画的，有来北京画的，是我认为的上乘之作。我手里还攥了一张纸片，上面写满画家的名字，是网上搜来的。每进一个展厅，我盯的不是画作本身，而是瞅着落款处的名字。小武跟在身后，不时评论，画得还挺像呢。人各有长，小武有这样的评价也不简单了。

我没想进那个工艺品展厅，可站在门口的女孩儿挺像小武喜欢的章子怡，就进去了。三个车轱辘横在中央，呈三角状，一朵花从车轱辘斜生出来，当然花是金属做的。旁边吊一个小牌，牌上标价三万八。小武叫：“什么破玩意儿，三万八呢。”同时踢了一脚。这是他的习惯，看不顺的就想踢。

小武声音不高，但还是被角落忙活的矮胖男人听到，他大步过来，很不客气地让我和小武出去。他三十几岁，络腮胡子。小武叫："凭什么啊，这是你家？"络腮胡说："不凭什么，请你们离开。"小武说："我就是不走呢，你还能赶我？"络腮胡说："你们不走我就报警了。"我正要制止小武，可男人这句话让我恼火。我说："我们没砸没抢，你凭什么报警？"男人掏出手机就拨，小武眼疾手快，夺了男人的手机，揪住男人拖转了一圈儿。站在门口的女孩儿跑过来，转而又跑到门口，大嚷大叫的。我喝一声，小武随我就跑。警察来了未必能把我和小武怎样，小武不过说了粗话，但那要浪费好多唾沫。在这样的地方，我和小武这样身份的人绝不会占上风。男人没有追的意思，他不屑和粗人纠缠吧，不然我和小武难以逃脱。那个地方太大了，跟个迷宫似的，花了半小时才找到出口，真是狼狈。

吃过饭，我和小武再次进去。来一趟怎么也不能无功而返。只进画廊，不再看实物展。小武老实许多，连"画得挺像的"这样的话都不说了。没寻到纸片上的画家，只好让两个看上去像高人的画师看了看。其中一个摇了摇头，说不便评说。第二个颇感兴趣，说画作想象大胆，但缺乏基本的功底，线条啊色彩啊等，需专业化训练。我当即问他收不收弟子，并表示学费多少都可以。画师摆手，说倒是可以给我推荐一个人。我的眼睛顿时亮了。画师翻翻抽屉，找出一张名片。

他没给我名片，但写了一个电话，说这个许老师是招徒弟的，让我试试。我如获至宝，回到车上立刻拨通许老师的电话，得到许老师的同意后，我和小武立刻前往。

许老师在颐和园那一带，我以为就在旁边呢，转了老半天，天快黑了，才在一个村庄边上与许老师接上头。这里距颐和园少说也有五公里。当然，北京的村庄与营盘镇的村庄不同，公交车不比市区少。

电话里的许老师声音沙哑，我以为是个老者，没想也就四十上下。人极瘦，长脸长发长鼻，让人想起饥饿的马。这么想着，觉得实在是不敬，赶忙笑了一下，喊声“许老师”。许老师穿着对襟褂子、老北京布鞋，长相与打扮异于常人，符合我对画家的想象。若长成嘎子那样，我怎敢相信?

我和小武跟在许老师身后，穿过一条窄街，转了两条巷子，进入院落。院里没什么东西，一辆破旧的自行车、一把撑开的已经破损的伞，屋内却是另一番景象，让惴惴的我陡然生出敬意。屋正中一面宽大的画台，上面是画了一半的竹子，四壁皆挂着画作。在我看来，不比 798 的画作逊色，甚至可以说，因为在一个其貌不扬的院落，这些画儿就像黑暗中的光，不但照亮了屋子，也照亮了走进屋子的每个人。连小武也半张了嘴，我怕他品头论足，悄悄捏他一下。

我把乔果果的画儿拿出来，许老师慢慢翻看着。我的呼吸几乎停止。

“有意思，嗯，有点儿意思。”许老师终于说话了。

“有意思是什么意思？”等了半天，许老师没往下说，我只好问他。

“我说了你未必懂。”许老师漫不经心地瞟瞟我，“明天把作者带过来。”

我小心翼翼地问许老师能不能收作者做学徒，并强调学费由他定。许老师目光里有几分冷：“你把作者带过来我才能告诉你，干这行需要天分。”

我甚是诧异，难道这些画作不能说明乔果果的天分？怕许老师生气，我没敢再问。

八

事实上，我是第三天才领乔果果去的。就在那天夜里，六指打电话，一听他急惶的声音，我立马穿衣服。六指媳妇快生了。生孩子没什么大不了，可六指媳妇过于肥胖，据说难产概率偏高，所以六指的岳母半个月前就过来了。若不是紧急情况，六指不会在深更半夜烦我。好在夜里不堵车，十多分钟便到了首钢医院。

六指媳妇被送进产房，六指陪岳母在长椅上坐着，我到门口抽烟。离天亮还早，正是黎明前最黑暗的时候，可夜空中，就在树梢上方，却有一抹淡淡的红。那是被霓虹灯染了的缘故吧。

半上午，青雨也来了，竟然还把乔果果领了来。我呵斥她，她说你得让她接触社会，画画儿也不能关在笼子里。似乎有几分道理。我想起与许老师见面的事，忙给他发短信。等了一会儿，许老师没回复，我只好打电话解释。如果许老师生气了，还可以找李老师王老师，这么大个北京城，不信找不上教画画儿的老师。乔果果的事自然重要，可六指的事更为急迫。我不会告诉六指，但六指总有一天会知道。

下午三点多，六指媳妇终于生了，是个男孩儿。六指喜疯了，抱着岳母转了三四圈儿，若不是青雨扶着，六指岳母就晕倒了。

六指喜得贵子，我们也该沾喜气吧。对于和许老师的见面，我陡然多了几分信心。我让乔果果画幅新画儿，青雨说干脆画生孩子好啦。我认为她胡说八道，生孩子喜是喜，但有什么可画的？“果果，你想画什么画什么，别听她的。”青雨说：“姐对你这么好，你就当替姐画一幅呗。”乔果果没摇头也没点头，对我和青雨的争执没有任何兴趣。但第二天一早，她把画作给我，我忽然明白，在她面无表情时，她的心其实在听。

“果果，老师问你话，你要回答，不能只‘嗯嗯’的，听见了吗？”虽然提前嘱咐过了，我还是不放心。

乔果果“嗯”一声。

我笑笑：“怎么又‘嗯’了，听见了吗？”

乔果果说：“嗯，听见了。”

我问：“想不想当画家？”

乔果果说：“想。”

我说：“老师收你做学徒，你画得会更好，比现在好，那时你就是画家了，所以……你懂了吗？”

乔果果说：“嗯，懂了。”

许老师让十点以后去，我们到那儿九点五十分。小武要敲门，我制止了。艺术家都是有个性的人，细节上还是要注意。我和小武抽烟，乔果果安安静静地站着。她在房屋的暗影里，阳光照不到她，她的脸略有些发青。

十点零五分，小武敲开门。许老师仍是两天前的打扮，他眼皮都没抬，只是做个“请进”的手势。我很不痛快，他至少要注意到乔果果。直到进了屋，目光方从长脸上扬起：“你就是？”乔果果怕见生人，进门后就躲在我身后。我闪开，赔了笑说：“这就是乔果果。你那天看到的画儿都是她画的，还有这幅。”我把乔果果昨晚的作品呈给他。是一条分娩的美人鱼，卧在莲花中间。

许老师的目光在美人鱼上停了许久。

“你画的？”

乔果果点点头。

我想推她一把，提醒她，可又怕她更加慌乱，伸出的手又缩回去，替她补充："昨天夜里画的。"

"画几年了？"

乔果果似乎被问住了，她看着我，显然在求救。这是个简单的问题，但没有那么好回答，我说不好，她也说不好吧。可是，许老师在问，总要说话呀。我正欲回答，许老师说："让她说！"但我还是说了。我说她不爱说话，只是不爱说。许老师没生气，眼神里有那么一点点好奇。"一直这样？"我说："一直这样，熟惯就好了。"我还想告诉许老师，九岁她目睹了母亲的车祸，就不怎么说话了。十年了，都这样。特别想说，但终是忍住。在这样的场合，不怎么合适。

许老师的目光终于柔和下来，起身沏了壶茶。那是个紫砂壶，暗红的壶身隐隐闪亮。他讲乔果果的画儿有爆炸感。我不知什么是爆炸感，只能从他的语气里猜测这个词是好是坏。但许老师没往下说，转而讲起塞尚、凡·高、莫奈、达·芬奇、马蒂斯，什么野兽派、印象派等。我略知一二，乔果果还有小武哪里听过这个？但许老师兴致甚高，不敢打断他。一壶茶喝尽，他再次起身续水，方结束了"天书"，回到乔果果的画儿上。这次我听明白了：乔果果有天赋，是否可塑，凭这么几幅画儿难以判断，他可以带乔果果半年，半年后视情况再定。也许乔果果是天才，也许什么都不是。谢天谢地，他这是答应带了。虽说只有半年，也许三个月乔果果就用不着他了。我问学费的事，许老师说以往带学生都不收费，但也有给的，一月五千上下。我已经明白。怕他反悔，下午便将三万块钱给了他。

按照许老师的意思，乔果果一星期去两次。和陌生人相处，乔果果难免紧张，我不得不陪她。她在那儿画，我在角落的沙发上窝着，实在闷得不行就到院里抽支烟。抽完赶快溜回去，像犯人放了片刻风。好在许老师没把我当回事，忽视我的存在，他只对乔果果讲。感觉他还是挺有耐心，比如讲构图，他亲自演练，乔果果画完，未能令他满意，但也只是皱皱眉，让乔果果重画。乔果果偶尔朝我这边望望，我马上冲她笑笑。我在呢，我在心里悄悄说。两次之后，乔果果就适应了，没了紧张感，也专注多了。这样，我就可以在车里等她或者办完事再接她。我抽不开就让小武送。

那天，我和小武把她送到巷口便离开。有档子事等着我们。实说了吧，除了要账，偶尔也替人解决一些纠纷，但只限于熟人与朋友。所以只是帮忙，绝不是生意。当然，有酬谢也会笑纳。这点与许老师倒是挺像，不收学费，但你要给是另一码事。解决完，我马上往回返。像有一根绳子拽着，我一刻也待不下去。小武定是从我脸上窥到什么，问要不要从路边买几个包子，并提醒一会儿忙起来没机会吃。我摇头。

我没解释，没什么可解释的。小武甚至问要不要让嘎子多带几个人过来。我说："回去接果果，带人干吗？"小武小声说："马哥开这么快，我还以为……"我意识到确实快了，忙减了车速。我也说不好怎么回事，可能是绳子拽得过于紧，我不能控制自己。

返到许老师家附近，我把车停在常停的那个位置。小武跑到前面买了两袋包子。他问："我去？"我说："你吃吧，我来。"我拎着包子，穿过窄街，转过几条小巷，叩门时我有些焦躁，虽然我竭力镇静自己。乔果果学画时，许老师打电话叫外卖，这我知道，我想刚刚中午，许老师或许还没来得及叫呢。但许老师看到我拎着袋子，就说已经吃过了。我说不出的失落。许老师要关门，我支了一脚，乞求："她早上嚷着吃包子，要不让她吃一个吧。"许老师眼神凌厉，肯定看穿了我的谎言，沉下脸说："她正在作画，最好不要打扰她。"许老师用的是"最好"，而不是"不能"。我说好歹让她吃一口。许老师闪开，我抢在前面走进去。

乔果果确实在画画儿。她极其入神，竟然没察觉我。我喊一声，她抬起头。我问她吃不吃包子，她摇摇头便又伏下身。"那我在外面等你。"我说。乔果果似乎没听见，没有任何回应。我问许老师吃不吃，许老师用"拎走"回答我。

我怎么了？我再次自问。我不知道。似乎不见乔果果魂就飞了，虽然早上才和她分开。不，我不认为那是对乔果果的迷恋。后来回想那天的情景，觉得是被她母亲附体了。那是唯一合理的解释。

回到车上，我正常了许多。两人吞完包子，小武说："马哥，你对果果真是太好了。"

我"嘁"的一声："怎么，对你不好吗？"

小武急忙申辩："我不是那个意思，你对我、对弟兄们都好，对嫂子更好。可比起来，好像都不及果果。"

我想起青雨。小武都瞧出来了，青雨自然也会。青雨竟然没有嫉妒。给许老师那三万，其中一万是我的，另外两万是青雨的。

乔果果的未来、青雨的指望、我的梦想是一致的，否则青雨不会这么大方，我了解她。但并不是说她多么自私，她有自己的打算，也没什么不对，谁的钱也不是大风刮来的。资助也好投资也罢，受益最大的还是乔果果。

"果果的画儿真能卖大钱？"小武问。

我说："弄好了，一幅画儿顶两个收购站。"我明白小武朝这方面想了，就顺着他说："毕竟，那不是胡说八道。"但小武绝对不明白，我图的不是这个，至少不仅仅是这个。我懒得与他讲，因为我自己也未必说得清。

小武吧唧几声，像大口吃蘸了醋的肥肉片。

我说："所以，你要好生护送她。"

小武响亮地说："马哥一万个放心。"稍顿，又不无向往地说：“谁要娶了她，不等于娶了个银行？”

我本来半仰着，闻言突然竖起，被利剑刺了一样。

九

已是第三次到蝴蝶馆，只有我和乔果果。青雨没来，她“不愿受那份洋罪了”。其实，我也不愿来，但乔果果提出来，我必须顺着她对不对？从未见一个人如此迷恋蝴蝶，我曾提议去动物园，毕竟她还没去过，但她只想去蝴蝶馆。这几天，她的画儿有一半是蝴蝶主题。那幅《蝴蝶拔河》，青雨特别喜欢，我装裱了挂在我和她的卧室。

我照例没有进去，仍旧坐在台阶上。北京的四月不冷不热，很适合在户外待着。仍带着《鳄鱼街》，看第二遍。我总觉得乔果果与舒尔茨有几分相似，撬开了舒尔茨的世界，没准儿就弄懂了乔果果。虽然乔果果相信我，在一些事上也和我交流，但她仍是一个谜。在她紧张、慌乱、躲闪的神情背后究竟藏了什么，我想知道。太想知道了。

看看表，两个小时过去了，不知乔果果改变姿势没有？忽然想起乔灯，有好多话想问他。拨了他的电话，照例没通。这家伙也真够狠的，乔果果来这么久，只打过一次电话。如他所言，把乔果果交给我，他一百二十个放心。我知道他相信我，可为什么相信一个他并不了解的人？他说过，但难以令我信服。换作老马，换作任何一个人，都不会这么……赌的。如果是我，更不会把女儿交给他人而不闻不问。母亲临终没留给我别的，只有一句话："不要轻易相信人。"那个人自然包括父亲在内。她被父亲伤透了心。其实，无须她叮嘱，吃那么多亏，我怎能不长记性？

在我胡思乱想的时候，老马打来电话。乔灯被拘留了。

我彻底蒙了。"咋……咋回事？"我第一次结巴。老马并没有回答，而是对我进行轰炸式的训斥，嫌我瞧不上他的生意，嫌我不听劝说把乔果果带到北京。老马肯定输了钱，拿我来出气。要不就是被哪个女人耍了。他身经百战，却不是屡屡得手，败走麦城也是常事。

"有完没完？我问你话呢！"我猛喝一声。老马戛然而止："哈，你倒冲老子发火了！"我压制住怒气，担心老马摔了电话："到底怎么回事？"老马没再绕。清明节那天，乔灯给女人烧纸，引发大火，把苦水淖仅有的一片杨树林烧了。

清明节过去三天了，就是说乔灯已被拘留三日。我问老马为什么不早告诉我，老马甚是不满，说他也是刚刚知道。我不相信，营盘镇巴掌大个地方，两口子夜里吵架早上就传开了，失火这样的事传得更快，老马怎么现在才知道？

"我为什么要告诉你？乔灯和你有什么关系？"老马似

乎刚刚反应过来我在埋怨他，言语间夹了火气。

我没有说话。我和乔灯是没什么关系，若不是替老马守棺材铺，我和他都没有可能认识。可我把乔果果带进城，我发现了乔果果的绘画天赋，而他是乔果果的父亲，怎会没有关系？

“我料得没错吧，你让狗日的乔灯算计了。”说不清老马恼火更多还是得意更多。

我明白他为什么给我打电话了。但同时也把我整糊涂了。乔灯何以要算计我？何以用这种方式算计我？我没问他，不想听他胡说八道，老马也懒得和我废话了。

我走进蝴蝶馆，这个事该让果果知道的。

果然，乔果果仍在玻璃壁上吸附着，不同的是，她换了姿势，两只手在耳朵两侧，像怕旁人听到蝴蝶与她的悄悄话。我突然心生不安，此刻打扰她实在是罪过。可是……听到父亲被拘留的消息，她会是什么反应？茫然、摔倒、尖叫、号啕？我僵了一会儿，走近她，轻轻唤了两声。她没理我。她不会听到的。我只好站定，盯着她。她没动，我的脚却有些麻了。然后，我一步一步后退，在墙角歇了歇，离开展厅。我决定不打扰她和蝴蝶的秘语。也不打算告诉她她父亲被拘。她知道了又能怎样呢？又不能帮他。

但我再看不进去，安安静静坐着都有些困难。有什么东西跑到手背上，我狠狠拍了一下，却没看到任何残留的东西。

也许是错觉，这个季节没有蚊子的。

乔灯这个村长其实很尴尬的。村民虽然搬回了苦水淖，但行政上隶属别的村，也就是说，营盘镇的版图上已没了苦水淖。上面动员劝说，但没有一户肯搬离，还选出乔灯当村长。这个村长自然名不正言不顺。只是几十户人家住在那里，政府不得不操心，对乔灯也就默认了。乔灯名义上是村长，其实更像管家。那些外出离乡的，总是将家中事宜托付给乔灯，包括买棺材这样的事。在自己的西厢房放置几口空棺材，乔灯这样的村长恐怕是独一份。我不知乔果果每天进进出出，看见那些棺材会是什么感觉。乔灯被拘对乔果果没什么影响，倒是那些苦水淖的人少了说话的嘴和办事的腿，该是慌了神吧。我承认，我的心也被搅乱了。他毕竟是乔果果的父亲，还有，我觉得和他有相似处呢，我是弟兄们的头儿，他是苦水淖的头儿。他不过比我正式了些。

在蝴蝶馆外徘徊一个下午，我决定回趟营盘镇，就当是为了乔果果吧。反正有小武送她，回家有青雨，她这儿是可以放心的。

走的早上才告诉乔果果。我以为她会问些什么，可她什么也没问，只是“嗯”一声，脸上也没有不舍之类的东西，我有些淡淡的失落。

十

老马是被我从麻将场上拽出来的。他老大不情愿，说今儿手气好得不行，眼看摸到手的一条龙被我搅了。回到棺材铺他还嘟囔。我说：“赌场得意情场失意，是不是哪个女人给你气受了？”老马装出生气的样子：“你就这样跟老子说话？没大没小的。”我说：“你成天关着门，就这么做生意？”老马说：“死人的事又不是天天有，别看我打麻将，什么都没耽误。”突然醒悟似的：“你怎么回来了？想通了？”我说：“你哪里用得着人手，我回来不是多余吗？”老马说：“有人守着铺子总是好的。”我说：“你干脆雇一个，没事的时候还能替你点点烟泡泡茶。”老马“哼”一声：“我知道你不是为我回来的，为乔灯？”我没有否认。老马惊呼：“你真为了乔灯回来的？”我说这有什么大惊小怪。老马的目光在我脸上探究好一会儿：“你不会真喜欢上乔灯的女儿吧？”我说：“喜欢又有什么不可？她又不是魔鬼。”老马叫：“她不是傻子，不过和傻子差不到哪儿去，娶这样的女人咋过日子？”我不无恼火：“别傻子傻子的，她聪明得很呢。”老马“嘁”的一声：“老子还没老眼昏花。”仿佛验证似的，他的目光闪跳几下，然后突然问：“你是不是已经把她办了？要是——”我打断他：“别说得那么寒碜！不是你想的那样。”老马嘿嘿着：“什么年代了，这有什么害羞的？老子当年——”我狠狠瞪他，老马立马改口：“好，不说了，我不管了，我去买一卷羊肉，晚上涮。”我一把拽住他。老马问：“怎么，不吃了？”

我的口气软下来。乔灯的事得老马帮忙，他在营盘镇的地面混这么多年，方方面面的人都认识，有我知道的关系，也有我不知道的关系，而我虽然在北京西五环有一方天地，在营盘镇是吃不开的。老马耷拉着脸，说自己就一卖棺材的，没人拿他当回事。老马认拍，特别喜欢我拍。我连恭维带恳求，老马终于答应试试，但一定要我给出理由。我就讲了如何发现乔果果的绘画天赋及她的前途。当然我夸张了许多。老马叽叽嘎嘎地笑，腮帮子的肉要从脸上飞离了。他戳着我：“小公鸡日哄老公鸡，老子吃这么多年咸盐，能让你糊弄了？一幅画儿上百万，鬼票吧。”我说：“那是艺术，你不懂，黄庭坚一幅字值几个亿呢。”老马说：“我是不懂，可懂得土鸡变不成凤凰，你要是这么哄我，趁早——”无奈，我只好承认喜欢上乔果果了，乔灯没准儿就是我未来的岳父。老马说：“你终于招了。”而后叹息，“你到底是让乔灯算计了。”

老马说清明失火每年都有，但乔灯一案没那么简单，不只是烧毁一片林子，他可能还有别的企图。我惊得嘴都合不上了。老马斜着我：“别这么瞅我，我没胡说，乔灯不是笨人，年年清明给老婆烧纸，为什么偏偏今年失了火？”我说：“那肯定是意外呀，他还故意纵火？”老马说：“问题恐怕就在这里，如果是无意，拘留几天罚点儿款就完事了，若是故意，可要判刑呢，凭我这点儿能水根本救不了他。”纵火？除非他是疯子。老马说：“我知道你不信，其实我也不愿意相信，可我了解他，这家伙干得出来。”“为什么？”我问，“为什么呀？”老马说：“自然是有缘由的。不知道什么人竟然相中苦水淖，要在那儿建造纸厂，据说厂址就在苦水淖唯一的那片杨树林边。虽然没正式建，但那片荒地已经被圈住。”

我甚是不解：“谁疯了，跑那么个地方建厂？”老马说：“苦水淖建厂，好处多着呢，因为是荒地，基本是白用，也不用担心污染什么的，至于交通，到营盘镇的路不好走，可往西北几公里有一条国道。”

我的心突然下沉：“你是说，乔灯纵火阻止建厂？人家要建，他也阻不了呀。”

老马说：“我和他打多年交道，知道他是什么人。能否阻止，那是另一码事。”

我说：“真要这样，那他可够疯的。”

老马说：“你现在知道他为什么把闺女托给你了吧？这样，他进去就不用担心了。”

我问：“那你早就猜到了？”

老马摇头："我要猜到不成诸葛亮了？我知道乔灯那么做肯定有用意，绝不是让闺女离开苦水淖那么简单，这事一出我就明白了。你说，你是不是让他算计了？"

我没吭声。我想起乔灯转过半个写字桌握我的手，他拎走我的鞋强留我吃饭，还有那一声长号。果真如此？他早就谋划好了？他的心像古井一样？好一会儿，我问："他真会入狱？"

老马说："这要看公安局有没有证据怎么定性了。怎么，你是替乔灯担心，还是怕他闺女彻底砸你手里？"

我使劲控制，没朝老马发火。

晚上，老马约了林业公安的人吃饭。老马果然有些本事，那场酒收获颇丰，我想知道的都弄清楚了：一、乔灯尚属行政拘留；二、根据烧毁的树林面积和程度，罚款三万；三、若有更严重的情节，行政拘留或转为刑拘。转为刑拘就麻烦了，但他们没提故意纵火，至少还没有证据吧，也可能没朝那方面想，纯是老马的猜测。

回到棺材铺已经九点。我没喝好，跑出去又买了几瓶啤酒、一包花生米。老马没好脸色，我知他因为我提出替乔灯交罚款而生气。我说："不就三万块钱吗，乔果果一幅画儿少说也几十万。"老马不屑地"嘘"一声："听你的口气，吃糠都要屙金子了。"我笑嘻嘻的，说："不要怀疑你儿子的眼力。"

老马喝掉一瓶啤酒，说不早了，他得走了。他看了几次信息，想必有人催他。我说："再坐一阵嘛，你又不是没见过女人。"老马抡瓶佯装揍我，我没有闪避。老马缩回，没好气地说："大好时光让你毁了。"我揶揄："今儿男人不在家吧。"老马说："你小子别胡说，这一个单身呢，我和她可是认真的。"我问："既然认真，为什么不扯个证，住在一起多方便。"老马又来了气："你真糊涂还是装糊涂？老子这样还不是为你好？"我像老马一样叽叽嘎嘎地笑："为我？你这是老公鸡日哄小公鸡。"老马恨恨地瞪着我："我要和她结婚，一半财产就归她了，到时你只能分到一半。"老马果然老谋深算，还真是替我着想。顿了顿，我说："你可以公证呀，婚前可以公证的。"老马摇头："那不妥，咱是男人，结了婚就要尽义务。"我明白了，老马始终把自己的财产当作诱饵。

机会就这样来了。我说今儿才懂得父爱如山的含义，一句话说得老马泪涟涟的。我让他先给我三万。老马醒悟过来，点着我的脑门："差点儿让你小子绕进去，你有钱替乔灯交罚款我不拦你，可别指望我。"我笑嘻嘻的："反正早晚也是我的。"老马脸板得紧紧的："早晚归你不假，可现在不行，画儿值钱，你卖画儿去呀。"我说："秋天才收割，你见过一长苗就收割的人吗？"老马一边摇头一边往外走。我试图拽他，老马硬邦邦地说："你就是把我绑了，我也不会掏一分钱！”

老马逃了。我抓起啤酒，挥舞了一下。仅仅是舞了一下，我没那么驴。坐下来，我又开一瓶。我答应一两天就把罚款交了，不能失约。我确实挣了些钱，但多半挥霍了，卡上仅有的一万给乔果果交了学费，另外两万还是青雨出的。那么，再跟青雨张口？纵使不痛快，她也会应的。可我不想成为吃软饭的，再说她也没有太多存款，美容店的生意没有想象的那么好。让弟兄们凑就更不忍，他们手头并不宽松。也只有在老马身上想办法。怎么才能攻下老马呢？

青雨来电话了，我当然不意外。她问我在干什么，我说喝酒。她问和谁，我说自己。青雨叫：“你的舌头都硬了，一个人喝成这样？”我说这是第二场，第一场没喝好。青雨问：“办完了？”我说：“哪有那么利索，不过还顺利，所以想喝点儿。”青雨并不知道我回来干什么，我只说办事。青雨嘱咐我少喝点儿，别喝醉。黏黏糊糊，好像分别几千年似的。我和青雨说话，那三万块钱猴子一样游来荡去。我终是忍住，除非万不得已。

“果果在干什么？”我随口问。青雨说画画儿呢。我问她还好吧。青雨不悦：“你走了才一天，这个担心，我现在对她比对自己还好。”这我相信，我并不是怕青雨给乔果果气受，可总是有那么一点点……担心，也可能是牵挂。

老马喝了一瓶，其余的全被我干掉了。我不是故意想喝醉，虽然喝了一顿，这五瓶酒也不足以把我撂翻。只是烦得不行，一个人守着棺材铺，不喝酒还能干什么？是的，我绝对没醉，只是脑袋有些沉。我摇晃着出了棺材铺，沿着街往东走。没有目的，只想走走。走出百十步，可能是冷风吹的缘故，忽然灵光一闪。老马肯定和那个女人睡得正酣，这会儿摸到楼上，没准儿会堵住他们。母亲在的时候，常跟踪老马，甚至让我当奸细。她是想“人赃俱获”，可老马太过狡猾，母亲没一次得逞。现在，我该替她完成未竟的事业。只要把老马堵住，不愁他不出钱。如此一想，我顿时精神抖擞。

我终是没那么做，走到中途便返回来。在冷风里扑腾一阵，酒散去许多。脑袋不沉了，只是有些涨。我不能那么操蛋，很多时候老马还是不错的。

次日清早，我被老马拍醒。老马怪我不锁门，睡得又死，亏得没来小偷，不然连我一块儿偷了。我懒洋洋的，除非是穷疯了，才会打棺材铺的主意。老马毫不掩饰自己的不满：“怎么，你这么瞧不起棺材铺？瞧不起还冲我要钱？”我说：“是借，不是要。”老马哼了哼：“还不是肉包子打狗。”我听出老马语气松动了，忙说：“我保证还你。”老马说：“你就忽悠我吧。”然后将一个纸包摔我怀里：“你点点，全是新票子。”

十一

乔灯打来电话，我正在车里等乔果果。我在营盘镇待了四五日便返回北京。那时，失火案已基本定性，乔灯很快就可以放出来。他是在棺材铺打的，没有呼呼的风声，他的声音竟有些失真：“马公子，大恩人，谢谢你呀，那钱我会还的，你容我些时间。”我说没那么当紧，以后再说吧。然后讲了乔果果的绘画天赋。乔灯似乎不敢相信：“她能当画家？你是宽我的心吧？”我又讲了一些，告诉他绝无问题。乔灯哽咽了：“马公子，我没看错你，我……我……”我说这是乔果果自己的福分，没必要谢我，但有一样他必须答应。乔灯的声音又像他自己了：“马公子，你讲，要我的脑袋我也会割下来。”我说：“不要你的脑袋，但你必须保证，别再出什么乱子，那会连累果果。”乔灯停顿一下，保证了。他是聪明人，应该明白我指的是什么。他不过一个没有正式任命的村长，能抗拒什么？

乔果果出来了。今天换了一身衣服，米黄色褂子、牛仔裤，膝盖处有几个窟窿，跟乞丐似的。自然是青雨出钱替乔果果挑选的，她认为这样才能显出艺术范儿。乔果果目不斜视，径直朝车走来。某天，我故意把车换了一个地方，当然也没多远，乔果果仍像往常那样走到车边，待发现不是我的车，她慢慢扭转头。其实稍走几步就可以看到，但她没有。

似乎认为我的车就应该在她的视野范围内。我忙跑过去，乔果果目光翻抖，脸上是被遗弃的仓皇。自此我再不敢做那样的试验，车位被占，就站在一边等她。

乔果果开门，上车，先轻关一下，再猛地一拽。每次都这样，必须用两个步骤关车门。不知是怕惊了我，还是怕惊到她自己。

“怎么样，果果，收获不小吧？”

“嗯。”

“大，还是小？”我略略提高声音。

“大。”

“许老师没训你吧？”

“没。”

“好好跟他学，用不了几个月，你就比他画得好了。”

“知道了。”

“你父亲刚才打电话了，你要和他说话吗？”我想乔灯可能还在棺材铺。

“……不了。”

“好吧。”我发动了车。

六指的儿子满月那天，请我们在喜凤楼撮了一顿。六指领着胖媳妇和岳母，抱着满月宴的主角。我让六指一家坐正中，六指坚决不肯。我便坐了，青雨照例挨着我，乔果果坐在青雨旁边。乔果果再不像第一次吃饭那么拘谨，自然多了。

六指已经把菜点好，我让服务员报了菜名，以往我绝不这样。六指问还点些什么，我说够多了。小武解释，是他和六指一起点的。小武明白我让服务员报菜名的缘由，我也清楚他为何解释。这些弟兄们，小武最会猜我的心思。

照例，我要说点儿什么。不是讲话，我没那么大的谱，虽然六指用的是讲。我提了三杯酒，第一杯自然恭贺六指喜得贵子，我们这些人中，六指是第一个有儿子的，六指的福气也是我们大家的福气。第二杯是向乔果果祝福。我的目光挨个滑过，说乔果果是吉星，自她来了北京，我们一顺百顺。确实，最近几档子生意都极其顺利。“她和我们不一样，她是未来的画家，以后你们见她可不像见我这么容易。”不是故意夸大，那是极有可能的。乔果果自然听懂了我在说什么，众人和她碰杯时，她带了点儿窘迫和羞涩。第三杯是为乔灯，但我没说那么细，卖了个关子。也许永远不会说，虽然算不上什么秘密。

喝了多少，我记不清了。白的红的啤的，标准的“三中全会”。他们敬我，我喝；敬乔果果，我替她喝。我喝多过，但从未烂醉如泥。不等我醉，别人先趴了。那天我喝了双倍的酒，实实在在醉了。我不知道怎么离开饭店、怎么回去的。

醒来时，我摸到脑门上的毛巾。青雨坐在一侧。她显然困得不行，脑袋微垂。我辨了一会儿，意识到睡在自己的床上。“怎么回来的？”我问。青雨睁开眼睛：“你总算醒了。”

她把滑下的毛巾敷到我脑门，“忘了是怎么回来的吧？就不告诉你。”我说：“我喝多了？”青雨哼了哼：“多没多，你自己还不清楚？你真是疯了，到后来直接拿起酒瓶灌，一半让你灌脖子里了。”青雨比画着，学我的狼狈样。她的胸鼓突起来，像揣了什么。我浑身燥热，猛将她拽倒。青雨没提防，“啊”了一声。她要捶我，被我箍住了。青雨没像以往那样配合，奋力推拒。

“别……”窒息的青雨吐出一个音儿，我立刻堵住她的嘴。这妮子，竟然咬我一口。我松了胳膊，青雨趁机跳起，惊喘着指指门口：“果……果果。”

我瞪住她：“果果怎么了？”青雨“嘘”一声，胸起伏不定：“果果……在外面。”我问：“她没睡吗？”青雨平息下来，幽怨的眼神儿勾勾我：“你喝得死猪一样，她担心你呢。”

我趿了鞋出去，乔果果果然在餐桌边坐着，双手托腮，不知在想什么。她慢慢站起，迟缓的目光爬过来，从头到脚，似乎在丈量我的身高。“我没喝醉。”我故意转了一圈儿，“我没事的，你去睡吧。”乔果果仍然看着我。我笑了笑：“你看，我好好的。”乔果果眼里有雾状的东西散开，浸过来，将我洇湿。随后一言不发地进了卧室。

燥热退去，我没了刚才的疯狂。青雨拱拱我，再拱拱我，我只好揽住她。

“你想什么呢？”青雨噘了嘴。

“没想什么呀。”

“让你感动了？”青雨没等我回答，自言自语，她挺有心呢。

我“嗯”一声。

“你该不会喜欢上她吧？”

我甚是不悦：“胡说什么呢。”

青雨坐起来，死死盯住我：“我可警告你，她只能是你妹，你不许打她的主意。”

我皱皱眉，脑袋疼得厉害：“行了吧你！”

青雨骑到我身上。

我无动于衷。

“你当真想她了？”没了美睫的掩饰，青雨的眼睛出奇的大。

“我要给她弄个画室，她个人的画室。”我拍拍青雨的腰，“我谋划正事，别把我当花花公子看。”

青雨伏下来，紧紧抱住我。

十二

天阴着，偶尔飘几丝雨。街上的花开得正艳，白的玉兰，红的海棠，黄的三角梅，将北京的春天染得喜气洋洋。我把车停在苹果园停车场，坐一号地铁，直奔西单图书大厦。

我买不了几本书，但喜欢这里的环境。青雨来电话时，我正翻着一本画册。虽然大厦里回响着音乐，铃声还是有些刺耳。我下意识地压低声音。

“马晓龙，你这个混账东西！”青雨几乎要从手机里跳出来。

我突然蒙了。她很少骂我。混账、无赖、流氓，那都是在调情的时候，她的责骂常常让我的荷尔蒙狂涌甚至泛滥，而且她的声音水水的。此时她的牙齿像咬着沙砾，要把我嚼碎。我快步走至角落，用更低的声音“喂”了一声。

“你在哪里？”青雨仍硬邦邦的。

我问：“怎么了？”

青雨大喊：“你他妈在哪里？”

这是要反水了啊，我喝了一声：“你管我——”有人看过来，我控制住。我尽量地耐心，但青雨已经挂了。连拨几次，她始终不接。属于我的日子就这么被青雨搅成烂泥。

雨终于飘下来，给懊恼的我平添了几分郁闷。路滑，快到美容店时差点儿和另一辆车剐蹭。及时刹住，两辆车只差两厘米就“亲嘴”了。青雨不在店里。我真是气糊涂了，青雨怎么会在店里当着别人的面撒泼呢。

我进屋先朝乔果果的卧室兼画室瞅了瞅。门关着，她肯定在作画吧。另一间卧室半掩着，我轻轻推开，竟有做贼的感觉。青雨本在床头偎着，突然竖起，我以为她要撞过来，但她只是立在地上，目光从散乱的美睫射出来，抽打着我的脸。

“发什么神经哪！”我伸出手，想把她的假睫毛揪下来。

“滚！”青雨偏过头。

“你这是怎么了？”我盯住她。

“混账东西，你干的好事！”青雨指指床头柜，怒气里夹着悲愤。

那是孕检试纸盒，黑字蓝图标。我不陌生，青雨曾经买过。我明白她何以生气何以撒泼了，她有这个资格。我们一直采取措施，可去年青雨还是怀孕了。没有要孩子的打算，青雨自然“遭了一场罪”。

我松了口气，转而嬉皮笑脸地想抱住她：“别怪种子，主要是土地太肥沃。”

青雨推开我：“你装什么糊涂？不是我，是果果！”

我的呼吸突然停止，心脏在撞击，咣咚，咣咚。胸骨不堪重力，嘎嘎巴巴地叫。好一会儿，我才问：“你说谁？”

“果果，”青雨跺跺脚，“是果果！”

我猛扑上去，没掐她脖子，掐的是锁骨和肩：“你他妈胡说什么？你怎么这样编派她？”

青雨面色惊恐，几乎要哭出来了：“是她，是她呀！”

我瞪着她，恨不得将她刺穿。我倒是盼着她胡说，可她的眼角有液体溢出。她没撒谎。我慢慢松开，这怎么可能？这是怎么回事？我难以相信。

青雨讲，她出门时乔果果在呕吐。这样的情形出现过两次，她起了疑心，便买了孕纸，没想她的怀疑验证了。我问乔果果知道不，青雨摇头："还没告诉她，不清楚她自己是否知晓。"青雨没了刚才的气势，小心翼翼地问："不是你，那会是谁呢？"

小武！我震颤一下。肯定是这小子！他有前科。他喜欢哄女孩子开心，也会哄女孩子开心。除了我和青雨，他接触乔果果最多。六指儿子的满月宴上，小武老是给乔果果夹菜。别人或许没注意，但他每夹一次，我都会注意到，狗日的知道乔果果爱吃什么菜。乔果果坐在他和青雨中间，由着他细心照料，我都有些嫉妒了。

下楼时，我看了看乔果果。她没有任何变化，神色如以往一样安详。可这安详再一次击痛我，下楼梯差点儿跌倒。

雨仍然在下，淅淅沥沥。今天没什么事，狗日的现在正睡觉吧。他竟然对乔果果下手，我可是救过他啊。那次在大排档因为一把椅子与对方起冲突，那个愣头青拎着刀砍他，是我推开他替他挨了一刀。如果刀往上半寸，没准儿我就不在这个世界了。肩膀骨多肉厚，但也缝了十几针，到阴雨天便隐隐作痛，就如现在。这厮竟然如此回报我！

小武在南辛庄租了间平房，与我相隔不是很远，开车也就二十分钟。停了车，我疾步穿行。阴雨绵绵，一男一女竟然在超市前撕扯。这世界有多少人被暴戾挟裹着啊。我再度被刺激，从墙角捡起半块砖头。一洼水横在路中央，我犹豫一下，将砖头垫进水坑。

小武果然在睡觉，他拉开门的同时，我将他踹倒。“马哥！”他惊叫一声。我瞥见墙上的画儿，那是果果画的。他竟敢挂果果的画儿！又一脚，踹向他的脸和嘴巴，他立马说不出话了，然后一顿乒乓乱揍。小武慢慢地缩，一直缩到墙角，再无处躲逃。起先还试图抬胳膊挡，后来就如身体一样缩着了。

我喘息时，小武蚯蚓般扭动几下，哭叫：“马哥，我犯了什么错？”我骂：“你他妈犯什么错还要我告诉你？”我要接着踹的，小武呜呜着：“马哥救过我，命是你的，杀了我都成，可你让我死个明白啊。”小武说得凄惨，我平静了一下，指着墙上的画儿。小武叫：“是我和果果要的，这……这……我还给她不行吗？”我问：“还有呢？”小武说：“只要了这一幅啊。”我审视着他，他躲躲闪闪，但并不像装的。我便道出果果怀孕的事。小武大呼：“冤枉，就是借我一百个胆子我也不敢啊，马哥，她是你妹，我怎么会呢？我才交了女友，就在巷口的超市上班，我不缺——啊，马哥，真的没有。”小武的声音混杂着悲怆。我愣住：

“不是你，那又会是谁？”小武和我的目光对撞了几下，像电流一样突然接通。

再次经过水洼，我看到躺在那里的半块砖头。好险！以我刚才的怒火，真是控制不住的。小武脸部青肿，我心生歉意，而这块砖头让我冷静许多。我该问清楚的，小武没这个胆子，除非不想跟我混了。

许老师拉开门，就被小武踹倒，一如我踹他那样。小武还要踹的，被我制止。许老师爬起来，污水满脸。显然生气了，他在抖。小武拖拽着将他扯进屋。许老师大嚷：“大白天的，你们抢劫啊？”

不能再那么鲁莽。我坐在沙发上，审视许老师片刻，缓缓开口。没料许老师没有丝毫伪装，承认得非常痛快。只不过强调，他没有强迫乔果果，她自愿和他好的。他甚至有些不屑，似乎我少见多怪。他说他带的弟子还有给他当模特的都这样。我说乔果果怀孕了，他仍没有丝毫吃惊，轻描淡写地说：“做了就是，我会补偿她的。”老东西，真说得出口。我示意小武，小武一拳砸到许老师的鼻子上。鼻血喷溅，他的脸顿时花了。砸了几拳，我再次制止了小武。小武显然没出够气，他想把我那一顿揍还给许老师。我清楚，但不会由着他。许老师没他那么经打，况且，打一顿太便宜了。

我让小武回去把乔果果拉来，并让他带上东西，他知道我指的是什么。小武揍他的时候，我一直考虑如何惩办许老师。废了他从此亡命天涯？这念头只是闪了闪，毁了我和小武不说，也会累及乔果果。报警也不妥，许老师咬定乔果果自愿，警察也没辙。而且警察还要问讯乔果果，我不敢想象那个场面，那会把乔果果逼疯。最稳妥的办法是让乔果果和他对质，把证据录下来。我会引导乔果果，她信赖我，会听我的。

许老师洗掉脸上的污泥和鼻血，泡了一壶茶坐我对面。他神闲气定，眼底甚至有几丝倨傲。

“情欲是艺术创作最主要的根源。”他不紧不慢地说，要开始上课了。他也是这么骗乔果果的吧？我喝了一声，他闭住嘴。我和他在寂静里对视着。我那么想撕了他，但理智一次次阻止了我。必须等乔果果来，我清楚这个法子不牢靠，但一时想不出更稳妥的办法。

青雨陪乔果果来的，晚了一些，但还是来了。乔果果意识到什么，看看我再看看许老师，有些不安。是的，是不安，而不是仇怨。如果她扑上去在他刚刚洗净的脸上抓两把，那该何等痛快。可她没有，寂静让她的紧张发酵，她的身子微微抖颤。

“果果，哥在这里，你不用害怕。”我故作轻松。

乔果果点点头。

“这个人，许老师，他欺负你了，对吧？”我循循善诱。

“不。”乔果果低下头，但她说话了。

“果果，你看着我，你别紧张，咱不跟他学画了，他不会把你咋的。你只告诉我，这个许老师欺负你了，他……”我顿了顿，“对你耍流氓。”

“不！”乔果果用更大的声音说。

“你不用害怕，哥在呢，他就是欺负你了。”我的声音提高了。

“不！！没有！！！”乔果果筛糠一样抖着。青雨从后面抱住她。青雨和她一样抖。

一直沉默的许老师说话了：“别逼她，你们不懂她，永远不会懂她。”我扑过去揪住他的头发。乔果果尖叫一声，我松开他，夺过紫砂壶，狠狠砸到墙上。壶水四溅，乔果果又尖叫一声。

乔果果的尖叫挫败了我的计划。不，何止是计划，她把我彻底击垮了。我的骨头、我的肌肉、我的血管、我的呼吸在她的尖叫中化为齑粉。我明明坐着，却摸不到自己。就这么僵着，直到小武唤醒我。我摆摆手，让他把乔果果先送回去。青雨说她就可以。青雨怕我对许老师做出什么事，一脸担心。而乔果果因为可以离开这个紧张的地方，似乎长舒了一口气。她倒是瞟过许老师，但我不认为那是留恋，当然，也不是我期盼的仇恨。

“果果不懂事。”我艰难地开口。许老师说：“她已经是成人了，有权利决定自己的一切。”我大叫：“你他妈住嘴！她是成人年龄，可她的心智还是个孩子，你丫欺骗一个小孩儿，你个老畜生！”许老师说：“我没骗她，更没强迫她，再说，你怎么认定她的心智是孩子？你确实不了解她。”小武踹了他一脚。

我掏出烟，小武立刻打着火。我悠悠地吸了一口，将烟吐在空中，看起来镇定自若，只有我清楚，此刻的自己乱如残麻。小武伏下身，让我交给他处理。我没理他。不用嘎子帮忙，他自己就可以解决。劁了、割了或砸断许老师的双腿，你猜得到。我也想这么干呢，可不能。小武几个跟着我常走钢丝，但从没掉下来，就因为我掌控着大局，始终惊而无险。走险棋？不行啊，况且，对乔果果有什么益处呢？

“你说怎么办吧？”我舒缓了语气，但表情冷硬。

许老师拉开抽屉，然后将三万块钱丢到桌上：“学费不要了，回头我再补偿她五万。”这狗日的真是不缺钱，那对他仿佛只是个数字。

我冷笑：“五万？你他妈打发叫花子啊。果果，那可是……”我说不下去了，脖子被勒住似的，顿了顿，仍然用平缓的语气说：“五十万！”

许老师叫：“五十万？一条人命值多少钱？”

小武又是一脚，骂：“没抽你筋算便宜你了，还他妈嚷嚷。”我没说话，冷冷地看着他。

"能不能少点儿？"许老师的目光在我脸上盘旋。

"不能！！"

"那多缓我几日，这个数太大了。"他虽有埋怨，但一点儿不心疼。

"三天，只给你三天时间。到时凑不到，别怪我无情。"我站起来，不想再跟他废话。

"你们这是敲诈！"许老师脸上竟然有鄙夷，我懒得计较。好像我和小武是垃圾，他恨不得马上清理掉。

"还有……"他却又喊住我。

我瞪着他。

"还把她送过来吧，她该继续学的。"

我狠狠啐了他一口，正好击他脑门上。白色的黏液从鼻翼一侧流下来，缓缓地。我等他再开口，我有的是唾沫，但他合拢了嘴。

回去的路上，小武问要不要盯着他。我想起他倨傲的神色，说："不用，如果跑，他早跑了。"他不把对乔果果的玩弄当回事，至于钱，他更不在乎。小武问："就这么算了？"我说："先把钱拿到手，后边的事，那得要看乔果果。"小武说："还是盯着他好。"他的脸有三分之二泛着青，我心有不忍，搭搭他的肩："你就辛苦点儿吧。"

次日一早，我接到小武的电话，许老师不见了。

十三

送乔果果回苦水淖已经是六月底了。她的妊娠反应越来越厉害，脸上也有了细微的变化。

一切都糟糕透了。为了让乔果果流掉孩子，我和青雨可谓绞尽脑汁，但没有一次成功。青雨劝我也劝，有时一左一右同时劝说，可谓苦口婆心。未婚妈妈拉扯孩子的艰难，没有名分的尴尬，她的前途她的未来，她可是要成为国际画家的。我恨不得在她脑袋上打个洞，将大道理小道理统统灌进去。总之，这个孩子绝不能生下来。她不为所动，一次次地尖叫：“不！不不！”这个字如一把锋利的刀，每次都会在我心上扎个窟窿。我引诱她，如果她听话，就天天带她看蝴蝶。“蝴蝶肯定想你了，你不想那些蝴蝶？”她终于动心，眼睛里有东西在生长，我可以捕捉到。但她随即摇头，拒绝与我交易。我甚至威胁，她这样不懂事，我会把她丢在街头，让她像野猫一样流浪。她脸上有恐惧闪过，缩到角落一动不动。我不敢再吓唬她，还得好好劝慰，因为她不吃饭。

我和青雨商量一番，决定改变策略，不再提流产之类的话，而是哄劝她去做检查。每个生小孩儿的妇女都要检查的，青雨抛出一些她听不懂的词。乔果果半信半疑，青雨趁热打铁，说让她去医院看看，可以亲自询问医生。终于把她弄到医院，只要上了手术台，就不由她了。诊室门口的长椅上坐了几个孕妇，青雨悄声说："她们都是来做检查的。"我以为计谋得逞，正想找地方抽支烟，乔果果夺门而出，一路狂奔。从首钢医院追至北方工业大学门口才赶上她。无论我和青雨用什么借口，她再不进医院的门。有两次已经到了门口，也没把她拽进去。她死死抱着一棵树，半步都不肯挪动。不能捆绑，她适度地配合才行。青雨提议找个私人医生，直接来家里做。我考虑几天，放弃了。那过于残忍，而且，估量不到可能的危险。

我劝乔果果把孩子打掉确实是为她着想。她自己还需要人照顾，怎么可以带孩子？当然我亦有私心。首先没法向乔灯交代，还有她画画儿就此终止，会毁掉我的计划、青雨的梦想……

把乔灯接到北京，让乔灯劝她，这怕是最后的办法了。青雨也提过两次，我说再等等，等小武他们把许老师找到。我把乔果果带到北京，工作没找上，对象没找上，倒让她多了个孩子，这算他妈的什么事？如果拿到那五十万，或许还好说些吧。

我疏忽了。不，小武提醒过我，是我被许老师脸上的倨傲迷惑了。小武说那小子不见时，我并未着急，以为他弄钱去了，三天期满自会回来。他还等着乔果果学画呢，被我啐了一口。而且小武进屋检查过，他没带什么东西，墙上的画儿还在。他是那么的不在乎，女人和他睡觉都得排队，这样的人怎么可能为了区区五十万逃跑呢？三个三天过去了，他也没有影儿，我这才急了。除了做乔果果的工作，我所有空余时间都在寻找许老师。能撒出的弟兄也全撒出去了。798、宋庄……凡是能打听到的画家聚集的地方一处也不放过。我想找见给我电话的那个画师，他该和许老师很熟，但转遍 798 也没寻见。小武把许老师留在墙上的画儿取下来，加上别处的，有二十几张。找了个画廊想估估价，孰料每幅只估三百。这怎么可能呢？又换个画廊，那个人气定神闲地翻了翻，说所有的画儿加在一起最多值五千。

许老师必须要找到。我没气馁，把乔灯接到北京之前，一定要把那五十万弄到手。但是，毫无所获。

我没有放弃，此时小武正在婺源。据说画家常去那里写生，我把小武打发过去。我终是没敢把乔灯接来，现在接他来恐怕也无济于事。我并不想把乔果果送回苦水淖，可没有别的选择。她需要人照顾，而青雨忙着挣房租，我呢，一边做生意一边要寻找许老师。

一路无语。我不主动，乔果果永远不会说的。从官厅服务区出来，我瞄瞄她："果果，再有几小时就到家了，想你父亲吗？"

乔果果"嗯"一声。

我努力挤出些笑："怎么又'嗯'了，想吗？"

乔果果说："想。"

我说："他这么久没见你——"鼻子猛然有些酸，"看见你没准儿会乐疯呢，你……别惹他生气，好不好？"我不知说什么，可总得说些什么。

乔果果说："好！"

我问："你还愿意到北京吗？"

乔果果犹豫一下："愿意。"

我怔了怔。我说带她回家，她是那样顺从。

"你喜欢北京什么呀？"

"蝴蝶！"

我突然不敢问了。

拐上通往苦水淖坑坑洼洼的路，我不由放慢车速。那些坑仍张着嘴巴，我生怕颠着她。更重要的原因是，我说不出的紧张。我似乎听到乔灯的长号，如荒漠上孤独的狼。我斜乔果果，她脸对着窗外。我把画板带回来了，又买了些纸笔颜料，不知她还能不能画下去。

稀稀拉拉的房屋进入视野，我慢慢停下来，熄了火。我越来越紧张，乔果果一路醒着，此时终于困了，长发盖住她的脸，睡得极其安详。与去北京正好相反，那次她睡了一路。

如果迷了路那该多好。可隐隐的狗吠、牛羊的叫声，提醒着我，被遗忘的村庄就在前面。我掏出烟，点到一半又放弃了。我咬了一截，又咬了一截，慢慢嚼着。黄昏已经来临，我的紧张没有丝毫减弱。一只鸟斜歪着飞过，似乎受了伤，急于归巢。两侧的枸杞林有什么在起落，不知是蝴蝶还是蛾子。暮色从四周洇过来，眼前渐渐模糊。乔果果睡得更酣，我仍在咀嚼。

终于，现代轿车、我、乔果果，还有她肚里的孩子，与苦水淖的夜色融为一体。

龙　门

庞丁或扁头

其实，庞丁才是我的本名。那时，我还是张家口第二小学的学生。我没觉得自己的名字有什么不好。五年级上半学期，新换了语文老师。他长了嘴龅牙，嘴巴外突，总是合不拢。我叫他鳄鱼，范大同认为更像野猪。龅牙每次喊我的名字，总要停顿两三秒："庞——丁！"每次都有爆炸效果，整个教室都要笑翻了。他似乎很喜欢这种爆炸效应，每堂课都叫三五回。我很是不爽，决定给他点儿颜色看看。

大街上的车还没现在这样挤，老师的交通工具多数是自行车。龅牙的自行车并不难找，他到校早，喜欢放在角落。座包套是针织的，咖啡色。我和范大同扎过贺梅的车胎。范大同想和她好，她爱理不理的，脑袋翘得老高。轮胎没气，她只好推着走。范大同奔上去，愣是扛到修车铺。自此，她肯和范大同并排走了。龅牙当然没贺梅那么幸运，对他是惩罚式的。放学，我和范大同远远跟着龅牙。轮胎瘪瘫，自行车歪歪扭扭，龅牙也歪歪扭扭。跟到明德北路口的修车铺，我和范大同诡笑着离开。

次日，龅牙将我拎到办公室，问我一个人干的还是两人合谋。上来就给出选择题，非A即B，我才不上他的当呢。龅牙一掌盖住我的额头，另一只手挤压着我的后脑，说："还真是扁头。"对了，我还有个绰号：扁头。"你相不相信，我会让你的扁头变成面饼！"这吓不倒我，我一言不发。龅牙并未继续挤压，他缓缓松开，突然扯了我的左耳，叫："十个，扎了足足十个窟窿呢。"我暗想，不对呀，明明是九个，怎么成了十个？莫非范大同多扎一下，还是龅牙被修车的坑了？龅牙说："我没冤枉你吧，要不和修车的对证？"我的心扑腾一下，忙抿紧嘴巴。

龅牙没审出结果，很不甘心。他让我先回教室，如果放学前不主动交代，他就报警了。还没等放学，我就看见了小舅。让我带上书包跟他走。我说还没放学呢。小舅轻轻推我一把，说老师准假了，现在就走。

我一路磨蹭，想着怎么应对。见小舅发火了，才跟上他。我家住在黄土场六号，据说过去是枪毙犯人的场所，山脚下一垛挤着一垛的黄土，我和范大同仔细寻过，但没发现什么。

上坡便看见停在巷口的警车，我头皮阵阵发紧，想龅牙真够狠的。小舅又推我一把："走呀！"

竟然来了三个警察，两男一女。杨翠兰坐在餐桌边的椅子上，双眼红肿。年长的警察在她对面坐着，年轻的一男一女分站在两个角落。第一次看到这种阵势，我慌了神。女警察摸摸我的扁头，叫我不要害怕，说着摘下我的书包。她把课本、作业本、铅笔盒掏出来，铺在地上，一一翻检。作业本上对钩不多，更多的是红叉。那一刻我挺羞的。末了女警察依序装回，冲年长的警察摇摇头。

警察离去，杨翠兰一把搂住我，号啕大哭。

警察不是冲我来的。一工厂的财务室被撬，盗走放在保险柜的两万现款。同一个夜晚，值夜班的工人不知去向。那名工人叫庞有亮，是我父亲。警察来了不止一趟，询问杨翠兰，还有我。旮旮旯旯都搜过了，连庞有亮的二胡都没放过。那一阵，杨翠兰的眼睛基本是肿胀的。开始她和舅舅小声嘀咕，后来说话跟放炮一样，"有亮"被"挨刀货"代替。

庞有亮没有踪迹，警察也一无所获。

两年后的某日，我放学回家，杨翠兰正陪李叔喝酒，就如她陪庞有亮一样。李叔是庞有亮的同事，也是庞有亮最好的朋友。李叔每次来喝酒，都会给我带礼物，一盒饼干一包软糖还有弹弓什么的。庞有亮叫他不要惯我，李叔总会说："孩子嘛，我挺喜欢他的。"有次他翻我的作业本，我以为他要皱眉头，孰料他只是笑笑，说我比他强，他没一门功课及格。“你看，我也当了工人是不？咱照样挣钱！”还有一次，他喝多了，外面下着雨，被庞有亮强行留下，他和我睡在外面，第二天，他竟然有些羞，还向我道歉，说他呛着了我。

庞有亮没把李叔当外人，杨翠兰也是。庞有亮携款逃亡，他那些朋友生怕沾惹上麻烦，躲得远远的，杨翠兰就是这么说的。李叔不怕。除了小舅，李叔来的次数最多。“有亮不是那种人，你要相信他。”李叔每每这样说。或者说：“以我对有亮的了解，他没那个胆子。”那时，杨翠兰便凶神恶煞般地大嚷大叫：“他把我和小丁抛弃了，这总是事实吧？”李叔叹口气：“就算是，谁还不犯个错呢？等他醒悟——”李叔的声音被杨翠兰排山倒海的叫骂淹没。我觉得杨翠兰有些过分，李叔本来是安慰她的，她却把人家当出气筒。

重体力活儿，自然是李叔干，如换煤气啦，买个米面什么的。张家口冬天寒冷，入冬前院子里必须备两吨煤。我们住的是排子房，前后距离很窄，没法进车，煤块只能卸到巷口。我家的煤都是李叔一筐一筐抱进来的。小舅得过肺结核，不能干重活儿，根本帮不上忙。庞有亮离开后，李叔就只干活儿不吃饭了。有时杨翠兰菜都炒好了，李叔也不肯。他总说有事，匆匆离去。杨翠兰就塞盒烟给我，我追上去塞给李叔。李叔总要摸摸我的头，轻轻叹口气。

所以，那天见李叔和杨翠兰喝酒，我很意外。杨翠兰也完全不是先前灰塌塌的样子，穿了件紫色的衬衣。庞有亮离开，她就没光鲜过。杨翠兰的腿动了一下，一颗光洁的篮球滚过来。我满心欢喜，抬脚踩住。“知道谁给你买的吗？”杨翠兰笑盈盈的。我已经是初中生，她还以为我是小孩子呢。我说：“谢谢李叔。”李叔摆摆手：“快吃饭吧。”这时，杨翠兰的笑一点儿一点儿收敛起来，她的脸有些严肃：“从今天起，你改叫爸吧。”

我好一会儿才反应过来。有些东西突然涌上，说不清那是什么。我没说话，低头进了里屋。背后传来李叔的声音：“别为难孩子。”

毛　头

黄理朝我走过来时，我的肠子都快饿断了。他像我见到的其他公交司机一样，拎个特大号水杯。夜色昏暗，我仍能看清杯底的残水上漂了几朵菊花。

四月的张垣，特别是晚上，寒意甚浓。十分钟后，我和黄理走进明德北红焖羊肉店。一天前我就订了房间，酒早已摆好，五星的张家口老窖。黄理说：“买这么贵的酒干什么，二锅头就行。”我说：“黄哥哪里话，二锅头是我这种人喝的。”黄理说：“也罢，不过下次可不能把我当外人。”我说：“我从没把黄哥当外人。”黄理呵呵一笑：“这就对了，谁跟谁呀。”

黄理酒量大，我领教过。每次我都做干杯状，但杯底总要剩那么一点点。其实，我敞开喝，他喝不过我。我不是来和黄理比酒量的。我带了两瓶酒，如果我少喝一点儿，另一瓶可能就不用开了。还有，我尽量夹火锅里的萝卜豆腐粉条，油水足，也很好吃的。羊肉自然留给黄理。这样的小九九，我心里有一大把。我并非小肚鸡肠，可日子过成这样，不精打细算不行。大鱼大肉的日子谁不想？命里没有呀。

黄理喝到鼻尖冒汗时，往后仰了仰，他的目光穿过一缕缕热气，定在我脸上：“我问过了，不大好办。”我说：“肯定不好办，好办还用得着黄哥吗？”黄理说：“你倒是有啥说啥，只是，我直接挂不上话，也得通过别人。”我说：“这就麻烦黄哥了。”黄理说：“单给校长就得一万。”我立刻道：“没问题。”我早打听好了，校长一万，借读费、杂费、书本费另算，也得一万。我妻子在附属医院打扫卫生，她打听的也是这个价。黄理说：“中间人那儿……”我说：“绝不让人家白跑腿。”我从上衣内兜掏出两沓钱，昨天就准备好了，一沓一万一沓五千。黄理愣了愣，旋即笑了：“我没退路喽？”我严肃地说：“我没几个朋友，只能给黄哥添麻烦。”黄理说：“好吧，我试试，办不成可别怪我。”我说：“黄哥能办成的，到时我……”黄理打断我：“办成了请我喝酒，办不成也不要骂我。”我说：“黄哥说笑了，我毛头不是那样的人。”黄理问：“为什么一定要去二小？我听说二小一个班七八十号人，跟煮饺子一样。”我本来想说谁不想念个好学校，临时想起那句话，大声说：“我不能让女儿输在起跑线上。”黄理哈哈一笑，点着我的鼻子说：“看不出来呀，毛头，真有你的。”

那瓶酒还是开了。心情好，喝得痛快，餐馆快打烊了，我和黄理才离开。我住得远，在大境门外，走回去已是午夜。平时，妻子快睡醒一觉了，她起得早睡得也早。那天，她直愣愣地坐在沙发上，我一只脚还没迈进门，她便弹起来问我结果。我说：“快渴死了，不能让我先喝点儿水吗？”妻子接了杯自来水，递过来突又撤回去：“你不说，就甭想喝！”我说：“好吧，大姐，听你的。”

被闹铃叫醒，天已大亮。我吸吸鼻子，顺着香气望去，看到餐桌上的炒鸡蛋和炸馒头片。想起昨夜的折腾，我笑了笑，觉得骨头也被炸过了，酥酥的。我洗过脸，将炸馒头片和炒鸡蛋放在饭盒里，拎上昨日喝剩的半瓶酒。

父母也住在大境门外，与我隔一条河，直线距离不过几百米，但因为只有一座桥，每次去父母家要绕一大截。从桥这边走到桥那边，再从桥那边走到桥这边。如我的日子，反反复复，没有变化。

进院便听到父亲的咳嗽声，凿石头一样，咔！咔！！咔！！！我的脑壳阵阵发麻。

母亲正伺候小可洗脸，她护在小可身边，左手香皂，右手毛巾。她瞅见我手里的酒瓶，小声责备。我没接茬，说："你别这么惯她，让她自己洗。"小可说："我自己洗不了。"母亲说："听见了吧，我可没惯她。"我说："小可，秋天你就要上小学了，自己连脸都不会洗，老师和同学可要笑话你的。"小可猛拍几下水，母亲忙说："那时小可就会了。"

我没有马上进里间，静等片刻，掀起门帘。屋子有些暗，父亲靠在角落，有些模糊。身旁放一个看不出颜色的痰盂，几年前他就离不开了。"昨天好点儿了没？"我问。明知是废话，但还是要问，每天问。父亲问："酒呢？"我不由笑了："你耳朵倒是好使，我妈不让你喝。"父亲一阵剧烈的咳嗽，我忙在他后背拍了几下。父亲喘息片刻，催促："拿进来呀，你是来馋我的？"我说："哪有大清早喝酒的。"父亲没好气："大清早怎么啦？谁规定了？"我妥协："好吧，那你少喝点儿。"父亲哼了哼："以为你是大夫呢！"

虽然母亲反对，我仍隔三岔五给父亲买酒。父亲好这口，他和母亲因为这个常闹别扭。早些年，父亲在工厂上班，我和母亲在村里侍弄那二十亩薄地。我们村庄管这叫一头沉。工资月月发，一头沉总是让人羡慕的。父亲倒是每月都回，但带不回多少钱，工资多半买酒了。夜晚吵了架，白天母亲仍是满脸笑意。乡亲打趣母亲是不是半夜半夜数票子，数得眼睛都睁不开了。父亲带不回钱，但他说会把母亲弄到张家口，还说我将来可以顶他的班。父亲倒是没有食言，我们的家在 1992 年秋天搬到张家口，但我并没能顶父亲的班。据说两瓶茅台就可以搞定，父亲也准备好了，但那天晚上他喝醉了，没找见厂长家。第二天厂长出门了，待厂长回来，已有了新政策。母亲自是经常唠叨，我也有过怨言，但能怎么样呢？活着的路又不止这一条。父亲仍然爱喝，母亲管不住。父亲住了几次院后，母亲的反对更加强烈。父亲照旧，只是不喝那么多了。我口头是赞同母亲的，行动却偏向父亲。他的日子不多了，喝点儿又能怎样呢？不喝怕也熬不到年底。我无能为力，能做的就是让他离开时少些遗憾。

范 大 同

死者是女性，裸体，三十岁上下，脖颈处有明显勒痕，嘴角有凝固的血迹，小腿处有两处梨状瘀青。除丢散的衣服鞋袜，没有任何随身物品。宾馆监控显示，昨天中午，该女子登记入住，半小时后，一男子进入其房间，三小时后男子离开，手里多了个女式挎包。男子一米七左右，体形偏瘦，头戴鸭舌帽，看不清面容。

我对小李说："摸清死者的身份及社会关系，逐一排查。除了体貌，要注意是不是左撇子。"小李问："为什么是左撇子？"我说："重新检查尸体，再看一遍监控。"小李点头："我懂了。"

九天后，案子告破，我和小李辗转呼和浩特、鄂尔多斯，最后在包头将嫌疑人抓获。又是一起婚外情导致的凶杀案。我经办的案子，与婚恋出轨相关的占有半数。五花八门，奇奇怪怪。闹出人命并非深仇大恨，常常是芝麻粒般的事。一个人住宾馆走错房间，屋里三个男人正在聊天，走错的人道歉后欲退出，其中一个男人骂了脏话，被骂者下楼买了把水果刀，捅死两人，另一个重伤。更离谱的一桩是一旅客在车站打了个喷嚏，对面的男人说唾沫星子溅他脸上了，两人言语不合，撕扯起来。其中一人摸出酒瓶，对方重伤致死。遍地戾气怨气，是不是很邪行？

案件虽多，我没有抱怨过。我是工作狂。第一次办案，验完腐烂的尸体，呕吐了三次。现在当然不会了，有时半夜突然想起某些疑点或意识到可能忽略的地方，会立刻赶到停尸房重新查验。我喜欢自己的工作，但还没到因嗜成瘾的程度。破获一个案子会休息一两天。

正好是周末，我打算把洋洋接回住一晚，当然，住两个晚上就更好了。我知道这有些困难，但必须试试。我给老头儿买了一盒虫草，给岳母买了两盒进口的钙片。给洋洋的东西不好买，她不像别的女孩儿喜欢布娃娃小熊之类，也不馋哪一类食品。我在商场转了两个多小时，选定几盒蔬菜饼干、一套有彩绘的童话。毫无新意，我自己都有些泄气。但实在不知道选什么，实在不知道她喜欢什么。她有个专门放玩具的柜子，都快撑爆了，其实叫垃圾箱更贴切，因为那些玩具丢进去后，她再无兴趣。

老头儿住在三义巷，四周高楼林立，小区显得老旧了。他在高新区还有一套房，带电梯的，空置多年。他舍不得离开三义巷，他对“三”这个数字情有独钟。他当年的办公室是301，住宅也在三层。我早已离开老头儿的羽翼，但每次进这个门，都觉得自己矮了一头。

刚刚吃过饭，餐具还在桌上。我叫声“爸、妈”，同时瞥瞥洋洋的房间。老头儿点点头，拿起桌上的报纸，这是他多年的习惯，饭后读报。岳母问我吃过没，我说吃过了。岳母说：“刚回屋，才上个三年级，就一大堆作业……你来有事？”我捕到她眼底的警惕，说：“今天休息，过来看看。”

岳母走进厨房，老头儿仍埋在报纸里，我叫声“爸”，他抬起头。与我第一次见他的时候一样，雷打不动的表情，只是皱纹多了些。我说：“我想带洋洋回去住……一晚，明天就把她送回来。”老头儿看着我，似乎没听懂。我突然有些慌，这令我羞恼。但我毕竟不同于先前了，老头儿也不是从前的老头儿。我的目光晃了晃，稳稳地和老头儿对在一起。“若云怎么样？”他问。我说：“上个月去看过她，她还好，就是瘦了一些。”我没撒谎。老头儿说：“你妈想去看看，你带上她。”我迟疑一下：“下周行吗？”老头儿说：“看你时间。”脑袋重又扎向报纸。我忙说：“明天吧，我开车过来。”老头儿说：“你和你妈商量。”

岳母自然不同意，每次都这样，她能摆出一万种理由。但老头儿只要点头，她难不住我。她嘱咐一遍，又嘱咐一遍，喝水、写作业、吃药，我没有失去耐心，一遍遍地应答：“妈，我记住了。”临出门，岳母突然又想起：“洋洋昨天说想吃焖大虾，晚上回来吃吧。”我说：“门口的餐馆，虾做得特别好。”岳母说：“饭馆不卫生，别带洋洋去那种地方。”我说：“好吧，那我自己做。”我夹起洋洋，快步下楼。

洋洋对我和岳母的争夺——姑且这么说吧——无动于衷。有一次岳母让她选择，她看看我又看看岳母，垂下眼皮，任凭发落的样子。她的茫然让我内疚，也让我有说不出的寒意。

一路无话。直到上了 1 路公交车，洋洋的眼睛方绽放出细碎的光泽。坐公交是洋洋唯一的爱好，她的嘴巴只有坐公交才撬得开。“能坐到终点吗？”洋洋问。我说：“当然可以，坐到终点咱再坐回来。作业很多吗？”洋洋说：“我能写完。”

她很聪明，能听出我的话外音。

坐了两遭，到明德北，已是中午。在就近的餐馆吃了点儿东西，我问洋洋下午想干什么，洋洋毫不犹豫地说：“坐公交车。”我暗暗叹口气，说：“改天再坐行吗，咱换个花样，登山怎么样？你还没登过山吧，万一哪天老师让你写登山的作文，你都不知道怎么写。”洋洋沉思一会儿，说：“听你的。”

西太平山就在明德北，一条缓坡，一条石阶，有些陡。我让洋洋选，她竟然选了石阶。倒也没多高，但爬到山顶，洋洋后背有些湿，额头也汗漉漉的。我脱下外衣让她披，她喊热。我说：“山上风大，一会儿就不热了，感冒就不能上学了。”洋洋乖乖披上。

我和洋洋在朝阳亭坐下去。从这个位置能望见张家口的全貌。我和庞丁常爬太平山，后来多了贺梅，再后来是我和贺梅。每次都要在朝阳亭坐一坐，说说话。有时什么都不说，就那么坐着。我第一次和贺梅接吻，不是在树下，也不是在墙角，就在朝阳亭。后来有人上来，我和贺梅分开，人离开，又吻在一起。

本来打算坐一会儿就离开，但思绪飞扬，醒过神，一个小时过去了。洋洋两手托腮，目光如水。我问她想什么，她说什么也不想。我说去别处看看，她不肯，就要坐着。我只好陪她坐着。

从太平山下来，已近黄昏。我和洋洋商量，打个出租车，那么多作业等着。洋洋不说话，径直走向公交站牌。我跟过去，她说："我能写完。"等公交的人多，我让洋洋靠后站站，同时拽了拽她。在站牌旁边立定，我便注意到那个瘦瘦的后生，长发细眼，还有他吊在手腕处的外套。他的目光游移不定，显然在寻找目标。干这么多年警察，我虽然没有火眼金睛，但这点儿判断力还是有的。2 路公交到了，我拽着洋洋尾随后生身后。一妇女上车的瞬间，包到了后生手里。我喝了一声，将后生扑倒。我没穿警服，手铐却随身藏着。这时，我听见尖细的哭声，是洋洋。她站在几米远的地方，双肩抖颤。我说："别害怕，爸爸逗他玩呢，过来，咱们坐下一趟。"洋洋迟迟疑疑地靠近我，我拽着被反铐的后生退到台阶上，掏出手机。挂了电话，发现后生用异样的目光看着洋洋，我突然急了，大吼："你他妈给老子蹲下！"

李　丁

如果一个人脾气暴躁，最好不要开出租。柔韧的血管也会变得脆烈，说不定什么时候就炸裂了。但开出租又是治愈急躁的良方，一天天下来，藏在身体里的火星一粒粒熄灭，再无燃烧的可能。被车流挟裹，任喇叭轰鸣，也可安之若素，比如我。

我旁侧的哥们儿不停地按喇叭，虽然他清楚按也无济于事，还是频频拍打。他肚里有火，他在发泄。可有的时候，越急越上火，越上火越急。我估计他开出租不超三年。长青路是张垣最堵的一条，早先市委市政府在这条路上，常有上访告状的，男男女女疙疙瘩瘩，从政府门口一直堵到新华书店。若运气差，被裹在其中，没有两三个小时逃不出来。开发商跑路，工厂发不出工资，被坑的被骗的，每个人都是火药桶，你一个出租车司机，敢大嚷大叫吗？后来市委市政府搬到高新区，长青路变成单行道，但照样堵。第一附属医院还在这条路上，不光坝上坝下，蒙古国的病人都往这儿跑。我拉的父女也是到一附院的，他们上车我就告知会堵。我从后视镜窥视，老人倒是安稳，女儿神色焦急，但没有狂躁举动。老人腿脚不便，若现在走着过去，二十分钟也到了。

终于挨到医院门口。比刚才好走多了，但快到三中时，又不动了。我想不对呀，这个时间不该如此。当然，堵就堵了，还能怎么着呢。我摇下车窗，正想抽支烟，脑里突然闪了一下。虽然只是预感，但我没有迟疑。钻出车门，穿梭前行。

还没到明德北，我就看见了在路口指挥的杨翠兰。她周围的车辆如一堆乱蚁，那多半是没听她指令被她逼停的。那时，已有一个交警靠近她，并试图将她拖离，哪里拖得动？杨翠兰化身交警，力气超凡，根本不像六十五岁的女人。我奔过去抓住杨翠兰，与交警形成左右合围之势。杨翠兰叫：“干什么？没见我正忙着吗？”我冲她耳朵叫：“妈，我李爸四处找你，他快急死了。”杨翠兰顿时被针刺一般，迅速偏过头：“在哪儿，他在哪儿？”我忙说就在前面，猛拽一下。杨翠兰步态不稳，身体不时碰到车身。交警尾随我和杨翠兰一直到人行道，我回过头：“实在对不起，给你添麻烦了。”交警说：“今年已经是第三次了。”我说：“真的对不起。”交警挥挥手：“走吧，看好她。”

杨翠兰左顾右盼：“你李爸在哪儿？”我牢牢抓着她：“就在前面，拐过弯就到了。”杨翠兰说：“你可别哄我啊。”我说：“我不会哄妈的，李爸驮个煤气罐，你去帮帮他。”杨翠兰脸上泛起喜气：“没错，他是换煤气去了。”

终于到了，我几乎被水洗了一般。杨翠兰问：“你李爸呢？怎么不见他？”我拽开车门：“你上去，咱们开车找他。”杨翠兰说：“你又哄我，我不上。”我大吼：“杨翠兰！”杨翠兰直定定地看着我：“你叫我？我可是你妈啊。”我说：“你再磨蹭，就再也见不到李爸了。”杨翠兰紧张极了：“那快点儿啊。”

我仍住在黄土场六号，上坡，杨翠兰认出来了。“你怎么回来了？你李爸呢？”她不像刚才那么狂躁了。我将车停在路口：“他出远门了，没跟你说吗？”杨翠兰叫：“他没出远门，他换煤气去了。”我说：“驮回煤气他出的门，他会打电话回来，你必须守在电话跟前。”我这么说，杨翠兰乖顺许多。

我结婚时李爸和杨翠兰将隔壁的房买下，拆掉院墙，改造成一个大院子。杨翠兰仍住原来的屋，数年前装修过一回，现在只是多了两扇护窗。那么粗的钢筋竟然锯断了，显然不是一天两天完成的。杨翠兰仔细地擦拭着那部红色电话机，每天不知要擦多少遍，快擦破皮了。等待李爸的电话，是杨翠兰五十九岁以后人生中最重要的内容，每次看到她一动不动地守在那里，我都心如刀绞。可此刻，我却有难以形容的惊骇和愠怒。我伸出手，声音如铁：“拿来！”杨翠兰问：“什么啊？”我指指护窗：“钢锯条！”杨翠兰甚是紧张：“什么钢锯条？”我抓起电话举过头顶：“你要不交出来，我就把电话砸碎。”杨翠兰慌了：“别砸别砸啊。”她转过身撩起床垫。我暗暗心惊，竟然藏了三根钢锯条。“哪来的？”我追问。杨翠兰摇着头，眼睛盯着我手里的电话，随时要扑上来的样子。我说：“你办不到，电话一砸就碎，告诉我，哪儿来的？”杨翠兰指指头顶。角落有个通风口。我看着杨翠兰，她说：“我不骗你。”我缓缓将电话放下。

通风口处扣着木盖，没有固定，我轻轻移开，沿四边摸了一圈儿，竟然还有两根钢锯条。此外还有一把扳手、一把改锥。我问杨翠兰什么时候放进去的，杨翠兰摇摇头。她抓过电话搂在怀里。我叹口气：“妈，你可不能往外跑了，李爸打来电话，没人接，他该多伤心呢。”杨翠兰拼命点头：“我哪儿也不去。”

下午我便把护窗焊好。我跑出租，妻子与人合开麻将馆，谁也没有大把时间陪杨翠兰。有时我想，这和监牢没什么区别，但有什么办法呢？让杨翠兰跑出去等于害她。

我又把屋子检查一遍，连杨翠兰的被褥枕头都仔细搜过，确认她没有藏匿别的工具，但我并不踏实。电话哑得时间久些，她就变得狂躁。妻子让麻将馆的客人假扮李爸往家里打过几次电话，但立刻被杨翠兰识破。李爸的声音已经渗入她的血肉，哄她可没那么容易。

“妈，我出去接应李爸，你好好守着电话。”杨翠兰一动不动，没有任何反应。我摸摸她的肩，说：“困了吧？”她仍一声不吭。一绺白发垂在脸侧，我轻轻顺了顺。她就这样，前一个小时还大嚷大叫，后一个小时就突然痴呆无声。我把她扶到床上，试图把电话机拽出来。她搂得紧，只好作罢。

我给贺梅打电话，问她忙不忙，我过去一下。贺梅问：“是不是阿姨的病又加重了？”我说：“有点儿。”贺梅说她在民政局听讲座，结束后去家里找我。我忙说："开点儿药就行，我在诊室等你吧。"贺梅停顿一下，说："也好。"但不到十分钟，贺梅的电话就过来了，说已经往回赶。我说不急的，贺梅说："少废话，等我！"

开了药，贺梅执意要去家里看看杨翠兰，我说她正睡觉呢。贺梅白我："她是我的病人，我有这个权利。"我只好笑笑。

杨翠兰仍是痴呆安静的模式，贺梅给她量血压，她极为顺从。但对贺梅的询问，她一言不发。

"她今天又跑出去了，从屋里出来。"我向贺梅解释，"她可能有些累。"贺梅问："闯祸了？"我说："还好，没发生事故。"贺梅说："再让阿姨来院里住一段时间吧，毕竟有人护理，各方面都比家里方便。"我迟疑一下："吃完这两瓶药再观察。"贺梅说："住院费用你不用操心，这个可以变通的，我们毕竟有福利性质。"我立刻道："那可不行！"贺梅目光犀利："我知你不缺这个，但如果可以省，为什么不呢？"我说："已经够麻烦你了。"贺梅说："我是医生，有什么麻烦的？把阿姨送过来吧。"我说："今天不行了，明天吧。"贺梅突然笑了："我可没规定日子。"我说："其实我打算请个陪护的，我老婆的麻将馆现在也挺挣钱，只是……"贺梅问："阿姨和你继父生活了多少年？"我怔了怔，说："二十一年。"贺梅问："和你父亲呢？"

我说："十五年零三个月。"贺梅不语，半晌才说："难怪。"我说："这和时间多少没关系。"贺梅说："当然，我清楚，但未必一点儿关系没有。"我不知道怎么开口。贺梅偏过头："你现在特烦我吧？"我说："那又不是秘密。"贺梅说："我想把治疗方案调整一下，不过你得配合。"我说："这还用说？"贺梅说："我还没说呢，说出来，你就不会这么痛快了。"

贺 梅

站在楼顶边沿的是盛红敏，红衣黑裤，长发飘飘，格外抢镜。她喜欢红衣服，颜色随季节更替变化，粉红、橘红、紫红、黑红。楼倒没多高，八九层的样子，但摔下来，非死即残。我双手呈喇叭状，冲她大喊。盛红敏没听见，或不屑于理我。她缓缓张开双臂，很优美的飞翔姿势。我的心几乎蹦出来。铃声大作，我从梦中挣脱。电话就在床头，两次才摸到。我不想安装固定电话，手机足够了，但院里有规定，谁也不能例外。半夜来电，肯定没好事。果然。挂了电话，我快速抓过衣服。衣服团在一起，其实井然有序，我焦急，却不慌乱。

还没到二楼，便听到疯狂的号叫。焦姓病人身子蜷曲，如一张陈旧的弓，双手捂着裆部。值班医生跪压着焦姓病人，护士小贾手足无措，瑟瑟发抖。我问："叫救护车了吗？"小贾几乎要哭了："贺大夫……"我喝叫："打 120。"她这才跌撞着往医办室跑。我蹲下去，抓住焦姓病人的胳膊，让他放松，慢慢抬离。他下身赤裸，挪开血淋淋的手，一目了然。我问："在哪里？"值班医生没听懂，我又问一遍，他方醒悟，往四下里乱瞅。焦姓病人幸灾乐祸地笑起来："你们找不到了，哈哈。"我瞅瞅开了半扇的窗户，让值班医生即刻下楼，无论如何要找到。"记得带上手电，"我说，"叫上小贾。"我得留在病人身边。我不是外科大夫，处理不了这个，但我可以让病人镇定，减少出血。

终于能喘口气，喝口水，已经是次日中午。焦姓病人的命是保住了，但……他是三天前住进来的，我还没记住他的名字。不出所料，当天家属团就到院里交涉了。虽然焦姓病人还在一附院的床上躺着，虽然我认为患者为上，但我亦能理解家属的愤怒。院里临时成立了事故小组，院长自然是组长。院里不会让我参加，因为我总是为病人和家属说话，有一次院长急了，冲我拍了桌子。我不是故意和院长唱对台戏，家属也不会找我，但说着说着我就"投敌叛国"了。院长原话。院长挺不容易，上个月有个病人吞了钢笔帽，才消停几天，又发生自宫事件。

达成赔偿协议后，院长把我叫过去。他脸色晦暗，眼袋又大了一圈儿。他问喝水不？我说不喝。他问抽烟不，我说不抽。院长拍拍松弛的腮帮子：“牙疼，上火就牙疼，不等退休，牙齿非掉光不可。”我说：“你可以提前退啊，掉光牙，就啃不动排骨了。”院长“哼”一声：“我焦头烂额，你倒说风凉话。”我说：“不敢，我自知有罪，听凭院长发落。”院长说：“罪谈不上，但责任是有的，不能不处理。”我说：“你叫我就这事吧，你定就是，不用和我商量。”我已经背了好几个处分，再多一个也没什么。就如我收到病人的锦旗一样，已经没了感觉。处分记载在档，那一大抱感谢信锦旗在柜子里沉睡。功过于我都是浮云。

院长感慨：“我能像你这么洒脱就好了。”我站起来：“如果没别的事……”院长做个手势，我又坐下。院长问：“他的刀片是哪儿来的？”我回答不上来，这也是我疑惑的地方。入院时已经检查了他的衣物，没携带什么，自入院就没出过病区。事后我问过值班医生和小贾，傍晚焦姓病人没什么异常，除了想摸小贾的手。被小贾呵斥后，也只是嬉笑一阵。自宫不是临时起意，入院前怕就有过念头。由此我推断刀片是他带进来的，没被搜到。但仅仅是猜测，或有别的可能。我问：“这有意义吗？”院长反问：“你说呢？你不在乎多背个处分，我可不想被点着鼻子骂娘。”我瞅瞅那几盆花，君子兰的叶子七零八落，龟背竹只剩下半个背了。每次纠纷，那些花都跟着遭殃。

院长说："他们拿花撒了气，就不在我脸上留记号了。"我第一次感觉院长可怜兮兮的。我扭过头，我一直在想。院长说："刀片其实没什么可怕，可怕的是摸不清他们脑里藏着多少疯念头，没有刀片，还有别的。"盛红敏的面容闪出来，我突然一悸。院长说："你常常让我不痛快，但我还真是敬重你，因为你像一把钻头，越硬的东西你越不服输，如果说有谁能钻进患者的脑子，那个人只能是你。"我有些不适，略带调侃道："谢谢领导。"院长目光凝重："为了医院，也为了你自己。"我说："听见歌声了吗？我得走了。"

院长室和行政科室都是平房，在医院最后一排，与病房楼隔着几百米距离，但我确实听到了歌声。盛红敏在唱。非常奇怪，无论在医院哪个角落，我都能听到的。她唱的是卡伦·卡朋特的《昨日重现》。卡伦·卡朋特，一个三十二岁便离开人世的歌手。盛红敏最喜欢唱她的歌。我其实是个音乐盲，也完全没有音乐细胞，没有盛红敏，我不会知道这些。

快下班时，小贾把盛红敏带到医办室，仍是红黑标配。住这么久医院，她的身材依然令全院女性嫉妒。小贾退出去，只剩我和盛红敏。盛红敏每天要单给我唱一曲，不然她会狂躁不安。起初我只是作为辅助治疗的手段，渐渐地，我有些依赖盛红敏的歌声。如果某天没听到，睡觉都不踏实。熟悉的旋律，《时光飞逝》，《卡萨布兰卡》的主题曲。唱的专注，听的痴迷。直到小贾敲门，我的思绪才从另一个世界被拽回。“再见，贺大夫。”盛红敏深深鞠躬，每次谢幕都如此。我微笑示意，她可以走了。随后立刻扭头，盯着另一个方向。

盛红敏在这座城市曾经家喻户晓，她是山城最美的主持人。那时，我读中学，最喜欢看她主持的节目。我没资格认识她，她与我是天与地的距离。后来盛红敏从屏幕消失了。传闻很多，她出国了，她失恋了，等等。我不相信那些传闻，她是什么人？她怎么可能失恋？还有说她精神失常，我认为更是无稽之谈，是嫉妒她的人故意编派她。没想到盛红敏会成为我的病人，原来那些传闻并非空穴来风。盛红敏永远不会知道，她的仰慕者在那一刻突然被尖硬的利器刺穿。盛红敏和我不仅是医患关系，也不仅是歌唱者与听众的关系。我说不上来那是什么，那该称为关系，还是别的什么。我只知道，我对她，有不舍，有心痛。盛红敏的病情始终没有好转，但也没太大波动，不在重点监控之列，可我常常梦到她告别人世，割腕、跳楼、吞物……没有一个病人如盛红敏这样折磨我。院长说得没错，每个病人脑里都有刀片，盛红敏不会例外。但我钻不进去。

毛头

在桥头蹲了不到半小时，我就揽上了活儿。谈妥价钱，我随业主看房，然后拉单子让他买料。我换上工作服，喷水，铲墙皮。我干过很多种活儿，跑车、装卸，还在屠宰厂杀过三个月的猪。现在是刮泥工。这个城市每天都在建楼，不愁没钱赚。老鹰吃肉，麻雀吃谷，各有各的活法，各有各的奔头，我挺知足的。但我不能让女儿像我一样，她该往吃肉的方向努力。大女儿读了所技校，不怎么好，这怪我，从念书那天起她就和别的孩子拉开了差距。在小可身上，我要下大注，让她进张垣最好的学校。

两天半，三百八十元到手了。业主不错，我少要了二十块钱。我买了两袋小可爱吃的无水蛋糕，割了二斤肉。叫花子鸡刚出炉，来了一只。这等美味自然要喝点儿酒，不然父亲还不嚷翻天？明德北堵车了，电动车、自行车、行人都钻缝儿走。我是他们中的一员，我可不傻傻地站在路边等待畅通。又是那个疯癫的老女人，我明白堵车的原因了。她有家人吗？怎么不看着她点儿？一个司机伸出头呵斥："这么窄，挤什么挤？"我没理他，只要不蹭着他的车，想怎么走就怎么走。终于钻出来，我把肩上的电动车放下来，像打了胜仗一样挺挺脖子。

母亲面带惊讶："真是你呀，老东西说你回来了，我以为他胡说八道呢。”目光落到酒瓶上，顿时冷了脸。我笑笑：“少喝几口，养人。”一阵咳嗽之后，父亲说：“已经买回来了，就不要馋我了。”母亲说：“听见了吧，老东西不识惯。”父亲提高声音：“你再说我坏话，我把暖壶砸了。”母亲气呼呼地说：“有本事你把房顶揭了。”父亲啪啪拍墙，我掀开门帘：“连洗杯的工夫也等不及了？”父亲扬起的胳膊缓缓垂下，嗫嚅：“我就是气气她。”

两口酒下去，父亲的神色便活了。“这酒不错，不过不如上次的。”父亲评价。我说：“那还用说，上次喝的是五星。”父亲问：“你请客了？请谁？”我说：“黄理。”父亲的嗓子又开始凿了。黄理这个名字让他不舒服。他和黄理的父亲同一年进厂，黄理父亲不但把老婆孩子的户口转成非农业，还给两个儿子安排了工作。“喝口水？”我问。父亲摇摇头，大大喝下一口酒。“酒比什么都管用。”他说，“小可妈不是干得好好的吗，怎么又想换工作？”我说是小可上学的事。父亲问：“念个书也得找人？”我说：“那得看上什么学校，我想让小可上张家口二小，没关系哪里进得去？”父亲沉默一分钟：“那得花不少钱吧？”我喝了口酒，嚼了粒花生米，见父亲仍瞪着我，说：“喝你的酒吧。”父亲说：“要花多少？”我说：“你操心自个儿吧。”父亲便垂了头。

过了一会儿，父亲问：“我还有多长时间？”我装出生气的样子：“胡说什么呢？”父亲说：“自个儿的病自个儿清楚，怕是没几天了，我想问问，医生是怎么说的？”我说：“我妈还指望你的退休费养老呢。”父亲说：“我对不住她，也对不住你，我是个烂人。”父亲从没用过这样的词。我说：“这酒劲儿大吧，没喝两杯，你就胡说八道了。”父亲说：“别看我嘴巴硬，心里一直愧疚，我就一浑蛋。”我说：“醉了，别喝了。”父亲挡住我的手：“我是浑蛋，却不是穷光蛋。”我乐了：“莫非你藏了宝贝？是祖传的吗？”父亲窥窥门口，仿佛怕母亲听到：“我确实藏了……现在我不能告诉你，等快闭眼睛的时候再说，所以我得清楚自个儿还有多长时间。”我嘻嘻哈哈地说：“你想立遗嘱，我可以请个律师。”父亲一本正经：“没那个必要。”我说：“行了行了，我不要你的宝贝，你少冲我妈发点儿脾气就行了。”父亲说：“习惯了，改不了。”我说：“那你留给她吧，省得你愧疚。”父亲问：“不相信你老子？”我说：“相信！行了吧？”父亲说：“你会相信的。”

妻子带回一张《张垣日报》，第二小学校庆日，有两个整版都是关于二小的。我把那张报纸看了好几遍，妻子说都快吃了。从第二小学毕业的名人很多，官员、老板、主持人、记者、作家、经济学家，连现任市长都是。社会上说二小多么多么牛都是有根据的，绝不是胡说八道。兴奋之余，我也有些不安。想把孩子弄进二小的家长绝不止我一个，在这个城市，太多人和我竞争。

一大早，我就给黄理打电话，黄理说正在进行中，有什么情况随时和我联系。他说："没那么简单，你别催！"我听出黄理不高兴了，忙解释说不急的。上午，我特意去了趟二小，当然进不去。我扒着栏杆瞅了一会儿，气球和彩色条幅还在，鱼一样摆来摆去。

下课了，娃们拥出教室，叽叽喳喳的。没有比这更动听的音乐了。有朝一日，小可也会成为这音乐的一部分。我闭上眼睛，沉醉其中，直到铃声再次响起。眨眼之间，校园空空荡荡，另一种声音传来。一男教师走出楼道口，朝侧面的平房走去。又出来一女老师，径直朝大门走来。我盯着她，也许她就是小可未来的语文或数学老师。"怎么这么面熟？"我暗自嘀咕。她走到校门前，保安迎上去，不知说了什么。大门缓缓拉开，那是保安遥控的。女老师走出大门，我突然想起，女老师应该是第二小学校长，昨天的报纸登了那些从第二小学毕业的名人照，也登了校长的照片。没错，就是她！我还记住了她的名字，孔侃。我敢说，见到总统我也不会这么激动，浑身过电一样。我甚至想跑过去，问声好。当然我没那么做。那会把人家吓坏。我像打摆子一样抓着栏杆，望着那个背影钻进轿车，望着轿车消失……

范 大 同

去单位的路上，小李打电话，说晚到一会儿，随后说了弃婴什么的。我随便“嗯”一声。昨天去戒毒所看若云，回来便心不在焉。整个夜晚都被她纠缠——结婚多年，她第一次进入我的梦境。她手持利刃，目光又凶又冷，在我的身体上比比画画，我被她震慑住，完全不能动。清早，我脑里似乎塞满糟糠，难以集中注意力。小李没必要打电话给我，不要说晚到一会儿，就是整日不露面，我也不会训他。过了三分钟，也可能是五分钟，脑里突然咔嗒一声，随即回拨过去，告诉小李在福利院门口等我，我马上赶过去。

一旦有事，整个人便上了发条，二十三分钟二十秒之后，我将车停在福利总院门口。婴儿放在一个没有提把的篮子里，身上盖一块荷花图案的薄毯。小李去柜员机取款时发现的，在靠近门口的地方。小李把攥着的字条给我，我瞅瞅就说：“我来处理，有事你忙吧。”小李说：“我没事。”我说：“那你找点儿事干。”

小李没再说什么，他当然听出我想支开他。我没做任何解释，其实没什么秘密，有秘密就不会这么说了。

这个地方我太熟悉了，庞丁家就在附近，以前我俩常到这儿玩。总院下设三个分院：养老院、孤儿院、精神病院。无聊时，我们故意挑逗精神病人，冲他们扮各种怪相。有栏杆护着，丝毫不用担心他们扑过来。那些可以在院里自由行走的，病情较轻，没什么攻击性，但也不能刺激。唯一有趣的是小哑巴，每次见到我和庞丁都会敬礼，左手敬了右手还要敬。

办完交接手续，院长送我出来。我和院长见过两次，一次办案，一次也是送一个弃婴，算是老相识了。院长说："你连杯水也不喝，我真是过意不去。"我哈哈一笑："等我退休了，打算住到养老院，你给我留张床。"院长也笑了："没问题，我争取当到你退休。"精神病院是侧楼，通体白色。我拽回目光："对了，听说你们这儿有位大夫，特别擅长治失眠症？"院长说："有啊，我们院的顶梁柱贺梅，贺主任，很了不起。"然后压低声音，"不瞒你说，市里有位领导，还有领导的老婆，严重失眠，都是贺大夫治好的，范队长怎么知道她的？你想找她瞧瞧吗？"我说："最近睡眠很差，如果方便……"院长说："当然方便，走，我陪你过去。"我问："是在那座楼吗？我自己去吧。"院长说："她这个人很怪，我怕她冲撞了你。"我说："不要紧的。"院长推我一把："走吧，我得给她介绍一下。"

算起来和贺梅有一年没见了，上次还是在同学聚会上。说了没几句话，我本想送她一程，但她喝醉了，由庞丁扶着，我没再上前。

我平时走路没什么声响，可不知精神病院的楼梯是什么材料做的，每迈一个台阶，都像锤子砸在冰上。贺梅正在给病人量血压，她很专注。院长打个手势，让我坐，我摇摇头。贺梅该是瞥见了院长，也该注意到了我，但她的姿势表情没有任何变化。量完，病人离去。她把测压仪放回盒内，这才抬起头。

“贺大夫，这是刑警队范队长。”院长介绍。贺梅的目光终于落到我脸上，没有意外，当然更没有惊喜。我忙上前，伸出手：“贺大夫好。”贺梅冷冷的：“队长？我犯什么事了吗？”院长抢先道：“瞧你这张嘴，范队长……”我向院长示意，院长无可奈何地笑笑：“那我下去了，让贺大夫给你瞧瞧。”

我在贺梅侧面的凳子上坐下来。在老头儿面前，我矮了一头，在贺梅面前，我至少矮两头。我已经没有和他们并肩的可能，虽然我从未放弃努力。贺梅说：“你别影响我工作。”我说：“我是来看病的。”贺梅冷笑：“你该明白，这是什么性质的医院。”我说：“当然知道。”贺梅问：“专程吗？”我摇摇头：“不，顺便瞅瞅。”贺梅说：“好吧，什么症状？”她的目光柔软了许多。我问：“不量量血压吗？”贺梅带着嘲讽：“这是精神科。”我硬着头皮说：“可是，你刚才也量了的，难道他看的不是精神科？”贺梅审视着我，一言不发，就像我无言地瞪着犯人那样。我不是犯人，可我还是发慌。贺梅说：“这里可不是刑警队。”我说：“对不起，我忘了。”贺梅说：“有一类病是妄想型的，病人总怀疑自己得了什么病，好吧，既然你想量，把袖子撩起来。”我忙说：“谢谢谢谢。”她没理我。她一丝不苟，没敷衍我。我直视着她，甚至有些放肆。她注意到了，我以为她会脸红，但直到量完，她的神情都没有变化。“一百到一百五，略高一点儿，也还正常。”她边放测压仪边说，“不用吃药，注意休息。”

“谢谢。”我轻轻地说。贺梅仍是医生的口吻：“建议你找个专科大夫，你可以走了。”我说：“你还没给看呢。”贺梅带了些愠怒：“你到底想干什么？”我说：“我睡眠不好，真的。”贺梅显然有所怀疑：“你……睡不好？”我说：“忙起来还行，一旦没有案子，大脑松弛下来就睡不好。”贺梅揶揄：“你每天都盼望着这个城市发生点儿什么吧？”我说：“你错了，我向老天发誓，我从无那样的念头。”贺梅瞪我一会儿：“最差的时候，睡几小时？”我说：“说不好，三小时，也可能两小时，还全是梦。”贺梅笑笑：“谁不做梦呢？很多人白天都做。”我突然又矮了一些。我垂下头：“我只做一个梦。”贺梅没再笑，示意我往下说。我说：“我总是梦见自己的身体长出东西，有时是一株花，有时是一棵树，有时是铁栏杆，还有一次一群蛇从身体里钻出来，摇摇摆摆。”贺梅问：“你害怕吗？”我摇摇头：“只是有些恼火，我不停地拔，可总是拔不完，累得要命，每次醒来都特别口渴，所以睡觉前一定要在床头放两大杯水。”贺梅说：“过度焦虑，不要紧，我开点儿药，你先吃着试试。”我说：“那谢谢你了。”贺梅低下头，开了方子给我：“到一楼取药。”我站起来，却没马上离开。贺梅一动不动：“还有事吗？”我问：“我可以给你打电话吗？”贺梅说：“当然可以，如果你咨询用药的话。”我说：“可不可以一起吃个饭？你方便的时候。”贺梅极其干脆：“不可以！”

发动着车，我看见庞丁拎着一兜水果往福利院走来。我从车里钻出，喊他。庞丁显然很意外，用那样的目光看着我：“我再说一遍，我叫李丁！”我说：“叫惯了，改不过来呢。”庞丁问：“你怎么在这儿？”我笑笑：“我怎么就不能在这儿？你不接我电话，我只好在这儿等你。”庞丁说：“我开车的时候不接电话，谁的都不接。”我说：“你不用解释，接不接都是你的权利。”庞丁问：“找我干什么？如果让我约贺梅，我办不到。”我说：“我刚从她办公室出来。”庞丁眼睛发硬：“你找她干什么？范大同，是个爷们儿，你就离她远点儿！”我说：“你不用冲我嚷嚷，我只是找她开点儿药。”我反身从车座抓出那两个药瓶：“看见了吧？”庞丁讥讽：“不愧是公安，什么招都使得出来。”我叹口气：“我知道你不相信我，我也没指望你相信，你有理由这样。但我告诉你，在我心里，你仍然是我最好的朋友。”庞丁说：“我可没资格和警察交朋友。”我听到心里的碎裂声，很响。

我说：“你是想说我没资格对吧，或许是，不过，你不要把我想得那么坏。”庞丁说：“哪儿敢啊，据说你是这个城市的英雄，常在电视上露脸。我家的电视不好，我总是看不清，不知道是不是你。真的是你吗？有个硬岳丈确实不一样。”我有些生气：“我是干出来的，庞丁，你不要把我想得那么无耻。”庞丁说：“我哪儿敢呀，你觉得我有这个胆子？没别的吩咐，我要进去了。”我问：“去看贺梅？”庞丁的神情闪过一丝波纹，像水面掠过微风，很快就合回去。他用近乎严肃的声调说：“我母亲在上面，这不需要向你汇报吧。”我叫：“阿姨住院了？为什么不早告诉我？我得去看看她。”庞丁说：“不必了，她不喜欢不相干的人靠近。”丢下我，大步走开。

庞丁或李丁

初三毕业前夕，我参与了一场群架。一方是范大同，另一方是邻班的杨不凡。杨不凡的父亲是红星锁具厂厂长，据说常给学校捐款捐物。杨不凡拥有一辆雅马哈摩托，他常在操场上显摆，吓得女生们尖叫躲避。贺梅没躲，不但没躲，还骂了他。杨不凡就这样认识并迷上贺梅，常纠缠她。范大同和杨不凡干了一架，没分胜负。杨不凡约范大同再战，范大同当然不惧。星期六的黄昏，我随范大同到大境门外应战。对方五人，为首的杨不凡持了一把水果刀。范大同问我怕不怕，我说怕个屁，其实我有些发毛。范大同捡起两半拉砖头，塞给我一块。混战持续了十几分钟，范大同小臂被扎了一刀，杨不凡被范大同拍倒在地，两人都挨了处分。杨不凡没再纠缠贺梅。我损失最大，因小腿骨折，未能参加中考。

在医院的半个多月，基本是李叔陪我。我习惯叫他“李叔”，叫别的我别扭。杨翠兰负责送饭，中午一趟晚上一趟。不是炖排骨就是煲鸡汤，出院时我长了五斤肉。回家继续躺着，李叔请了半个月假，没法再请，杨翠兰也上着班，白天基本我一个人在家。我抓着遥控器，从头摁到尾，再从尾摁到头。喜欢的就停一下，不喜欢的就翻过去。范大同来过几次，其中一次与贺梅一道。他找了份零活儿，也待不长。有时，任电视响着，我呆呆地望着窗外的杏树。杏树是我和庞有亮一起移栽的，那年我五岁，与杏树苗一样高。庞有亮说比比看，你俩谁长得高。我的个子蹿得快，一度超过范大同，但还是没长过杏树。又结果了，再有一个月就可以采摘。一棵树能摘两三筐，当然吃不了，庞有亮打发我给左邻送一碗右舍送一碗。李叔则把杏做成酱装在小罐头瓶里，仍与左邻右舍分享。庞有亮的影子一点点地从我和杨翠兰的生活中淡出。起初，杨翠兰说起他还咬牙切齿，骂他自私鬼、没良心，她隐约听到庞有亮有个相好，说他与相好一起跑的。后来，她没了怒怨，如果说起来，用“那个人”称呼。李叔虽不会拉二胡，但厨艺很好。他只要有空，绝不让杨翠兰沾手。他最擅长红烧，红烧肉、红烧猪蹄、红烧鲤鱼、红烧冬瓜和萝卜。庞有亮和我一样总是吃现成的，如果杨翠兰不在家，他只会白水煮挂面。庞有亮的业余时间都用来拉二胡，仿佛这才是他的正业。杨翠兰为此常数落他，她最常说的一句话是：“有本事你搂着二胡睡。”庞有亮没打过杨翠兰，偶尔嚷叫，多半是杨翠兰摔了他二胡的时候。李叔脾气更好，嚷都不嚷，邻居们说杨翠兰因祸得福，掉进了蜜罐。如果当着杨翠兰的面说，杨翠兰总会叹息一声：“还能怎么办呢，我和小丁总要吃饭。”听上去是被逼无奈，其实心里美着呢，这个我知道。就像那些被树叶掩映的杏，不管藏得多么严实，我还是能发现。一个、两个、三个……我像将军一样辨识着士兵的面孔。

那天李叔拎个编织袋回来，满脸兴奋地让我猜。还没等我张嘴，他就伸进袋子。竟然是一只长尾锦鸡，我不由“啊”了一声。锦鸡受到惊吓，不停地挣扎，李叔抓得牢，几片羽毛飘下来。我以为是李叔抓的，他说他哪有那么大本事，是从别人手里买的。“你一个人怪闷的，给你弄个伴儿。”李叔连夜做了笼子。笼子吊在窗外我看得见的地方。锦鸡仍然惊魂不定，也可能是悲伤过度，对食槽里的大米粒视而不见。偶尔鸣叫一声，听着让人难过。第三天越发蔫了，一声都不叫。我问李叔怎么才可以让锦鸡进食，李叔想了想说："也许不合胃口，我试试吧。"他捉了一些虫子，锦鸡终于有了兴趣。我喜出望外，说："李叔你真了不起。"李叔说："如果你整天想着一件事，一定能做成。"李叔让我快快恢复，这样就可以亲手捉虫子喂锦鸡。"你喂它，它就喜欢你。"我信李叔的话，每次都亲手放食。一个月后，锦鸡的羽毛亮闪闪的，叫声也不那么悲伤了。我取得了它的信任，靠近，它便扑闪翅膀。它的眼睛亮极了，像两面小镜子。哪天没捉到虫子，它也可以吃大米，当然只有我撒它才吃。范大同不信，试验过，"嘿"了一声："挺通人性啊，真他妈的。"范大同问我怎么训练的，我没告诉他。说了他也未必信，那实在算不上密招。

九月底，我重返校园。但我的心并没有回来，常常走神，牵挂我的锦鸡。腿没好利索，不能快走，但是放学我就一路疾行。锦鸡见到我便欢快地扑腾。只是我没有虫子喂它，这个季节哪里找得到虫子？就算我有时间也不可能。当然，锦鸡可以吃米粒和麦子。一个冬天，锦鸡瘦了许多，羽毛常常是零乱的。李叔说："也不全是吃不上虫子的原因，野鸡，野外的环境更适合它。"我犹豫几天，把我的想法对李叔说了。李叔说："小丁，你有任何想法我都支持，只是它在笼里生活得时间久了，觅食能力退化，这么冷的天，冻不死也得让野猫野狗吃掉，不如天暖了再放。”我认为李叔说得有道理，就搁下了。

转年春天，一个周六的上午，我与李叔一起上太平山放生。真要放了，又怪不舍的，我的情绪十分低落。在那片树林前立住，李叔说：“现在你还可以反悔，给你五分钟时间，你决定吧。”我凝视着锦鸡，它也正注视我。我说：“还是让它解放了吧。”我缓缓打开笼子，锦鸡迟疑着，我做了个飞的动作，它也迈了一步，又一步，仍在迟疑。它终于站在石头上，却没有飞。我问李叔：“它是不是不会飞了？”李叔说：“有可能，等等看。”我连做了两个动作，它扑棱一声，飞到树枝上。我“哈”一声：“它会飞呢。”锦鸡鸣叫几声，飞向树林深处，转眼就不见了。我以为它会回头看看我，但没有。我怅然若失，李叔拍拍我的肩：“回吧，它会记着你的。”

我和李叔准备下山，锦鸡却又飞回来，仍旧站在刚落过的树杈上，冲我鸣叫。我兴奋得五官都变形了：“快看，它还认得我。”李叔说：“它当然认得，在和你告别呢。”叫了几声之后，锦鸡再次飞离。李叔说：“怎么样，它也舍不得你，你信了吧？”我双目放光，憋足劲儿叫了声“李爸”。他愣了愣，说：“好小子！”

毛　头

父亲咳嗽了多半夜，母亲没睡好，满脸倦意。母亲心疼我，说我白天干活儿，不让我留在父亲身边。可我也心疼母亲，她也一把年纪了，况且她白天也有忙不完的活儿。我提出和母亲轮流陪父亲睡，母亲没拗过我，同意了。

父亲是从午夜开始咳嗽的，断断续续，凌晨三点，他坐起来。坐着就没那么剧烈了。父亲让我睡，说再不眯一会儿天就亮了。我倒了杯水给他，坐他对面。父亲说："你要不睡，就给我倒杯酒吧。"我不同意，哪有半夜三更喝酒的。父亲央求我："就一小杯，待会儿咽了气，就喝不成了。"我心下不忍，倒了一小杯。父亲伸出舌尖轻轻点了一下，喘着粗气说："酒也能止咳的。"我说："你喝酒总有理由。"父亲咧嘴笑了。突然间，父亲变得严肃："毛头，咱爷儿俩说说话。"

"我到底还有多长时间？"我清楚地记得，那个夜晚，父亲问得特别认真。我佯装生气："怎么又说这个？就不能说点儿别的？"父亲说："人都是要死的，我想得开。"我说："我要能掐算，不成神仙了？"父亲说："你问问医生。"我硬邦邦地说："医生也不是神仙，要问你问。"父亲说："你要不问，我就自己去，我还动得了。"我瞪着他："你还嫌不乱？”父亲固执地说：“我心里得有数，咽气前，把该交代的都交代了。”我说：“有什么话现在说吧。”父亲瞪我：“你咒我现在死吗？”我气笑了：“咋说你都有理。”父亲说：“你明天回趟老家，先把墓地选好。”我说：“我还没问医生呢，急什么？”父亲说：“选墓地很要紧。”我不理他。父亲说：“别把我埋在张家口，埋不起。”这倒是实话，我咨询过墓地价格，最便宜的一平方米也要三万，好一点儿的位置都要七八万。我没敢和父亲提，不知如何开口。父亲如此说，我大大松了口气。父亲说：“把我埋在祖坟，祖坟不要钱，活着是你们的累赘，死了不能再成为你们的负担。”我突然一阵羞愧，为自己刚才的想法。我小声说：“如果你……”父亲打断我：“我要和你爷爷太爷爷在一起。”我说：“听你的。”父亲说：“你明天回去一趟。”我说：“你急什么？”父亲说：“早晚也得回去，宜早不宜迟，定了我踏实。”我问：“还有啥交代的？”父亲说：“对你妈好点儿。”他的腔调让我不快：“这还用你交代？”父亲说：“你妈跟我一辈子，没享上啥福，说起来我是吃公家饭的，人人羡慕，可到头……连户口都没迁过来，我对不起她，也对不起你。”父亲猛咳一阵，接着说：“这房别卖，等着拆迁。”显然在交代后事了，我有些难过。父亲说：“这辈子让酒害了，我要不馋酒，不会这么糟，毛头，我是不是很自私？”我说：“我也爱喝两口，你都瞅见了。”父亲说：“我算个什么东西。”我说：“越说越离谱，醉了？”父亲说：“我还有些钱，不多，连你妈都没告诉。”我笑了：“那是你的喝酒钱吧？”父亲在鞋垫下柜缝处都藏过酒钱，害得母亲每天像个侦探。父亲也笑了。我问：“你的宝贝呢？现在拿出来让我瞧瞧？”有一刻，父亲的脸变得僵硬，还有一丝尴尬。其实我是逗他的。父亲垂下头：“我做梦都想有一件宝贝，咽气前传给你。”我说：“那你继续做，没准儿梦想成真呢。”父亲抬起头，好像相信了我的话。

次日一早，我赶到长途汽车站。父亲催得急，况且如他所言，早晚要办。定了，他踏实，我也踏实。村庄距县城尚有四十公里，到村已经中午。我找到家族主事的长者，说明来意。我计划当日返回张家口。长者领我去了一趟墓地，我才知道事情远非先前想得那么简单。坟墓原本排列有序，也留了活人的位置，是按一具棺木的大小留的。那是过去的标准。现在丧葬风气变了，时兴大穴，一个逝者占去约两个位置。没有空位，后逝者只好埋在别处。虽然也在祖坟附近，但等于另立坟头。所以选墓不是一句话的事，要和族人商量，还要请风水先生。我只好住下。

长者问我墓穴什么样的标准，有一万八的，有两万八的。我吃了一惊：“这么贵？”长者说：“一万八的是硬砖砌墙，白灰壁，大理石地面，墓顶为水泥板。”长者特意强调是张家口砖，三七式。两万八的仍是三七砖墙，但四壁全是大理石，有精美的图案。我问："含棺木钱吗？"长者的表情有些复杂，顿了顿说："棺木是棺木的，有几千的，有几万的。"我没吭声，这和在城里买公墓差不多了。过了一会儿，我问："不用丧葬公司不行吗？"长者说："至少砌墓要用吧，莫非你还能自己砌？"我真想自己砌，自己刮泥子，但我清楚，不大行得通。我问人们都选什么标准的，长者说："当然一万八的多，也有选两万八的，你父亲怎么说也是吃官饭的，还是选两万八的好，不然面子上过不去。"我说："其实都一样，人死灯灭。"长者道："怎么可能一样呢？人在地上几十年，在地下是永久的，活着想好，死了就不想了？古代的皇帝坟墓盖的不比宫殿差，不就打算死了也过原来的日子吗？普通人活着过不上，死了总可以。你别认为黄土一埋就得了，那是你父亲以后的住处呀。"我并不认可长者的话，不过没有反驳。况且，他只是建议，决定权在我。接下来又说了些别的，但我心不在焉。我来回权衡，睡觉前才决定。长者赞赏："这就对了，你父亲活着风光，到头必须体面。"

第三天我才返回。虽然超出我的想象，但还能承受，可以向父亲交差。我仰靠在座椅上，想眯一会儿，回去还有许多事等着。

电话响了，是黄理的。

贺 梅

上班的路上，我疾步如飞。总是这样，被追着似的，偶有人打招呼，我稍稍点下头，绝不停留。踏进总院大门，准确地说，捕到盛红敏的歌声，我的脚步才会放缓。院长虽多次批评我，但也经常表扬，从未迟到啦，爱院如家啦。他根本就不知道，我是因为牵挂一个人。值班医生不打电话，说明一切安好，但被噩梦扰了一夜，我管控不住自己。我只相信自己的耳朵。

盛红敏唱的是《廊桥遗梦》主题曲《此情永不移》。不知她脑里装了多少支曲子，如果上帝让我许愿，我第一个愿望就是钻进盛红敏的脑子。沟壑还是丛林？峡谷还是险滩？我常这样想。此刻，我小心翼翼的，就像蹚过不知深浅的河流。

不待我问，值班医生首先汇报了盛红敏的情况。我点点头，问杨翠兰怎样。值班医生说："还算安静，就是不让人靠近。"顿了顿又补充："她只信你。"我说："应激性障碍常常把现实和想象混淆，思维混乱，但某一瞬间是清醒的，如果把那一瞬间拉长，长到几个小时甚至几天，等于在现实和想象之间竖起了隔离墙，那么就有治愈的可能。"值班医生马上问："贺主任又有新点子了？"我说："谈不上新，只是把治疗方案调整一下。”

把该做的安排妥，我才去杨翠兰的病房。她每次来都住单间，谁让她是李丁的妈妈呢？我好歹有这个权力。除了去大街上指挥交通，更多时候她喜欢一个人待着。单间对她的病有利。她仍抱着那部暗红色的已经磨破皮的电话机，睡觉吃饭上厕所也是如此，她生怕错过丈夫的电话。我坐在她对面：“阿姨，你今天好漂亮。”杨翠兰露出羞涩的笑：“你也漂亮。”我说：“与阿姨差远了。”杨翠兰抓抓耳边的头发：“都白了，怕他认不出我呢。”我说：“那怎么可能？你依然这么漂亮，叔肯定认得你。”杨翠兰扭头望着窗外：“换个煤气，咋这么长时间？不会被车撞了吧？”我说：“不会的，叔又不是第一次干这个，准是顺便办别的事去了，以前不也有过类似情形吗？”杨翠兰的眼睛再度有了亮光：“他车胎爆了，害我热了两次饭。”我说：“我就说是吧。”杨翠兰嘟囔：“也不打个电话。”我说：“周围没电话，怎么打给你？”杨翠兰盯住我：“手机呢？他带了的。”我说：“如果没电呢？他怎么打？”她想了想说：“也是。”我做惊讶状：“阿姨用什么牌子的搽脸油，好香！”杨翠兰说：“紫罗兰。”我“哇”一声：“这名字听起来就香。”杨翠兰的脸颊微微泛红：“他喜欢闻这个。”我小声问：“李丁不知道这个秘密吧？”杨翠兰略显紧张：“你别告诉小丁，他还小。”杨翠兰的思维串台了。我立即道："好，我不告诉他，谁也不告诉。"杨翠兰松口气："你真好。"我问："外面有人唱歌，你喜欢吗？"杨翠兰大幅度摇头："呜里哇啦的，像哭一样。"我笑笑："那是外国歌曲，你不喜欢，咱放点儿别的。"我把小录音机拿出来，问："准备好了吗？"然后轻轻一摁。低沉忧伤的二胡曲缓缓流出，杨翠兰怔了一下，仅仅是怔了一下。好一会儿，她才盯住录音机，眼睛有些大。我屏住呼吸，观察着她的反应。但她只是瞪着，仿佛那是她从未见过的怪物。"阿姨，"我轻声问，"你以前听过吗？"杨翠兰没有反应。等了一会儿，我又问。杨翠兰说："听过，老早了。"我迫不及待："你能记起什么时候在哪儿听到的吗？"杨翠兰说："老早了。"我启发她："是不是和小丁一块儿听的？"杨翠兰摇头："忘了。"我问："你能听出是什么乐器吗？"杨翠兰眨眨眼："不会是二胡吧？"我竖起大拇指："阿姨太牛了！怎么样？好听吗？"杨翠兰说："也像哭。"我立即摁下停止键："不听这个了，咱换一曲欢快的。"除了《二泉映月》，杨翠兰的前夫最喜欢拉《赛马》。激昂的旋律在屋里回荡，杨翠兰皱皱眉，但仍在倾听。她的身体慢慢向桌子倾斜，我小心翼翼地叫声"阿姨"。杨翠兰突然竖直："关了！太乱了!!"我说："听阿姨的。"杨翠兰喘气不匀，像随奔马跑了一圈儿。我问："你也听过是吧？是和小丁一起吗？"杨翠兰摇头。

我说："不要紧，你慢慢想，想起来告诉我，有奖励哦。"

回到医办室，我从柜子里取出二胡。李丁送来时，两条弦均已断掉。我找人安了两根新弦，调了音，定了调。装扮换了换，身体仍是原先的。只待乐师奏响，那是下一步计划。循序渐进，不可操之过急。家具、器物，包括杨翠兰的记忆都与李丁的继父有关，唯有这把二胡是李丁生父的。李丁的生父挤进杨翠兰的脑子，那么另一个人就有可能往外退，哪怕一点点。我承认这个想法有些疯狂，但作为精神科医生，我知道药物永远达不到最佳疗效。我没十足的把握，只能试着往前走。李丁犹豫了几天才答应。我知他担心什么，那也是我担心的。但李丁还是相信了我。没他的配合，试验不能进行。今天是第一次治疗，还算满意。我给李丁打了电话，末了说："谢谢你。"李丁叫："贺梅，你是打我脸吗？"他在大街上，我听得出来。我说："不，我说的是心里话，阿姨出院那天，我请你吃饭。"李丁生气了："你越说越不像话了。"我笑了笑："小心开车，见面再聊。"

我不是心浮气躁沾沾自喜的人，但那天有些兴奋。很想找个人说说话，最好喝上一杯。院长、助理、护士，想了一遭，没有合适的。我犹豫一下，给他发了短信。他是我的病人，失眠症患者，是我治愈的。在治疗期间和他有了关系。但我从不联系他，除非他给我打电话。他很忙，几乎每天都能从电视上看到他。离婚后我独自生活，有的是时间，他发信号，我即刻赶到宾馆，像个应召女郎，但我不以为意。除了时间，我只有寂寞。他曾提出让我去个轻松的地方，那是他一句话的事。我说考虑考虑。他没说什么，冲这一点，他挺善解人意的。过了半小时，他回信了：检查组来了。没有多余的话，但我清楚那五个字的分量。每一个都超过我的体重。我并不怪他。我想起范大同，也许他可以。有些滑稽，怎么想起他了？虽然我不再恨他。时间确实是良药，但也没有彻底将过去放下，对饮欢庆？拉倒吧。

夜晚降临，我开了瓶红酒，法国的。我没要过他任何东西，除了酒，我还抽烟。院长眼毒，问我平时抽哪种牌子。我当然不会回答。我只在自己的房间抽，什么牌子都与他无关。我打开录音机，盛红敏的声音响起，是《昨日重现》。我录了好多，说起来，盛红敏是陪伴我最多的人。酒与歌声一道流进我的身体，带着些许醉意，我跳了一段舞，在昏沉中进入梦乡。

次日，我的脑袋有些沉，但没在床上拖延，仍旧步履匆匆。范大同是在我抚摸那把二胡时进来的。我停下来，问他睡眠怎样，是不是还需要开药。范大同扬扬手里的食品袋，说来看看庞丁的母亲。我说：“这里的是特殊病人，没有家属的同意，不能探视，你问过李丁了吗？”范大同说：“我只是探望一下，送些吃的。”我拿起电话，范大同可怜巴巴的：“贺主任，求你。”我说：“那么，请你离开吧。”范大同说："这些东西你交给她，好吗？"我停了一会儿，说只此一次。范大同说："我保证，如果……"我竖起手指，他说："好吧，谢谢你了。"他仍站着。我问："你还有事？"他上前一步，欲拿二胡。我拦住他。范大同问："这不是庞丁父亲的二胡吗？"我看了他好一会儿："你认得？"范大同说："当然认得，你知道，那会儿我和庞丁天天腻一块儿，每次去，他父亲都拉二胡，喏，这儿缺了一个角，是庞丁碰到地上磕的，弦是刚换的吧？"我说："没错，就是那把。"范大同问："怎么在你这儿？"我说："你开始办案了？"范大同带了些歉意："对不起，我是好奇。"或许是他歉意的神情触动了我，或许是我仍沉浸在治疗的兴奋中，对他简单讲了。范大同满脸疑惑："这管用？"我说："你该离开了。"范大同叫："我可以帮你啊。"我冷冷地说："这里不是刑警队。"范大同急躁："听我说行吗？要唤起庞丁母亲的记忆，最有效的不是二胡。"轮到我疑惑了。范大同目光闪亮："他生父不比二胡管用？"我问："你什么意思？"范大同把脸扭向窗外："你该明白的。"

李　丁

突然看见了庞有亮。

我猛地踩了下刹车，坐在后排的女士几乎撞到隔离网。顾不得那么多了，我迅速右靠，停车，往庞有亮行走的方向追了几十米。已无踪影。从路口拐进去是古玩市场，人头攒动。我扫了几扫，不甘心地拽回目光。女士问发生了什么，听得出她的不悦。我说："实在抱歉，收你半价。"女士立即不吭声了。从火车南站返回，我走进古玩市场。我不懂行，平时极少到这种地方，转了两遭也没扫见那个身影。或许是幻觉，但也有可能是他。虽然只看个侧面，但脸形、走路的姿势都错不了的。二十多年过去，庞有亮还有他犯的事早已被忘记，他本人也会这么想吧，那么他回张垣瞧瞧也极有可能。如果是这样，总有一天会撞见他。

用庞有亮治疗杨翠兰的病，我觉得实在荒唐，但架不住贺梅劝说。那些理论那一堆专业术语我听不懂，她打的比方我是明白的。她说如果汤咸了，最好的办法就是用水稀释。我答应配合，万一有可能呢？就不用整日把杨翠兰关在牢笼里了。

庞有亮的痕迹已剔得干干净净，只有那把二胡留了下来，和扳手改锥一起藏在顶棚的角落。杨翠兰最该丢弃的是二胡，因为庞有亮拉起二胡便把一切抛诸脑后，杨翠兰深恶痛绝，几次扬言要砸掉二胡。可是，她没有丢弃。我想不通，问贺梅。贺梅说每个人心里都藏着秘密，本人也未必能破解。贺梅回答了我，我却不知道答案。但不管怎样，二胡是庞有亮的宝贝，唤起杨翠兰的记忆该是可能的。但愿吧。

庞有亮也被移出了我的脑子。偶尔记起，也如飞烟，转瞬即逝。我以为和他再没有关系了。贺梅开始对杨翠兰治疗后，他频频闪现。起初只是一粒粒悬游物，慢慢连成一条条线，之后便一块块堆在那里，由模糊渐至清晰。那年中秋节，杨翠兰把排骨炖在锅里，让庞有亮看着，她去商场买月饼，这天月饼打折，她是会过日子的女人。她特意嘱咐庞有亮好好盯着。庞有亮倒是没拉二胡，值了夜班，他睡着了。杨翠兰风风火火地赶回来，庞有亮刚刚被烟呛醒。杨翠兰的嘴可不是吃素的，庞有亮招架不住，便向我求救。是的，只有我能平息杨翠兰的怒气。事后庞有亮塞给我三元钱作为奖赏。我常常闯祸，庞有亮常被请到学校，校长、政教主任、班主任都训过他，彼时的庞有亮像罪犯一样弓腰点头，发誓要狠狠收拾我。他把他们都骗了，他所谓的收拾就是他拉二胡的时候罚我站立。只有一次，他当着某女生的家长扇了我一掌，拎着我的耳朵怒气冲冲地离开。走出校门，他就说，如果他不动手，那个女人就先动手了，或许就不只是一巴掌了。他还说，不管什么场合，都要动心眼儿。

我想起了很多……

是不是这个原因我才出现幻觉，而并非庞有亮回到了张垣？我不知哪种可能更大。我再难以专注，从早到晚，坐在车里左右扫视。当看到一个人，还在很远的地方，只是有几分相像，我便点下刹车，放慢速度。然后加速前进。我清楚，这很不应该，但就是不由自主。有一次，一个客人恼怒了，虽然我再三解释致歉，他还是叫我停车，骂骂咧咧地走了。

我给杨翠兰送换洗的衣服，贺梅说进展还算顺利，如果治愈杨翠兰，盛红敏也有希望。盛红敏的歌唱得棒极了，她没准儿能重返舞台。贺梅吃了兴奋剂般。盛红敏家喻户晓，我当然知道。贺梅从脚底拎出一盒茶叶，让我带走，说有些家属蛮不讲理地谢她，她实在招架不住。我说："那是谢你的。""他们不知道我最在乎的是什么，"她说，"你该知道的。"我下意识地瞅瞅贺梅的小臂，那儿有一道疤痕，是被家属划伤的。我当时说："干吗不改行？"她回答我说："慢慢你就知道了。"

"我开始给阿姨减药了。"贺梅仍沉浸在兴奋中，"我找到一个愿意来医院拉二胡的人，在唤起阿姨一部分记忆后，我就让他当面拉给阿姨听。"然后，她突然盯住我："怎么了你？心不在焉的。"我说："没有啊。"贺梅笑笑："骗我！"我问："什么时候可以出院？"贺梅问："怎么啦？"我说："没怎么，就是问问。"贺梅摇头："我给不了你准确时间，心理疗法，我也是尝试。你安心开你的车，我在这儿，你尽管放心。费用的事，我已经向院里申请，应该没多大问题。"我忙说："这就不必了，已经给你添了太多麻烦。"贺梅反击："这话很伤人呢。"我说："我检讨，不过，确实是，医院不是你家开的。”贺梅说：“不是没有先例，况且我在阿姨身上进行的治疗是试验性质的，在别的医院，所有试验药品都是免费的。我知道你这个人，怕麻烦别人。我不是别人，对不对？其实，应该感谢的人是我，没你的信任，我怎能进行下去？”我说：“好吧，听你的。”贺梅说：“这就对了，只要能治好阿姨的病，别的都是次要的。”我说：“是。”贺梅打趣：“那为什么还垂头丧气的？”

我想向贺梅说的，见了她又不知道怎么开口。在她追问之下，我讲了最近的一切。沉默一会儿，贺梅说：“幻觉的可能性更大一些，相隔二十年，即便他真的回来，相貌体形会发生很大变化，你怎么可能一下认出来？”我说：“万一他真的回来呢？”贺梅说：“纠缠你的不是他是否回来的问题。”我问：“那会是什么？”贺梅说：“说起来缥缈，但你被困住了，他若回来，被你发现，你该怎么办？报警，还是视而不见？”我被问住。

范大同

去年，局里将十宗案件列为重案，都是陈案。破获了几起，其中一桩命案，嫌疑人逃亡二十八年，更名换姓，娶妻生子，还是个小老板。此案的侦破给局里长了脸，庆功会副市长都参加了。海燕电子厂失窃案不在重点之列，根本就没人提起，似乎被遗忘了。如果不是去看庞丁母亲，我也想不起来。庞有亮外逃多年，或许练就了狐狸的嗅觉，但更重要的是缉捕他的网没有持久地张开，可能与涉案金额有关吧。如果庞有亮是一剂药，没有什么比把他本人带到杨翠兰面前更有效。我一直想为庞丁做些什么，我希望和他回到从前。那么，就从这个案子开始吧。

当年负责此案的队长三年前因病辞世，接手的警员也已经退休多年，在秦皇岛与儿子住在一起。我去了一趟，约老警员在餐馆见面。老警员双鬓斑白，但面色红润，状态很好。我迫不及待，直奔主题。老警员轻轻“哦”了一声，说：“这是真正的海鲜，你尝尝，在张家口吃的不新鲜，即便是活的，也没这儿的味道。”我说：“我可不是来吃海鲜的，我更喜欢牛羊肉。”老警员说：“习惯就好了，我刚来也吃不惯，现在没海鲜喝酒都没味儿。”我说：“还是说案子吧。”老警员问我多大了，我说这是你当年的习惯吧。老警员说：“你四十上下吧，我在这个年龄也觉得自己跟铁块似的，一有案子几宿不睡，抓捕了嫌疑人，那个兴奋。但人毕竟不是铁，说老就老了，好些案子没着落，揣了一堆遗憾退休。哪能事事如意？可这股劲儿就是缓不过来。刚退那几年，做梦都是案子的事，现在好些了，那已不属于我。我理解你，但你纵有三头六臂，也难免遗憾，干吗这么急？”我说：“我已经订了返程票。”老警员说：“那么久了，总得容我想想，来，这是母蟹。”

我拽掉螃蟹的腿，老警员缓缓开口：“那个案子我记得，因为接手时我有点儿情绪。有一桩大案，没让我参与，理由就不说了。干咱这行，谁不想啃硬的？普通案子没什么劲。当然纵有情绪，我也不马虎。只是……我调查的时候，海燕电子厂已经被北京的一个公司收购，生产的也不再是收音机，工人退的退调离的调离，认识嫌疑人且有过接触的也就三五个人。当时的两万块钱还算个大数，后来就不算什么了，我调查的那几个人对嫌疑人不是很了解，对他的评价只有一个字：傻，竟为两万块钱扔下老婆孩子跑了。当然，也有关于嫌疑人的传言，如受情妇蛊惑等，没有证据，不足为信。他们对抓不抓到嫌疑人毫不关心，反问我，为什么还查？就是把他抓回来又能怎样呢？觉得嫌疑人不值得，警察也不值得。只有那个躺在病床上的原厂长有些激动，他因为这个挨了处分，但也提供不了什么线索。这桩案子在我手里没什么进展，我只是补充了些调查笔录，发了些协查函。你在卷宗里看到了吧。其实也没什么可调查的，窃款逃亡，所有的证据都指向他。如果发现他的匿身处，直接抓捕就可以。我一度想从他家属那里寻找线索，做了那个女人很多工作，但没有收获。对了，你为什么突然对这个案子感兴趣？难道没有更值得破的案子了？”我说：“所有的案子都值得办，大小只是性质问题。”老警员别有意味地笑笑：“我差点儿忘了，你是个副队呢。”我沉默一分钟：“这桩失窃案发生时，我正读小学，嫌疑人是我要好同学的父亲。”老警员点头：“凡事必有缘故，祝你成功。”我问：“嫌疑人是否有同伙？”老警员说：“卷宗里不写着吗？”我说：“是写着，但我发现前后意见并不一致。”老警员说：“廖队长起先认定是有同伙的，后来排除了这种可能，理由写得清清楚楚，我倾向于有同伙参与，却写不到纸面上。”我问：“为什么？”老警员说：“只是个人感觉。”我说：“很想听听。”老警员说：“那天傍晚，嫌疑人去十字街口的商店买了一瓶二锅头，他常去那儿买东西，店主认得他。在他值班的办公室发现了瓶盖，但没发现酒瓶，应该是离开时带走了，或是扔到什么地方，反正厂子里没寻见。谁会在出逃时揣半瓶酒？我认为瓶里的酒已喝光了，他没那么大酒量，该是两到三人一起喝的。可是现场只有他一个人的脚印。还有，如有同伙，应一起出逃，但廖队长调查过，市区没发现无故失踪人员。他逃了，同伙像平常一样过日子，这说不通啊。所以，我只是感觉，你知道，干咱们这行的，有时管不住脑子。咦，快吃啊，都凉了。”

从秦皇岛到张家口只有慢车，要坐十多个小时。距开车尚有两小时，我在街头转了转。买了几张报纸，好打发火车上的时间。广场入口处有一乞丐，蓬头垢面，每有人经过，就举起不锈钢茶杯。我扫他一下，没怎么在意，脑里似乎有东西在飘，我竭力抓住。走出十几米，我终于捕到，突然一个激灵。我返回，慢慢走到乞丐身边，将买报纸找回的一元硬币投进钢杯。当啷一声，很响。乞丐说“谢谢”，却没抬头。我摸了摸，没硬币了。我问：“你饿吗？要不要吃些东西？”乞丐仍未抬头，虽然头发长、脸也脏，但脸的轮廓还是看得清。那一刻，我的心都快蹦出来了。我说：“如果你饿，我可以买些吃的给你。”乞丐说：“包子，猪肉大葱馅儿。”乞丐猛抬起头：“两笼我才能吃饱。”我愣了愣，说：“我快到点了。”丢下二十元离开。乞丐在我背后说：“你是好人，愿你长命百岁。”

我边走边想，也许庞丁的父亲已经沦为乞丐，两万块钱够干什么？以往的思路，总认为他藏匿在什么地方，如果成为乞丐，就没有藏的必要，或者说，是另一种形式的逃亡，是被警方忽视的藏匿方式。甭说在陌生的地方，就是在张家口的街头流落，又有几个人能认出他？缉捕思路该调整一下。只是——我突然想，如果将已沦为乞丐的庞有亮拎到庞丁母亲面前，他是药，还是毒药？我和庞丁的裂痕就此愈合还是越来越宽？在那一刻，我感觉自己和那些疑问同时悬在了半空。

毛　头

我登上公交，站在距黄理最近的位置。他说：“我等你好几天了，每天都揣着，恰今天没带。”我说：“我不是来拿钱的。”黄理问：“那你来干什么？”我说：“找你呀。”

事没办成，黄理要把钱退我。接到电话那一刻，我觉得心被整个挖掉了。就在长途汽车上，我给其他人打电话。有的当场就拒了，有的过两天告知帮不上忙。妻子不知怎么和一个陪床家属搭上话，那人说试试。今天上午给了回话，又一扇门堵死了。我又想到黄理，他是唯一的指望。我没把钱取回，就是怕断掉这根线。到公交车上找黄理有些不妥，但我实在等不及了。

我小声讲了，黄理没吱声。到了终点，人下空了，黄理方说：“不是我不帮，朋友说难度大，我有什么办法？”我说：“你再和朋友说说，使使劲儿呗。”我掏出刚刚取出的一万块钱，说只要能成，钱不是问题。黄理斜我：“毛头你疯了吧。”他挡了一下，我还是把钱塞给他。“你把我的话转给你朋友，帮帮我，行吗？”我摇晃着，快站立不住了。黄理说他就再拽下脸试试。我说：“无论如何也要办成。”黄理说：“没有这么说话的。”我说：“对不起，这两天我脑子要炸了。”黄理问：“为什么非要去二小？

大境门有学校呀。”他已是第二次问。我没有正面回答，说哪怕砸锅卖铁。

第二天开始，我不住地给黄理发短信，诸如：天热了，黄哥多喝水；吃了吗，要不要坐坐？还有一些黄段子，让他解闷。黄理终于烦了：“别催我好不好？”我盯着那个问号愣了好一会儿，回复：对不起。我有催促的意思，但不完全是。

第九天，终于等到黄理的电话，他张嘴先骂我，但声音里满是兴奋。那时，我正站在架梯上干活儿，举一托板泥子。巨大的喜讯差点儿将我击倒，我晃了晃，一只手撑住墙：“黄哥，谢谢你。”黄理又骂：“你小子，没日没夜地催。”我说：“今晚坐坐吧，我给黄哥赔罪。”黄理说：“还是免了吧，我都怕你了。”我再三恳求，黄理应了。挂了电话，我仍打摆子一样抖，直到女业主进门。她是个孕妇。我的失态被女业主瞅在眼里，她问我是不是发烧了。我说没有啊。女业主说：“你在抖哎，我瞧着都晕。”我说：“有点儿累。”女业主说：“那你歇歇吧。”我笑笑：“不妨事。”女业主说：“得给我刮平哦。”我说：“你放心，我干这个不是一年两年了。”我凝神屏气，终于平静下来。女业主没有离去，这是要监督了。她有一搭没一搭地和我说话，提及孩子，我告诉她，小女儿在第二小学就读。女业主甚是吃惊：“真的呀？你可不简单呢。”我不是爱吹嘘的人，那一刻也不知怎么了。

女业主问我家在哪儿，我说大境门。女业主叫："那更不简单呢。"她说买这处房就是为了孩子将来能上第二小学，多花很多钱呢。我瞄瞄她的肚子，暗暗叹服，也就六七个月吧，与人家相比，咱那点儿本钱算什么？

中午，我买了两个肉包、一瓶啤酒，找处干净的台阶坐下。身后是女业主的小区，对面是第二小学，学校已经放假，校园空空荡荡。庆祝的彩色气球早已不在，只有旗帜在飘。我的小可就要成为这里的一员了。我觉得和这所高大上的学校有了某种亲密关系。一个人在校门前溜来溜去，立刻引起我的警觉。他有些鬼祟，我停止咀嚼，死死盯着他。如果他有什么企图，我会立即冲上去。过了一会儿，有一个人走到他身边，两人握握手，走向停车场。我嘘了口气，继续吃包子。啤酒只是庆祝序幕，晚上我和黄理猛喝了一场。我对黄理说，小可入学那天，要在张家口最高档的旋转酒店摆一桌，约上他的朋友及朋友的朋友。黄理说等小可上了大学吧，我说："那怎么行，一定要摆！"黄理用手指点着我："你呀，真拿你没辙。"

出餐馆，我踉跄一下，黄理问不要紧吧，我说再喝半斤都没问题，硬是把黄理送上公交车。路上的情景我仍记得，穿越小桥时，我坚持不住，趴在栏杆上呕吐起来。我醒来时，躺在父亲身边。父亲将水杯递给我："渴了吧？"我揉揉发涨的脑袋："我怎么回来的？"父亲"哼"一声："鬼知道你怎么回来的。”我使劲地想，还是想不起来。我说：“这么晚了，怎么不睡？”父亲说：“我等着喝酒呢，你拎个空瓶回来。”我看看表，已经后半夜了，说：“赶紧睡吧。”父亲说：“睡不着，觉越来越少了，怎么喝这么多？”我说：“小可上学的事定了。”父亲说：“难怪，醉一场也值。”又说小可的事解决了，该操心操心他了。我说：“瞧你这话说的。”父亲问：“你问医生了吗？”我问：“问什么？”父亲很不满：“我就知道你不上心。我想知道还有多少天，你就不能问问医生？”我又气又好笑：“没见过你这样的人，非要掰着指头算。”父亲固执地说：“我想知道。”我说：“那你问去呗。”父亲说：“医生不会告诉，不然我就去了。”我说：“不告诉你，就能告诉我？”父亲说：“你不一样，医生会说实话。”父亲像中了魔，我的争辩和劝说丝毫不起作用。

贺　梅

二胡曲唤起了杨翠兰的部分记忆，虽然我说不准那部分究竟是多少。是温暖的，还是伤感的，我心里也没谱。但我清楚，那部分的记忆如窗户的缝隙，终会变宽，直至彻底打开。也许会刺激到她——还有什么比目击丈夫的车祸过程更刺激呢？那是她应激性障碍的病因——但若能驱散她的阴霾，那也值得。

杨翠兰抱电话的胳膊松弛许多，我试着从她怀里拽出来，但未能成功。我一碰她又抱紧了。她紧张地说："贺大夫，不能动。"我说："我替你保管。"她拼命摇头："不行，他李爸快来电话了。"我说："好吧，咱边听边等。"一上午，我终于把她的宝贝拿到手。我轻轻地放到桌上，继续和她听二胡曲，她很投入。一曲终了，她突然兴奋地叫起来："我知道了，这是《赛马》！"我比她还激动："你确定？"她的目光画画儿一样绕了一圈儿："就是《赛马》。"我说："恭喜你。"杨翠兰不安地问："你真要奖我？"我说："当然，有奖状，还有奖品，都是准备好的。"奖品是一块放在塑料盒里的蜂蜜蛋糕。她吃了一半才想起电话。我说吃完再给她，她不肯，一定要抱在怀里。

半个月后，我觉得火候差不多了，电话脱离她怀抱的时间越来越长，最长的纪录是三小时。播放的那几支二胡曲，她均说出了曲名。我和杨翠兰讲，她表现越来越好，所以打算给她举办一场专门的音乐会。杨翠兰问是不是要去剧院，我说："就在这儿，观众就你和我。"杨翠兰问："李丁可以听吗？"我说："那就把李丁也喊来。"

那天，杨翠兰换了一身新装，我打趣她像新娘一样好看。我注意到李丁的眼神，这样的玩笑让他紧张。接到我电话那刻他心上的弦可能就绷着了。杨翠兰努努嘴，竟有几分羞涩。

乐师如约而至，灰色中山装，黑裤子，这是杨翠兰前任丈夫最喜欢的装扮。我窥视着杨翠兰，她没有特别反应。像正式演出一样，乐师深深鞠了一躬，我碰碰杨翠兰，她随我鼓掌欢迎。没有序幕，没有过渡，乐师往凳上一坐，直接开场。乐曲如瀑，我立刻觉得自己被浸透。再瞧杨翠兰，微张着嘴，要大口呼吸的样子。也就是三五分钟，杨翠兰突然喊："别拉了！"乐师颤了一下，并没有停，他在等我的手势。杨翠兰坐在我和李丁中间，这样安排自然是以防万一。没想杨翠兰动作神速，猛跳起来扑向乐师。相隔不过两米，乐师根本没有躲闪的时间和空间，径直被她扑倒。我和李丁把杨翠兰拽开，李丁死死抱住她。我扶起乐师，说了一万个对不起。杨翠兰仍在跳叫，我暗暗想，亏得李丁在场。

回到医办室，乐师摸着被杨翠兰抓伤的脸，很是恼火："你说她是个病人，可没说她是个疯子！"我说："她就是病人，这世上没有不得病的人，她的病不过特殊些。"又说了些致歉的话，在费用上做了补偿。

杨翠兰已经安静下来，那部电话又被她牢牢抱在怀里。我让李丁忙他的，李丁不放心。我说："我心里有数。"李丁压低声音："你要继续吗？"我说："当然，疗效很好，为什么要停止？”李丁说：“药还是用一些好。”我说：“心理干预也是药，而且是可以根治的药，你既然相信我，就相信到底。”李丁垂了头：“好吧，有情况随时给我打电话。”我说：“你配合我的最好方式就是安心开车。”李丁说：“这几天我挺好的。”我说：“那就好。”

我削了一个苹果，一半给杨翠兰：“咱们边吃边听好吗？就像昨天一样，女人多听音乐会变得漂亮。”我观察着杨翠兰的反应。她没有反对。播完一曲，我问：“是不是比刚才那个人拉得好？”她好像没听见，小心翼翼地擦拭着电话机，但我知道她在听。好半天，她终于抬起头，带了些戒备。我笑笑：“这是考试题，你必须回答。”她的目光变虚，像被大雾笼罩住。我轻轻击击桌子，浓雾慢慢散开。我说：“其实，我清楚你在想什么。”杨翠兰缩缩肩。我说：“乐师是我花钱雇来的，你把他赶跑了，不过，我不生气，他让你想起一个人，对吗？”杨翠兰低下头，继续擦拭。我问：“那个人，你恨他？”杨翠兰顿了顿，说：“不。”我加重语气：“你撒谎了，你还在恨他。”杨翠兰抬起头：“没有。”我说：“你该恨他，若是我，也会恨他。”杨翠兰满脸惊愕。我说：“你细细想想，有些地方，他还是不错的。”杨翠兰摇摇头。我说：“不急，你慢慢想，咱们再听一次《赛马》好吗？”杨翠兰轻轻点头。

李 丁

我刚发动车，范大同拽门进来："我就知道你在家，为什么不接我电话？"我说："静音，没听见。"范大同哼了哼。我也没好气："我犯了什么事吗？"范大同说："想和你谈谈。"我说："没空，还得挣钱呢。"范大同说："我打车，你不至于拒载吧。"我不情愿地问："去哪儿？"范大同说："南站，走西坝岗。"

西坝岗堵车程度仅次于长青路，那天还好，踩油门的脚可以用力了。范大同"喂"了一声："慢点儿开。"我问："什么时候司机归刑警管了？"范大同掏出钱夹，将两张粉色的百元大钞拍在仪表盘上："是这个价吧？我包了。"我没吭声。过了一个红绿灯，我放慢速度。我暗暗猜测范大同找我的目的。他肯定有目的。虽说后来我和他来往不多，但他是什么样的人，我最清楚。不需要问，等他开口就是。范大同发完信息，偏过头。我不理他，目视前方。范大同盯我一会儿，将头转向车外。我心里嘿嘿几声，你是刑警队副队长又能咋样，我不犯法，你还能把我铐了？我以为范大同只是暂时沉默，好大一阵儿，他仍没开口，不由扫扫他。他并没有陷入沉思或发呆状态，而是瞅来瞅去。这小子别是在欣赏风景吧？抑或是检查市容市貌？这不可能，他没这份闲。报纸上说他忙得没日没夜的，午饭夜晚吃，晚饭凌晨吃，他的时间像黄金一样。他似乎在寻找什么人……突然一个激灵，不由踩下刹车，猛了些，范大同上半个身子几乎倾倒。“没这么撒气的。”他说。我没接茬。庞有亮才从我脑里淡出，最近几日，我再没看见他。或如贺梅所言，那不过是我的幻觉。但范大同的怪异举动……我只和贺梅说过，难道贺梅告诉了范大同？“有万分之一的可能，范大同也不会放弃。”我又想起记者的话。他是来追捕庞有亮的。一定是这样。他以为坐在我的车上，抓捕庞有亮就更有把握。他打小就想当警察，也确实是这块料。但这次他要失望了，我冷笑一声。

南站乱哄哄的，我说这儿不能久停。范大同说：“谁说要停？往回返，走清河路。”我有些恼火：“你这是干什么？”范大同说：“我不能告诉你，别忘了，我是包车。”我说：“把你的钱拿走，我不拉你了。”范大同说：“小心我投诉你。”我“哈”一声：“随便。”范大同语气柔软了许多：“庞丁，我——”我打断他：“我叫李丁。”范大同说：“好吧，那就李——丁，我没折腾你的意思，绝没有！”我直视着他：“那你要干什么？”范大同说：“我会告诉你的，但现在不行，先开，好吗？”如果我拒绝，他会乞求我，这也是他的本事之一。

说实话，我有点儿紧张。我粗声大气，也是为了掩饰。我并不担心庞有亮被范大同抓捕，如果他确实溜回张家口的话。可不知为什么，我还是紧张。这种感觉从来没有过，在范大同面前。

范大同仍是捕猎的神态。他在找人，确定无疑，也许还揣着手铐呢。这时，我倒希望他和我说说话。我几次偏头，他没有任何反应。快到古玩市场时，我感觉心跳在加快。范大同“嘿”了一声，我下意识地问：“怎么了？”范大同回头望了望：“路面有一只被轧死的鸟，我以为你会躲过去。”我讥讽：“警察都这样？”范大同说：“你可是为鸟举办过葬礼。”那是放归锦鸡的那年冬天，我在西太平山发现十多只冻死的鸟，用捡来的石头垒了个坟包。我说：“挺奇怪的，一个连誓言都能扔到脑后的人，却会记住一些烂芝麻。”范大同说：“你有资格损我。”我说：“我哪敢，除非你借给我胆子。”我以为他会回击，但他只是笑笑。

依照范大同的吩咐，我把车停在路边。范大同走向明德北超市。我摸出手机，翻出贺梅的号。听到贺梅的声音，我突然语塞。“怎么不说话？”贺梅问。我深吸几口气，喉咙畅通了些。“昨天吃多了。”我说。贺梅笑了一声：“学会幽默了，吃什么大餐？”我说：“烙饼卷大葱，还有酱菜丝。”贺梅说：“故意来馋我。”我能想到她板脸的样子，忙说：“打扰你了吧？”贺梅说：“真不经夸，是要和阿姨说话吗？”我说：“不用了，晚上去看她。”贺梅说：“状态挺好的，安心开你的车吧。”合上手机，我嘘了口气。

就算贺梅说了，也是无意的，怎么可以问她呢？

范大同出来了，拎了一大包东西。他把东西扔到后座，仍旧坐到副驾驶。“西太平山。”他说。我怔住：“去那儿干什么？”范大同反问：“我必须告诉你吗？”我说：“开不上去的。”范大同说：“非要我一遍遍求你，你才答应？”我一声不吭地发动了车。

山门在半腰，门是伸缩的。范大同亮出证件，守门人把门打开。我说：“这算不算以权谋私？”范大同笑了：“你打算告发我？”我反问：“以为我不敢？”范大同说：“那我告诉你，我在工作。”我说：“这钱也是单位报销？”范大同笑出声：“审问我呀？我有权保持沉默。”

“就停在这儿吧。”范大同指了指。路侧有几株山桃树，山桃拇指大小。山桃长不大，也就这样了。范大同拎着袋子走了几步，回头：“下来呀。”我说：“我是司机，没义务陪你干别的。”范大同走过来：“算我求你，给个面子行不？”我迟疑一下，推开车门。

范大同说到西太平山，我就想到朝阳亭，果然。范大同从食品袋掏出火腿肠、鸭蛋、矿泉水、罐装啤酒，还有面包。他拧开矿泉水瓶盖递给我，自己开了一罐啤酒。“你还记得吗？咱们比赛谁吐得远。”我说：“忘记了。”范大同说：“那时，什么都有趣。”我说：“成功人士都喜欢怀旧。”范大同说：“反正没旁人，你随便损随便骂，就像——”我立即道：“我可不敢。”范大同并不在意我的冷嘲热讽，继续道：“一晃就四十了，真他妈快。”我说：“报纸上说你忙得睡觉都没工夫。”范大同仰脖，把整罐啤酒全倒进去。“你生父酒量多大？”他抹抹嘴角的泡沫问。我愣住，我见过他喝酒，不知道他酒量多大。似乎漫不经心，但我瞧出他是有准备的。是的，他从来是有目的的。我瞪他好一会儿，才问：“你绕了半天，就是为了问这个？你直接问就可以，何必兜圈子？还搭上二百块钱。”范大同笑笑：“直截了当，你会回答？”我恼怒地说：“你以为兜个大圈子我就会回答？”范大同说：“前几日在秦皇岛火车站广场碰到一个人，很像庞叔。”我哼了哼：“那你把他抓回来呀。”范大同说：“可惜不是，我想他说不准会回到张家口。”我问：“有人告诉你了？”范大同说：“这倒没有，仅仅是个人推测。”我问：“你什么意思？要审问我吗？”范大同又开一罐，做个碰杯的架势：“怎么总是气冲冲的？”我意识到自己的反应确实激动了些。静默几分钟，我问：“你到底想干什么？”范大同问：“你不想知道他的下落吗？”我没有任何犹豫，极其干脆：“不想！”范大同说：“那桩案子历经三任队长，现在我接手了，但要破获，需要你配合调查。”我重声强调：“我不想知道他的下落。”范大同拍拍我，我躲开。他说：“我是警察，既然接了，就不会罢手。”

范 大 同

出了戒毒所，我没有立即上车。腿有些沉，每次都这样。“你他妈把两个女人都害了。”庞丁的声音带着彻骨的寒意，那是很多年前了。当警察一直是我的梦想，却被挡在门外。终于有了一线可能，我不愿错过，哪怕挤得头破血流。我是坏人吗？我不清楚。从帝王到乞丐，谁不设计谋划自己的人生？我没想伤害谁，许多事非我所愿。当然，不能排除我的嫌疑。那些被我抓捕的犯罪嫌疑人个个都要辩解，有时我挺羡慕他们，信口开河，胡说八道。而我只能默默承受——干什么不付出代价？

我点了一支烟，望了望湛蓝的天空。一行大雁飞过，不留任何痕迹。我给岳母打了个电话，说若云挺好的，医院那边也已经联系妥当，明天一早我开车去接。老头儿散步淋了点儿雨，他没在意，夜里便发烧了。吃了药烧退了，却断断续续地咳嗽。老头儿似乎对医院怀有恐惧，我和岳母为劝他费了许多口舌。如果是我父亲，我早发火了。但对老头儿不能。以前不能，现在更不能。岳母压低声音，问那个专家的情况，我说没问题，放心。岳母不说话了，但并未挂电话，我眼前立马浮现出她嘴角下弯的弧度，于是补充了专家的相关信息。岳母“嗯”了一声，说听人说起过。

本来有别的事，路上接到小李的电话，我立刻拐了方向。小李一路小跑迎上来，叫声“范队”。看得出来，他已在台阶等候多时。“翻来覆去就那几句话，嘴硬得很。”小李解释，掩饰不住他的恼火。我摆摆手，让他先去休息。小李略显不安：“范队？”我说：“后面还有任务，你把觉补够了。”

疑犯看见我，坐姿马上有了变化，垮塌的腰立时竖直。昨日抓捕的，入室盗窃。审问非常顺利，连以前的两起也交代了。但问题就在于太顺利了，他有急于交代的迫切，似乎被“抗拒从严，坦白从宽”几个字镇住了。实话说，我之前没太把他放在心上，觉得不过是个小毛贼，他尚显青涩的脸在戴上手铐的同时几乎被恐惧扭歪，整个人都在战栗。审讯时依然战战兢兢，一度不能进行。我和颜悦色，说了些改邪归正之类的话，他方放松下来。其实，他交代的同时我就有所怀疑。他言语流利，眼神却游移不定，完全不在一个节拍。我相信自己的感觉，他不是普通窃贼。审讯交给小李，他需要锤炼。小李撬不开，只能我来。

我盯着他，一言不发。审讯时我有隐秘的难以言说的兴奋，因为在疑犯面前我不会矮着。我从不抱怨忙碌，闲着对我是折磨。

和我对视一会儿，他的目光缓缓移开。“该说的都说了，”他等了几分钟，见我没反应，补充道，“没什么可说的了。”“闭嘴！”我喝。他甚为惊愕，眼神带着试探。我仍旧瞪着他，目光不凶，并非凶才起作用。有些疑犯耐不住我的瞪视，十多分钟就缴械。当然有例外，不是百发百中，那样我会改变套路。“我是不是要坐牢？”他想装嫩，但太嫩了。我几乎要笑了，脸肌外扩，然后慢慢收拢。他低下头，像睡着了。但我清楚他仍能感受到我的瞪视。他有点儿慌，低头不过是掩饰。许久，他偏偏头，我立刻将他的目光攫住。“坐直！”我喝。

我掠过墙上的钟表，整整一小时。仅仅有些慌张，绝对是个毛油子。“开始吧。”我轻声道，甚至有几分温柔，“你先说，还是我先说？”他说：“该说的我都说了，总不能让我胡说吧。”我说：“好，那就听我说。”

我就讲去年破获的重点案件，疑犯潜逃二十八年，终于落网。抓捕他时，他和家人正在饭店为十六岁的女儿庆祝生日。我们没有立即冲进去，一直等到他们唱完生日歌，吹灭蜡烛。带他离开的时候，他女儿扑上来，认为我们抓错了人。她哭叫着我爸爸是天底下最好的爸爸。疑犯提出想和女儿说句话，我们同意了。“知道他说了什么吗？”我问。他摇摇头，看得出来，他很好奇。我说：“我们没听到，他是咬着女儿耳朵说的，但是他和女儿都流泪了。”

接着讲另一起，疑犯也是潜逃数年。因为一个女孩儿，一个男孩儿把另一个男孩儿捅了，一刀扎在胳膊上，另一刀刺偏了，只伤及皮肉。持刀男孩儿连夜登上南下的列车，他不敢在一个地方待太久，最多半年，遇到心仪的姑娘，姑娘也喜欢他，但他不敢和姑娘发展。逃亡九年没睡过一天踏实觉。他决定自首。被捅的男孩儿当年就和女孩儿结婚了，两人还到刑警队为逃跑的男孩儿说情。捅人的男人知道这一切后，追悔莫及。他自己把自己毁掉了。

“你为什么和我讲这些？”疑犯问，“我又没杀人。”我说：“你害怕听这些吗？”疑犯说：“我有什么害怕的？随便你。”我说：“如果犯困，就说，我最会治了。”疑犯马上端正身体。我接着讲破获的案子，抢劫、杀人、偷窃、纵火、强奸。说到案子，我记忆力出奇的好，许多细节都能说出来。

小李进来一趟，把盒饭和矿泉水放下便退出去，他知道我的习惯。从中午到黄昏，从黄昏到深夜。疑犯问能不能吃点儿东西，我说：“到现在我连早饭都没吃。”疑犯说想喝点儿水，我指指自己的喉咙：“谁才有资格喝水？”疑犯说：“你不能虐待我。”我说：“你懂的词挺多呢，你没吃没喝，我也没吃没喝，我和你一样的待遇，这叫虐待？”疑犯问：“吃点儿再讲不更好？”我说：“我有个习惯，得把自己掏空才吃得下去。”疑犯说头晕，坚持不住了。我说：“我可以帮你坚持，如果你有需要的话。需要吗？”疑犯揣测地看着我，摇摇头。他的目光已不如白日有神。

凌晨三点，疑犯已是满脸的困顿和倦意。审讯正式开始。半小时后，疑犯终于招供。确实不是普通窃贼，有命案在身。我喊进小李，让他做笔录。

五点半，审讯结束。

小李敬服地看着我，欲言又止。我说："我知道你想问什么，没有根据，只是感觉。"小李劝我关掉手机，好好睡一觉。我说得去医院了。

毛　头

等车的人实在多，我费了点儿劲才挤上去。黄理喊："往后走，别堵在门口。"然后，他看到了我，皱皱眉。我没有朝后挤，我不是来坐车的。连续找他三天了，开学前，黄理托的人回话，校长让缓一星期，等开了学、稳定了，再往班里插。开学一星期，小可仍不能入学，回话说还要等，教育局和市政府收到了状告第二小学的信，上面正在查。两星期后，答复今年班容量实在太大，只能明年了。小可已经到了上学的年龄，明年？那不是胡说八道吗？若明年还不行，那是不是要推到后年？我让黄理再叫朋友找找校长，黄理不肯。他说如果不愿意等，就让朋友把钱退回来。我并不是担心那两万五打了水漂，小可上不成学，我没法和妻子及小可交代。妻子打听到，开学后仍有插班的，校长给出的理由不足信。小可进不去，只能说明关系不行，也可能嫌钱少。如果是钱的问题，我可以再拿嘛。黄理认为不是钱的问题，并劝我别再砸钱。可不砸小可就彻底没了希望，我急得起了满嘴泡。

到展览馆下去一堆人。一个女孩儿登上来，身后跟一个中年男人，个头儿高，几乎摸到车顶。我偏了偏身，但两人没往后走，女孩儿几乎与我并立，她抓扶杆的手与我碰在一起，她往旁边稍移了移。“抓牢了。”男人对女孩儿说。刚才上车时，女孩儿稳稳的，他却做着保护的架势。有些怪，但我没多想。

“你连活儿也不干了？”黄理问。我说：“哪有心思干活儿？”黄理说：“你就是天天跟着我也没用。”我说：“再催催你朋友。”黄理说：“已经答复了，再等一年又能咋的？”我说：“不能等了，今年必须上！”黄理苦笑：“我实在是无能为力了。”我说：“只要能进，什么条件都行。”黄理明白我讲的是什么，摇摇头：“不能再往里陷了。”我拼命克制，还是带出火气：“我已经陷进去了！”

车颠了一下。

我的肩感到厚实的力，是刚才上车那个高个儿男人。“不要和司机讲话。”他的目光像他的手一样有压迫的感觉，“车上不是你一个人。”虽然他高出我许多，但我并不怵他，满腔的怒火正没处发呢。“你管得着吗？”我有些恶狠狠的。“我是乘客，当然管得着，如果你不把别人的安危放在心上，我就把你揪下去。”他抓住我的胳膊，我不由龇了牙。女孩儿喊声“爸爸”，他松开手，仍死死盯着我。静默了两分钟，我向车尾走去。

只能躲开，骨子里我是怯懦的。车空了许多，我坐在最后一排，等男人和女孩儿下车。到白桥站，只剩下三名乘客。男人和女孩儿在前，我在后。男人偶尔扫扫我，他像猜透了我的心思，故意和我耗着。我暗暗骂娘。我就不信他能陪到底。我有的是时间，看谁能耗过谁。他能耗下去，莫非他女儿会陪着他耗？

两个来回，上上下下，男人与女孩儿竟然没下车。我简直要疯掉了。到明德北，我冲下车。我疯了不要紧，小可怎么办？我打算明天继续找黄理，不信还能碰到男人和女孩儿。明天是周一，难道女孩儿不上学，男人不上班？

睡了一觉，我改了主意。我是个笨人，但某一刻突然灵光闪现。为什么非要黄理的朋友送钱呢？我自己也可以。校长已经拿了我两万块钱，并已经许诺，对小可的名字自然有印象。何必求黄理？何必让黄理找他朋友？捷径对我对校长都有好处。我打算先送一万，加上先前的已经三万，该差不多了。后来一想，再送两万胜算更大。妻子不同意，说四万块上大学也用不了。我好一顿劝，妻子仍不同意，还摔了碗。

存折她保管着，她不同意我就拿不到钱。她下班回来，我接着做工作，她还是不肯。我火了，揪住她的头发揍了一顿。

取出钱的当天，我便守在第二小学门口。我见过校长真人，登她照片的报纸就在我枕下压着，出门那刻我塞进包里。我仍怕认错，隔一会儿就拿出来瞅瞅。有些紧张，有些激动，在我心目中，第二小学的校长比市长分量重。脸被妻子抓破了，火辣辣的。

一个牵着狗的女人走过，那狗长得像狮子，浑身金毛，极长极长，脑袋上也是，几乎把眼睛盖住了。狮子狗在我裤口处嗅了嗅，我正想伸手摸摸，那女人喝叫一声。小狗好像没听见，倒是我吓了一跳，立刻缩回手。一个背着手的老年男人走走停停，一瞅就是那种有退休金拿着闲得近乎无聊的人，遇见下棋的观一阵，碰上吵架的必伸长脖子瞅个究竟。经过我面前，他顿住。肯定是脸上的伤痕引起了他的注意。我的目光直定定的，他立刻扭开。我碰碰伤痕，问自己："这么做会不会鲁莽了些？要不要和黄理商量商量？"下课铃响了，校园立刻开了锅。里面本该有小可的声音，我的心立刻被油煎了，一阵阵抽搐。试试也没什么不妥，我想，小可实在是不能再等了。

校长是最后出来的，和一位教师相跟着，到门口两人说了几句话，校长似乎在嘱咐他什么。乘这个工夫，我又拿出报纸对了对。校长朝停车场走去，我跟在她身后，有十米左右的距离。她拉开车门，我喊了声“孔校长”。孔校长转过身，我快跑几步，自报家门：“我是毛小可的父亲。”孔校长问：“学生家长？”我连忙点头。孔校长说：“有事找班主任，几班的？”我的脸突然就红了：“还没上呢，黄理的朋友找过你，毛小可，想上一年级，你有印象吧？”我的手已伸进包里。孔校长说：“我听不懂你说什么。”人一闪，砰地关了车门。我呆呆地站着，眼瞅着轿车驶离。

回想整个过程，我没说不当的话，如果有不妥，就是不该当下就掏钱，那可是停车场。虽然没掏出来，但我的动作她是明白的。那时似乎有人经过，我听到了说话声。好在她没有翻脸，我有补救的机会。

我吃了几个包子，梦游似的转了半天，下午再次来到第二小学门外的停车场。看到孔校长的车，我长嘘了一口气。然后我拦了一辆出租车，商量好价钱，我让司机把车开到孔校长车的对面，那儿正好有个空位。“停车费我出。”不待司机张口，我就说了。我给他指指孔校长的车，告诉他，一会儿跟在那辆车后面。我不干犯法的事。司机从后视镜窥窥我。我说：“你看我像坏人吗？你大可放心，我们祖宗几代连个小偷都没有过。”司机没再说什么。他的后脑被削了似的，比面板还平。他不是那种饶舌司机，除了必要的问题，没说过多余的话。正合我意。我无法预知结果，但我觉得运气正在转好。

孔校长终于出来了，她换了身装扮，穿了裙子。天气转凉，像她这个年纪的女人很少穿裙子了。我让司机跟上，别太近了，不跟丢就行。司机一言不发。大街上车水马龙，车厢内静得能听见心跳声。我换了几次姿势，但眼睛始终盯着前方。司机不错，始终与孔校长隔着两三辆车的距离。我还是不放心，生怕跟丢了，那样还得多花一天时间。我耗得起，小可耗不起。

堵了。我不由骂娘。虽然孔校长的车也被堵在路上，我以为司机会有所回应，但他仍沉默不语，孔校长的车过了路口，绿灯开始闪烁，我的心提到嗓子眼儿，在变成黄灯那刻，出租车冲了过去。孔校长原来住在富丽山庄，我在这个小区干过活儿的。我把钱塞给司机，车一停便推开车门。

贺　梅

我煮了碗面条，倒了杯红酒。碟子里半截吃剩的黄瓜、一块豆干。晚餐越来越简单，有时生个火都懒，两杯红酒、一碟小菜就打发了。刚吃两口，收到他的信息：我十点以后有空。这是他的信号，是他的召唤方式，没有多余的话，没有任何温度。这是多年修炼的结果，什么场合都滴水不漏。我把手机放到一边，虽然知道他绝不会有第二句，还是瞄了好几次。我吃完面条，喝掉两杯红酒，回复了一个微笑的表情，然后开始化妆。当然不会浓妆艳抹，我不喜欢，他也不喜欢。

我踏上宾馆台阶。坦然，平静，有时自己都怀疑是来约会的。刷门卡时，我下意识地看看表。十点一刻，刚刚好。我不是刻板的女人，但约定还是要守的。

凌晨，他还在熟睡，我悄悄起身。怕影响他睡觉，我从不开灯，但灯突然亮了。他坐起来，梦游似的看着我。我怔了怔，轻声说："还早呢。"他没说话，直到我穿戴妥当，才提醒："别落下东西。"我笑笑，替他把灯关了。他的提醒得体、温暖，但我有奇怪的感觉。等电梯时，我拉开手包，多了一张银行卡。一定是趁我洗澡时放进去的。没有密码，但我猜得到。传言他要调离，这么说是真的。那么，他突然开灯算是告别仪式了。这是他的方式，我并没有什么不适。我没有向他提过任何要求，这张银行卡是他的补偿费了。可我并不觉得需要补偿。电梯上来了，无声地打开。我返回，把卡从门缝塞进去。

走出宾馆的旋转门，我打开手机，没有来电提示，我松了口气。回到家，我又看座机的显示屏。时间尚早，眯一会儿绰绰有余，但总感觉被绳子拽着，煮了碗燕麦粥，煎了个鸡蛋，吃毕便往单位走。

下午三点，我把乐师带进病室。我讲了杨翠兰的故事后，乐师同意与我合作。这已是第四次演奏了，杨翠兰安静了许多。乐师落座，杨翠兰便主动把那部电话放到桌上。这次拉的是《良宵》，我不时观察着杨翠兰，她的身子微微前倾，虽不能用沉醉形容，但已经入戏。上次用了两分十秒，这次只用一分九秒。如果乐师换成她前夫……我不能预判她的反应，但我敢肯定，她不会抓狂。我已成功地帮她从记忆里捞起前夫的许多好。一旦扎根，那是会繁殖的。当然，那是个缓慢的过程，快了未必好。

院长不声不响地闪现在门口，我正要起身，院长摆摆手。这一段没出什么乱子，院长似乎不大适应，一趟趟往精神病房跑。以往不是这样，没有事故，很难见到他。送走乐师返回，院长正和杨翠兰说话。杨翠兰双臂垂顺，规规矩矩地站着。我对杨翠兰说："院长只想知道你吃得好不好，不用紧张。"我推推院长，小声说："这不是你待的地方。"院长边走边说："你还给我划定范围了？"问我晚上有无安排，想请我吃顿饭。末了强调："我每次请客你都不到场。"我说："你知道的，我不喜欢人多。"院长说："今晚单独请你，赏个脸吧。"说到这份儿上，我只好点头。

我准时赶到明德北红焖羊肉店，院长已经在座。桌上立了一瓶红酒，我的目光不由自主扫过去。院长说："拉菲，1996 年的。"我怔了怔。院长说："红酒，你该比我懂。"我很弱智地问："你怎么知道我喝红酒？"院长说："猜出来的。"我知不是实话，但这个也没必要认真。院长问还要为那个女人演奏多少次，我纠正："是治疗。"院长说："好吧，还要治疗多少次？"我说："十次左右。"院长说："请乐师是你自掏腰包吧？"我说："我不能预知结果，不想加重家属负担。"院长说："你可以找我啊。"我甚感意外，顿了顿说："已经减免了她的住院费用……"院长说："这种带有试验性质的治疗，院里应该支持的，你何必？我不知该批评你还是表扬你。"我说："那样最好，只是……"院长摆摆手："那就这么定了。"我举起酒杯："我代病人及家属感谢院长。"

聊了一会儿杨翠兰，话题不知怎么转到他的家事，一箩筐。他女儿所在的企业倒闭了，又遇上婚变，她整日待在家里，他担心她精神出问题，想让我帮帮忙。我以为要我做心理辅导，但他说明意思，我突然愣住。我想起那张房卡，以为没人知晓我的秘密。许久才道："我不过是个医生，怎么和人家说上话？"院长说："你治好他的失眠，你去找他，他肯定给你这个面子。"在回来的路上，我曾想，如果范大同把李丁的生父抓回来，找找他，或许会判得轻些。但也只是想想，因为一切都是假设。现在我与院长面对面坐着，他的要求实实在在。院长声音低沉："听说他要调走了，这是最后的机会。"我端起杯，一点点地啜尽，斟酌着。"院长这么信任我，我很感动……"然后，我看看窗外，说，"恐怕要让你失望了。"

范大同

我找见了庞有亮曾经的两个同事。接到出警电话，我正和其中一个聊天。是的，聊天，而不是询问。我已经找过他两次，这是第三次。基本上是废话，但有价值的东西往往在废话中。这和淘金一个道理，只要有耐心，不愁没收获。庞有亮曾在元旦晚会上拉过一曲《赛马》，那人说以前并不认识庞有亮，他本人平日爱哼唱，所以散场后找到庞有亮，还给了庞有亮一支烟，谁知第二天庞有亮就不认识他了。不过也正常吧，有才的人难免古怪。我让他哼唱《赛马》，他刚唱出腔，电话响了。我说："实在不好意思，有紧急任务。"

案子有点儿特殊，死者系第二小学校长，社会影响大，市领导做了批示，要求尽快破案。局长也立了军令状。在案情分析会上，局长连鞠三躬，甚是动情。然后他又把我叫到办公室，说破了此案，我将由代理队长正式升任队长。其实，他不许诺，我也不会懈怠。

死者被扼颈窒息。显然双方打斗过，其指甲处提取的血迹非她本人。但现场只有一个打碎的杯，其余并无损毁。死者包里的钥匙、身份证、银行卡、美容卡均在，另有八百元现金。连夜从外地赶回的家属确认没有丢失其他物品。盗抢钱物，基本可以排除掉。

监控显示，死者的车进入小区不久，一个男子跑进来。死者往三号楼方向行走，男子尾随其后。死者边走边打电话，显然没注意到身后有人。男子没有任何遮挡。我注意到他的挎包，不大。如果是凶器，那就是蓄意的。两人在楼道口消失，二十四分钟后，男子仓皇离开。小李问要不要把疑犯的照片打印出来，我说暂时不用。我觉得在哪里见过疑犯，但脑里总有一个地方卡着。调看小区门口的监控时，突然记起来了。我对小李说："走，去公交公司。"

二十三小时后，嫌疑人被抓获，还没到审讯室就交代了。结果令人瞠目，亦令人唏嘘。

次日一早，我在刑警队门口看见那个老头儿。昨日抓捕嫌疑人费了些周折，嫌疑人没抵抗，但老头儿死活不让带人。他显然身有重病，不说话还喘，激动起来更是剧烈地咳嗽，脸膛紫黑，似乎随时会昏厥过去。我解释半天，甚至嫌疑人也劝他，他仍颤颤巍巍守在门口质问为什么抓人。半小时过去，老头儿没有松动迹象，我试图拖开他。岂料老头儿突然抱住我的腿，说我们一定弄错了，他娃连个蚂蚁都不敢踩的，不会做犯法的事。我说只是去问个话，稍后就放他回来。他这才有所松动，说不放他娃，他就死在公安局门口，没想到他还真来了。

老头儿一手扶墙，一手掐着佝偻的腰。喉咙卡着，他费力地咳，感觉脖子要抻断了。小李端过来一杯水，老头儿接了。他喝水的工夫，小李告诉我，老头儿早就来了，非要在门口等。

喝了几口水，老头儿呼吸通畅了些，然后被小李搀进办公室。“说话不算话。”老头儿坐定便这样质问我。我说：“你家人呢？”老头儿说：“家人让你们抓了。”我笑笑：“我来告诉你为什么。”

老头儿的反应出乎意料，半天才骂：“傻娃子！”然后冻僵似的定住。良久，脸化开，两行泪蜿蜒而下。我说：“你打车来的吧，让小李送你回去。”老头儿猛又咳嗽起来，脸由青转紫。我让小李打120，声音不高，老头儿竟然听见了。他挥舞一下胳膊，大喘着粗气说：“用不着，给我点儿水。”喝过水，老头儿缓过一些。他问能判几年，我说我不是法官。老头儿问如果他娃有立功表现呢，我说当然没坏处。老头儿提出要和儿子见面，我说现在还不行。老头儿瞪着我，目光并不凶恶，像是揣测我。我示意小李，小李去搀他。老头儿甩了甩。我说：“这不是你待的地方。”老头儿说：“我要是犯人，你就不赶我走了吧。”我笑笑：“抱歉，我很忙。”老头儿大声说：“我没说假话！”我怔了怔，盯了老头儿一会儿，说：“主动说出来，就是自首。”老头儿问如果他自首，他儿子是不是可以减刑。我说：“这是两回事，你自首可以对你宽大处理。”老头儿说：“那我不自首了。”我说：“随便你。”小李看我，我用眼神制止他。老头儿不像玩笑，我相信自己的判断。老头儿咳几声：“我快死了，宽不宽大都一样，我只盼毛头……你请示一下上级。”我说：“那你等着。”出屋，我在门廊站了片刻，打了个电话，是给岳母的。转回去，老头儿满脸期待。我说：“打了。”顿了顿说：“上级说可以考虑。”老头儿急切地问：“能减几年？”我说：“这不是做生意，不可以讨价还价。”老头儿说：“你别骗我。”我说：“还是送你回去吧。”老头儿说：“海燕电子厂。”我突然一个激灵，然后盯住他。老头儿说：“窝在心里二十多年了。”我生怕老头儿反悔，小心翼翼地问：“你知情？”老头儿神情里竟有一丝嘲弄：“当然知情，那就是我做的。”小李已经记录，我倒了杯水，让老头儿润润嗓子。

断断续续地说了近两个小时。中间，我问了几个问题。“躲了这么久，还是没躲过老天的报应。”老头儿最后说。

关系重大，我立即向局里做了汇报。隔天，两台挖掘机开进海燕电子厂南侧的荒地。电子厂连同南侧的荒地被两米高的红砖圈着，这一区域已经属于某房企，不日高楼将拔地而起。白天，老头儿被救护车拉至现场，夜晚再送回医院。虽然安排了警察轮流监守，我还是不放心，当然不是担心他逃了。扑朔迷离，关键时刻，老头儿绝不能出意外。

第八天中午时分，白骨被挖出。法医摆出一个完整的人形。身份需要进一步确认，但基本明了。做 DNA 亲源认定，庞丁和母亲必须到场。我不知怎么和庞丁说，交给了小李。这不妥，大不妥。很快，我叫回小李。必须我去。

过程我不想说了。比对结果出来，我立刻回到病房。和这个红星锁具厂前技工聊了一会儿，我话锋一转：“你说谎了。”老头儿瞪大眼睛：“都挖出来了，这还有假？”我说：“庞有亮死了这没假，但你还有隐瞒，没有全交代，我之前没问你，就是等你主动说出来。”老头儿皱巴的脸轻轻抽了一下。他说：“该说的，我全说了。”我说：“你有同伙。”一丝慌乱掠过老头儿的脸，一阵猛咳。我说：“有一点点隐瞒，那就不算自首。告诉我，同伙是谁？”半晌，老头儿抬起头：“告诉你也没用了，他死好几年了。”我冷笑：“既然死了，你为什么还替他藏着？独自担罪有什么好？”老头儿说：“钱大半归我了，我发过毒誓的。”我审视着他：“两人作案，你分了大半的钱？”老头儿嗫嚅：“他还得了别的。”我问：“什么？”老头儿说：“说了你未必信。”我有些不耐烦：“到底是什么？”老头儿说：“他娶了那个人的女人。”

庞　丁

昨天下了一场雨，冷飕飕的。花谢了，花枝已被风雨摧打得满身污泥，不成形状。半山腰的枫叶仍红得耀眼，再有个把月，枫叶也该凋落了。

车停在山脚下，我一手拎锤，一手拎锹，拾级而上。不是很陡，但拐来拐去的。台阶两侧的松树一样高，据说长到一定程度就不长了。张家口有好几处墓地，这里是北山墓地，从西太平山可以望得见。他的墓地是我选的，不在中心，但也不是角落，我觉得这个位置刚刚好。墓碑是白色的，上面两行字，黑的一行是他的，另一行没颜色的是杨翠兰的。杨翠兰说过要和他埋在一起，人过世，字才能漆黑。墓前的石板颜色灰暗，那是焚烧冥币留下的痕迹。每年我都要祭奠三次，清明、中元，还有年根的时候。这个人，我先叫叔，后叫爸，连姓氏都改了。我至今难以相信，那又怎样呢？铁证如山！所以他不能再躺在这儿了。他失去了这个资格。我脱掉夹克，抡起铁锤，狠狠一击。墓碑竟然纹丝不动。我又一锤，再一锤。终于裂开，仍然没倒。似乎有什么声音，我扭头四望。也许他就在附近，在某个树杈上蹲着。我希望他在场，让他看得明明白白清清楚楚。如果他有疼的感觉那就更好。

再次举锤，双臂却抖起来。我不知何故。终于，胳膊垂下来，还有我的脑袋。我本该咬牙切齿，本该仇恨他，可鼻子一阵一阵地酸。我稀泥一样坐在地上。脑里过电影一样，全是他和杨翠兰那些事。他做的红烧鱼很好吃，那天杨翠兰或许是太饿了，粗心大意，一根鱼刺卡到喉咙里。她吃掉两个馒头，喝了半斤醋。没什么感觉了，以为没事了。第二天她的脖子就肿了，送到医院已经说不出话。做了两次手术才把那根鱼刺取出来。他二十四小时守护，我要替他，他坚决不让。杨翠兰出院，他瘦得脱了形。自那之后，餐桌上再没出现过鱼。他对杨翠兰的好，我能说出来一箩筐。可怎么就……我知道了真相，却更加糊涂。如果不是那场车祸，他至今……他换煤气回来，杨翠兰正好走出明德北超市，两人是斜对角，杨翠兰看见他，喊出来。他本该等在那里，杨翠兰的声音似乎有魔力，他连红灯都忘了。在那个上午，杨翠兰的喊叫也毁了她自己。他是这样一个人。可他究竟是怎样的人？

本想稍歇歇，可坐下去就是半天。中午，我缓缓站起来。墓碑砸碎了，但我没有把他挖出来。让他躺着好了，虽然墓地很贵。独自躺着吧，让他。

我不能把庞有亮埋在这个墓穴。

我在东山买了块墓地，花光我仅有的积蓄。这是我唯一能为庞有亮做的。埋葬那天，范大同也来了。我和他不是一路人，来往渐少，不过，这件事我挺感激他。庞有亮不再是畏罪逃亡。

从山上下来，我走得极快，远远地把范大同甩在后面。不知为何，我有一丁点儿紧张。范大同喊我，我假装没听见，径直走向停车场。“庞丁！”范大同突然提高声音，我只得站住。“多陪陪阿姨。”范大同拍拍我的肩，转身离去。

临近中午，我去清真食府买了一斤焖丁，胡萝卜牛肉馅儿。快到明德北，又堵车了。我给贺梅打电话，让她转告杨翠兰。到精神病院已是十二点一刻。贺梅在楼梯拐角站着，嘘了口气：“总算来了，阿姨等急了，进去吧。”

“以为你不来了，”杨翠兰盯着我手里的餐盒，“那是什么？”我说：“你猜猜。”杨翠兰说：“我闻到香味了，肯定是饭。”我竖竖大拇指：“真聪明。”打开餐盒，杨翠兰欢叫：“焖丁！”我夹到不锈钢碗里端给她。她小心翼翼咬了一口，有汤滴出来，她吮了吮，咬第二口。我问：“好吃吗？”杨翠兰“嗯”一声。顿了顿，我又问：“你记得第一次吃焖丁和谁一起吗？”杨翠兰指指我。我问：“还有谁？”杨翠兰的眼珠不动了。她是想转的，但有些吃力。我忙说：“快吃吧，趁热。”杨翠兰的神情浮起一个大大的问号：“你……不吃？”我笑笑，指着墙上的二胡：“你吃，我伴奏，想听什么？”

隐 匿 者

一

我得知自己死亡的那天，领白荷逛了一趟北国。

白荷从老家赶来看我，坐了一天汽车、一夜火车，我还没来得及和她亲热。我不必像三叔和他相好那样偷偷摸摸，两人寻在一起，恨不得把时间拽长几米。我不急，白荷是我妻子，我和她可以在任何时候……还是别说了，我可是腼腆人。我想给她个惊喜。

如果你到过皮城，一定听说过北国，那是皮城最牛的商场，上下六层，每层都有几万平方米大。扎进去，分不清东南西北。第一次领白荷逛，差点儿没走出那个迷宫。当然，现在不会了，我和她直奔三层卖丝巾的地方。还是那个小妞，嘴巴翘翘的，等谁亲吻的样子。我问价钱，她荡起目光，掠过我和白荷，很快凋零了，懒洋洋地报了数。我说：

“来一百条！”小妞以为听错了：“多少？三百八一条啊！”白荷发慌地拽拽我，我拍拍她胳膊，清清嗓子，使每个字准确地落在小妞的翘嘴巴上而不是耳朵上：“两个五十，没听清？”小妞受了惊似的，眼球定了许久。我抱着膀子，看着小妞手忙脚乱。忽而，她搬过椅子，请我和白荷上坐，忽而把头栽进某个角落。白荷压低声音问我怎么回事，我说一会儿你就知道了。终于凑够一百条，我交了钱，让小妞帮我抱到楼下。小妞乖乖的。站在大街，我冲熙熙攘攘的人群吆喝几声，便分发那些五彩的丝巾，数不清的手伸过来，我听见咔咔的拍照声。白荷拧我，我没理她。我不在乎钱，要的就是这个气派。还剩最后一条丝巾，我大声说：“不送了，我要留给白荷。”我的头被狠狠击了一下。

我睁开眼，看见三叔脏了吧唧的脸悬在头顶。我欲起身，被三叔摁住，他问我做什么梦，脸都扭出花了。我抱怨三叔毁了我的好事。三叔“嘁”了一声，奇怪的是他没像往常那样说我是没出息的熊货，只会在梦中逞能。他摸摸我的头，问我怎样了。我说好多了。我想起三叔已经好几天没来，问他活儿是不是很多。三叔点头，我瞥见他眼球上的血丝，又粗又长，要涨破的样子。我鼻子突然一酸，三叔那么忙，还得照看我，谁让我嘴馋呢？吃坏肚子不说，那份差事怕也要丢了。我说出自己的担心，三叔安慰我：“年纪轻轻的，还怕找不到活儿？”我的怒气无端地卷上来，说：“全是那块猪耳朵闹的，那个塌鼻子摊主坑我，少要两块钱，我付出多大代价？这事不能算完，要和他算这笔账。”有时，我和三叔被酒烧涨脑子，会在嘴上干一些跌皮的勾当。“跌皮”是老家话，耍赖的意思。三叔没说话，绷了脸环视一圈儿我租住的小屋。墙壁坑坑洼洼，被咬过似的。正墙上贴了一张海明威的肖像，不大，是我从书店门口捡的。一次，三叔喝高了，眯缝着眼问我那老家伙是干什么的，我说他是个了不起的作家。三叔“嘁”的一声：“我咋看他都像个嫖客。”我欲辩护，三叔横扫我一眼，说我就是被这种人毁的，文不文，武不武。

三叔绷够脸，缓缓道：“算了，白日梦就别做了。”我也就是说说，我不是那样的人，三叔也不是。我说明天就能下地了，三叔似乎有一点儿紧张，再次环视一圈儿，红红的眼睛盯住海明威，问：“那老家伙是个硬汉？”我说是啊。三叔又问：“你喜欢他？”我愕然，三叔这是怎么了？不等我答，三叔说：“你喜欢他，很好，范秋，你也得做个硬人哩。”我越发糊涂，目光罩住三叔疲惫的脏脸。三叔摁住我的肩膀，声音悲沉：“从现在起，你就是个死人了。”

我弹了一下，没起来，三叔粗硬的手异常有力。我叫：“三叔，你开什么玩笑？”

三叔锁着眉头：“我哪有闲心开玩笑，你真的死了。”

我的眼睛瞪得碌碡似的，有一刹那，我觉得三叔脑子出了问题。

三叔说：“是个意外，你听我说。”

三叔在皮城建材市场趴活儿，他有一辆三轮车。几天前，一个买地板的人雇了他。住址很远，在二环外。三叔送到，并吭哧吭哧背到四楼。送是送的价，搬是搬的价，可三叔折腾完，那家伙咬定运费含了搬的钱。三叔和他吵，对方还是少给三十块。三叔很生气，没少骂娘。返程途中，一个人拦车。那时，天已经黑了。三叔开过去，又倒回来。那人想搭车。往常，三叔遇这种情况会顺便捎一程，谁还没个难处？可那天三叔憋一肚子火，说搭可以，要三十块钱。三叔想把被坑掉的钱补回。那人说他受了骗，并说只剩五块钱了，然后脱鞋，从里面掏出那张散发着脚臭的票子。三叔没看清是五块还是五毛，顺手揣了。开了一段，三叔憋尿，把车停在路边。他没看那个歪在车上的人，由于揣一张臭票子，三叔的火气没释放掉，憋得更厉害了。他边尿边骂着什么。那辆车是怎么开过来的，他现在都糊涂着。巨大的声响险些将他击倒，等他转过神儿，三轮车已经没了影。

等交警赶到并询问那个和车一样面目全非的死者是三叔什么人时，三叔说是自己侄子。三叔说他起初并不是有意撒谎，他吓坏了，不知那句话是怎么滑出嘴的。他意识到的时候，想改口，却不敢张嘴，怕交警说他欺骗，怕他也得担责任——毕竟，他拉了那个人并收了他的钱。交警并没有怀疑，又问了些别的情况，三叔都回答上了。后来的事，三叔说根本由不得他。他就像一只风轮，不转都不行。现在，一切都处理完了。车老板赔三叔一辆新车，给了白荷二十万。

我觉得数股寒气从坑坑洼洼的墙壁渗进来，不由缩了缩，想起几天前，三叔匆匆忙忙来的那一趟。他带来一大堆食品，叮嘱我不要出门，好好养病。算起来，从那天起我已经“死”了，三叔让我“死”掉了。我没了跳的力气，就那么躺着，看看对面的硬汉，再看看三叔。三叔几天没洗脸了，眼角结着脏乎乎的东西。

半晌，我用像来自另一个世界的声音问：“白荷不知道我活着？”

三叔说：“我咋能让她知道？除了你和我，没人晓得。”

我说：“怎么也得告诉白荷啊。”

三叔说：“现在不行，以后慢慢对她说。女人不经事，她装不出来，一露馅儿，窟窿就捅大了。”

“难道窟窿还小啊？”我无力地削了三叔一眼。

三叔说：“她对得起你，哭得泪泡似的，还昏过去两次。”

我颤声问：“她这会儿在哪儿？”

三叔说：“在宾馆歇着，明早我陪她回，把那个骨灰盒带回去，顺便埋了。”

我不知哪儿来的力气，腾地坐起来：“我去看看她。”

三叔推我一把，恼怒道：“你疯了？你要吓死她？我说半天你没听懂？你已经死了，从现在起，哪儿也不准去，老实在屋里待着，等我回来。”

我说：“我害怕，坦白吧，把钱还了人家。”

三叔说：“没那么简单，开弓没有回头箭。就是现在认了，逃得了干系？我和白荷都得坐牢。我倒愿意替白荷顶着，谁信？到时候，你也得拽进来。将错就错，好在咱没杀人，那人是撞死的。”

我说：“那个人的家属不找他？要是找到头上呢？”

三叔“嘁”的一声：“亏你比我多识两个字，怎么跟猪脑子一样？失踪的人多了，这么大个城市，谁知道失踪的人哪去了？咋会找到咱头上？”

我担心地说：“要是熟人知道我没死，走漏风声……”

三叔说：“先躲一阵，过个三年两载，谁还管你死没死过？你以为你是什么大人物？满街窜的都是你这样的熊货。”

我仍不甘心，埋怨：“你咋能让我死呢？”

三叔粗声粗气：“死的不过是你的名字，一个名字，白白换二十万。”

我说：“不就二十万吗？”

三叔眼球往外突起，红色的目光锉我许久。“你一年挣几个钱？多少年能挣二十万？那些钱……”三叔顿顿，声音悲沉，“都是你和白荷的，我没打算花你一分。凭良心说，我做梦都巴望你过好呢。”

我叫：“三叔，我不是怀疑你咋的……”

三叔说：“我自个儿怀疑自个儿。这几天，我老是犯疑惑，我这么做，到底是图啥呢？”

我的怨气突然荡尽，哽咽道：“三叔，你是为我好。你的好，我记着呢。”

三叔说：“收起你的破尿，像个硬汉样儿，现在不是说这话的时候。我讲的你都记清了？”

我像个硬汉大声说：“记清了！”

三叔舒口气，皱纹展开，脸更脏了，像刚刚施过肥的地。三叔说：“没有做不到的事，只有想不到，咱也是歪打正着。你别有心理负担，这事比杀人放火强几百倍，退一步说，就算将来有什么事，我一个人兜着。不过，能有什么事？我倒是担心你有了钱会不像个人样，那样我就是戳瞎眼也不能原谅自己。”

我保证：“我不会的。”

三叔说：“那就好，咋说你识文断字的，不会做出有辱祖宗的事。我得走了，白荷还没吃饭。每天都是我逼她，她才咬那么一点点。她都脱了形，可怜了她，不过，干什么没代价呢？”

我嘱咐三叔，三叔说：“我会照顾好她，你操心自个儿就是了。”

我欲送三叔，三叔右手劈了一下，我便站在那儿。

少了三叔，小屋突然变得空阔，我感觉自己站在苍远的草原，四顾茫茫。直到摸住墙，才确信自己仍在不足十平方米的小屋。我死了？我自问，不会在梦中吧。没错，我死了，顶替一个人死了。三叔的话还在耳边绕着。死就死了吧，又不是故意的。三叔的话不是没道理，这比杀人放火强几百倍。二十万，确实不是小数目，我需要钱。我触到墙上那束硬扎扎的目光，慌慌躲开。身体说不清的部位隐隐疼着，持续了一会儿，我便适应了。我嘲笑自己，读几本小说，充什么大尾巴狼？我不过是街上乱窜、四处觅食的熊货。遭过多少白眼？现在，我是有钱人了，二十万就这么突如其来地砸我头上。肚子适时叫了一声，我撕开堆在小桌上的食品袋，狠狠往嘴里塞。突然，苍白的、脱了形的白荷滑出来，我停止咀嚼，狠狠地在鼓囊囊的腮帮上掴了一掌。

二

四天后，三叔返回。他替我在二环边上租了房，我又搬了趟家。好在没什么东西，除了行李，就是简单的生活用品，几本我从地摊儿上买的盗版小说。我没忘了墙上那幅发旧的肖像，撇下他不大地道是不？新租的地方说是村子，但都是二层楼，二楼基本出租给外地人。陌生的地方，陌生的面孔，适合我。其实，原先的地方并没有谁认识我。谁愿意认识我呢？三叔这样做，不过是让我更加放心。

家里那边，三叔说已安顿好了。我清楚安顿的含义。那个骨灰盒埋在我爹娘旁边，整个村庄都晓得我死了，也都晓得白荷得了二十万。我问三叔是不是从此不能回村了，三叔“嘁”的一声：“村里有什么好？你不是做梦都想变成城里人吗？”我无话可说，我和三叔的梦没什么不同。不过，三叔又安慰我：“过些年，你想回就回，谁管你的烂事？现在不行。”

皮城没几个人认得我，但毕竟有，我和三叔不约而同想到赵青。赵青和我一个村，在皮城收废品。我来皮城二年，只碰到他一次，但三叔没少撞见他。三叔告诫我，除了买饭，不能轻易出去，不怕一万就怕万一。三叔不让我再去找他，每个星期他会来看我一趟。三叔说，过几个月，确信没什么问题，我可以在附近找个不经常露面的活儿。

我开始隐居。每天黄昏，下一次楼，在小摊上吃过饭，同时买上第二天中午的，在一些僻静的街道转一圈儿，再溜回屋。除了睡觉，就是读小说。除了地摊儿，我还从一个废品收购点买了几本书，都很便宜。杀人的、盗墓的、偷情的，五花八门。我爱看小说，不然咋认识海明威呢？我喜欢他，可能与我的懦弱有关。我承认，每次外出，我的坦然是撑出来的。我没了过去的轻松，可三叔说得对，什么没代价？三叔每个星期来一趟，带一些让我放心的消息，像过去一样咂巴几口酒。

我读小说，喜欢是一个原因，也想借此分心。我惦记着白荷和女儿。女儿刚刚四岁，上次白荷来看我，女儿都认不出我了。女儿晓得我死了吗？白荷一定瞒着她吧？不知白荷现在是否还伤心，是否仍吃一点点？那可不行，长期下去怎么受得了？还有那些钱，三叔说已存银行，不知白荷是否把存单藏好，那可是我的"死亡"换来的。某天夜里，我梦见两个蒙面人闯进家，逼白荷要二十万，白荷不给，其中一个抽出刀，猛刺过去。我惊叫一声。从梦中跑出，心跳得水泵一样。我做过各式各样的梦，吃香喝辣的，路见不平的，英雄救美的，也做过不少龌龊的梦，睁开眼，就丢到脑后了。可那个夜里，我仰天躺着，一遍遍追忆着梦里的过程。天亮的时候，我总算放弃。但另一个问题勾起我的好奇：二十万有多厚？我光腚跳下床，抽出书，一本一本摞上去，直到把所有的书摞完。有这么高？不可能吧，我又慢慢地往下撤，撤一本心疼一下……太薄了，又往上加。反反复复，折腾到中午，仍未搞清。忽然触到墙上那束硬扎扎的目光，我被咬了似的，慢慢蹲下去。

那个周末，三叔没来。我想可能是太忙，换了新车，他比过去揽的活儿多了。秋天就要过去，这是装修旺季。或许一两天，他会突然撞进来，别看他五十大几的人，精神得像愣头青，我饭量不如他，酒量不如他，掰手腕很少有赢的时候。三叔曾一次吃掉半颗猪头、两个猪蹄。可半个月过去，三叔仍没露面。我突然有种不祥的感觉，三叔莫不是……我打个寒噤。

我沉不住气了。三叔不让我找他，特殊时候他的话就成了泡沫。三叔住尖岭，是个城中村。我没敢坐车，两个小时怎么也走到了。数日没上街，看见什么都新鲜。水蛇一样扭来扭去的公交车，眼珠子一样吊在空中的霓虹灯，勾肩搭背的情侣。可惜没工夫细看，我急急窜行，不好的念头轮番上演。

我悄然走进那个大院，几间屋子亮着灯，但东边第二间黑漆漆的。我的心迅速下沉。我不知怎么走过去的，怀疑自己戴了脚镣。眼睛有湿乎乎的东西往外渗，我像硬汉一样抹了抹，猛地一甩。屋里有声音，我屏息侧耳，不错，是三叔和一个女人的声音——我猜出她是谁了。

"哎呀，瞧瞧你的肚。"

"谁让你带那么多大饼。"

"我没让你吃完呀。"

"那算啥，我过去吃过半颗猪头、两个猪蹄。"

三叔逮住机会就吹嘘他的饭桶战绩。放往常，我肯定要笑歪嘴巴，但那一阵，我愤怒得双目欲裂。三叔没时间看我，却有时间和女人睡觉，我提心吊胆，他却在寻快活。还吹，吹个鸟！我猛地拍一下窗户，又朝门踹几脚。灯亮，我转向就跑。为什么要跑？为什么不当面质问三叔？我不知道。越过两个路口，我慢下来，看见拐角的烧烤摊儿，毫不犹豫地走过去。要了一把肉串、两瓶啤酒。夜凉了，没多少人。我前面的桌围着四个青皮，其中一个正吹嘘他打架的经历。我和三叔也在烧烤摊儿上吃过，三叔说钱不能乱花，但也不能过于委屈自己。那次，旁边一个青皮膀子上刺一条龙，三叔压低声音告诫我，这种人绝对不能惹。我和三叔灌完，匆匆离开。现在，我不着急，慢慢悠悠咬着瓶口。我甚至想喝到天明。我侧面是一个汉子，不时瞄我一眼。有几次，我和他对视在一起，每次总是我先避开。可能是这冷然的目光使我想到自己的处境。汉子是什么人？为什么这样盯着我？两瓶酒不知不觉就光了，我斜视一眼，汉子仍在喝。我结了账，走出好一段方回回头。没人跟踪我。

其实，在回去的路上，我已经原谅了三叔。三叔没娶过媳妇，我很小的时候就晓得他与一个女人相好。父亲在世时总骂三叔是“讨吃货”，还一度要与三叔断绝关系。三叔被捉奸在床，父亲没有按要求去赎他，三叔的屁股被划了一刀。可三叔不记仇，父母过世后，是三叔养了我。那时，我刚上高中。三叔说只要我能念出个牛鞍鞍样，他卖血都行。我几乎哭出声。三叔没手艺，跑镇上帮人杀猪。他吃半颗猪头、两个猪蹄其实是打赌，对方输了，三叔算是白吃，他自己哪儿舍得？正是我用钱的时候。我沉迷小说，什么也没考上。三叔只说过我一句“命里没有折腾也白折腾”。没有三叔帮衬，我怕是要和他一样在世上赤条条走一遭了。我不知三叔在我念书期间找没找相好，反正我没听说。城里这个相好，三叔并没瞒我。我见过那个女人，又粗又壮，头发却稀稀拉拉，是个卖大饼的。

我有什么理由生三叔的气？我的事重要，三叔的事就不重要？我后悔踹那几脚，别把三叔吓出毛病来。

快到住处时，我看见前面的黑影和一闪一灭的火星，明白三叔追来了。他没说话，我也没说话。我打开后门——房东走前门，租住者走后门——上楼，进屋。三叔跟我身后，呼吸声牛一样粗重。

我坐床沿上，歪过头。三叔死死盯着我，直到我不得不抬头。他脏兮兮的总是洗不干净的脸被豆子摁过似的，一些地方洼下去，一些地方凸得很高。

“喝酒了？”

我含混地“嗯”一声。

“踹门挺过瘾？”

我不答，心里虽愧，却不愿让三叔看出来。

“半夜往外跑、喝酒、踹门，你出什么洋相？”三叔声音陡地变高。

我又偏过头，那张脏脸竟有些恐怖。

“说呀！”三叔吼道，似乎意识到深夜，突又低下去，“为追你，我差点儿就报销了，一辆破摩的，跑得比奥迪还快，妈的！”我马上问是不是剐着他了，三叔说差两厘米，亏他反应快。“你别惦记我，少让我操心就烧高香了，你说你黑天半夜的，乱跑什么？我知道你等我，可这一段实在忙得不行，本打算今天来，偏巧那女人给我送大饼，我也是个人是不是？这女人对我死心塌地的，我打算给你找个三婶哩。”找三婶也是我和三叔酒后的重要话题，他的梦想之一。我说了自己的担心，三叔说：“能有什么事，我看你看书把脑子看坏了，胡思乱想，除非你自找。”三叔说幸亏大饼女人不晓得我出事，不然——三叔重重刺我一眼，将后果的悬念留给我。

我急于打听白荷的消息，三叔说白荷好得很。三叔铿锵有声，我反而犯疑，可三叔是我信息的唯一来源，除了三叔，我又能向谁打听？我要具体点儿的，三叔说：“行啊，我把她每天吃什么饭都给你搞清楚。”

但三天后——准确点儿说，是两天半——三叔把我从梦中摇醒。我马上意识到有麻烦，不然他不会扔下生意不干，大白天过来。果然是劈头盖脸的消息：有人张罗给白荷介绍对象。我被劈蒙，眼睛雾罩罩的，不才两个多月吗，她就急着找男人？三叔说：“不是她急着找，是别人踢破门槛给她介绍。这也正常，甭说她有二十万，就是一分没有，没女人的那些家伙也会打主意。”我问：“她答应了？”三叔说：“没有，不过……她可能顶不住。”我死盯着三叔，三叔躲闪一下，摸着脏脸说：“可能她和人见过面了。”什么可能？肯定是。我质问：“你早就知道是不？干吗不早说？”三叔说他是知道一点点，本来以为白荷回绝一个，就不再有人登门，谁想……我往外急走，三叔一把揪住，问我干啥。我说：“我要回去，必须回去。白荷都要嫁人了，我还藏个什么劲儿？”三叔也很生气，说：“你是死掉的人，怎么能回去？”我说：“我没死，是你让我死的，那钱我宁愿不要。”三叔骂混账，狠狠一摔，我倒在床沿。我欲扑起，三叔死死将我抵住，他的脏脸涨得像一面锅盖。他骂我浑球，我这样是拽白荷下枯井。三叔的眼球突起：“你以为这只是你我的事吗？”

我蔫下来，也冷静了许多。我问三叔怎么办，三叔说他过来就是和我想办法的，我却像个小公马，又踢又咬。勾了会儿头，我让他回村，把白荷接来。三叔说：“我也想过，就怕她不出来，她凭啥和我出来？你要有个三婶就好办了。”我说把一切都告诉她，三叔皱巴一会儿脸，说：“也只能这样。我带她走，怕是瞒不了别人的眼，我的名声……反正我名声也好不到哪儿去。”我热热地叫声“三叔”，三叔白我一眼，说：“我算毁你小子手上了，别高兴得太早，白荷来有来的麻烦。”

三

白荷带着女儿和家当进城了。

我没兴趣讲和她见面的过程，也毫无必要。但有一点我不得不提，那不是我想象中的生死重逢，灌满我皮囊的不是兴奋，而是悲凉。白荷何尝不是这样？她流了不少泪，却不是喜极而泣的那种——或许，在漫长的旅途中，她的惊喜已消耗殆尽。她瘦了，但并非如三叔形容的脱了形，她的头发明显不久前修剪过，发梢不再齐整，而是叉出数个燕子尾巴。我为什么在意这些？我边骂自己浑球，边想象她剪发时的神情。

那晚，直到女儿总算困得合上眼皮，我和白荷方碰在一起。女儿又不认得我了，我同意三叔的提议，让女儿叫我叔叔。女儿对我这个叔叔似乎怀着警惕，总想抓我的脸，怎么讨好她都不行。白荷悄声说过两天她就习惯了，我好一阵怅然。

我和白荷小心翼翼地摸着，不只怕惊动女儿，更怕惊了别的什么——桌子、水壶，甚至覆盖在身上的黑暗。之后，我和她久久地躺着。揣了一肚子的话，不知飞哪儿了，我搜刮半天，方寡寡地说："累了吧。"白荷说不累，往我身边偎偎。我说："吓着你了吧？"白荷似乎要拧我一把，手触到我的脸，又胆怯地缩回去。她的声音湿漉漉的：“没你，我和女儿可怎么活呀。”我说：“我没了，也要让你活得好好的。”白荷猛地捂住我的嘴，又烫了似的抽开。我说：“这下好了，咱们不用分开了。”白荷说她有点儿怕，还哆嗦一下。我安慰她一番，尽管我的心也在半空吊着。

白荷一来，我出去的时候更少了。三叔领她买了趟电视，杂七杂八的事她自己就能跑了。当然，也没什么特别的事，不外乎吃饭穿衣。没有胡吃海花过，真的，我向老天爷保证。大部分时间，白荷待在家中，一般是她陪女儿玩耍、看电视，我看小说。我和白荷团聚了，比在一起更在一起——世上有多少对夫妻日夜相守？可是，我一点儿没高兴起来。以前是我一个人躲，现在一家子躲。除了对自己死者身份的担忧，心上还多了些疙瘩。自听到有人给白荷介绍男人，疙瘩就长出来，仿佛我的肉里一直埋着那样的种子。

我始终躲着那个话题，可那天晚上，我没躲开——抑或，我一直等待着机会？那天，白荷说起村里一个姑娘买嫁妆，被小偷掏了。我某个部位突然被刺中，“嫁”这个字让我疼。白荷似乎意识到，忽然不说了。我追问，她搪塞。她越这样，我越绕不开。于是，我直奔主题，问给她介绍的那些对象都是什么人。我把“那些对象”咬得很重。白荷明显痉挛了一下，警惕地问：“问这干啥？”我故意笑笑：“随便问问嘛，还保密？”白荷说不记得了，又说这不是她的错，她没让谁介绍，是那些不要脸的人非要登门。白荷不解释倒罢，一经解释，我反没了任何顾忌。不是她的错，为什么要解释？我也知道不是她的错，可是——我是不是很无耻？——我问那些人看中的是她，还是她手里的钱？白荷终于生气："我怎么知道？"我说："你想呢？"我不怕她生气，不过是随便说说嘛，她干吗不愿意提？白荷一句"不清楚"打发了我。

白荷背转身。我关上嘴巴，脑子却敞开了。如果我真的死去，现在躺白荷身边的就是另一个男人。白荷给他做饭，和他睡觉。女儿喊他"叔叔"或"爸爸"，他照样能逗乐她。恍惚中，我飘起来，像海明威一样贴在墙上，看着躺在白荷身边的男人。我就这样死死地盯着他。一阵冲动，我跳下去，狠狠扇他一掌。

白荷陡地坐起："你干啥？"

我摸着自己颤动的脸："不干啥。"

从那晚起，白荷便小心翼翼的，似乎什么都看我眼色。我恼怒地自问，干吗这样？干吗把我的白荷逼成这样？我死了，难道还不让白荷嫁人？我什么时候变得这样自私、阴暗？我鄙视自己，墙上那束硬扎扎的目光也含了轻蔑。但是，我就是管不住自己。那些折磨我的问题仍张牙舞爪。老子不是还考验自己的女人吗？不是因为女人嫁人他才骑青牛出关吗？我问问又有什么不可？白荷为什么怕问？

仍在女儿睡觉之际，我主动出击。当然，我一副不经意的样子，问她见面的那个男人长什么样。她不承认，我冷笑，三叔都知道，她能不知道？她忽又“哦”一声，说二姨没打招呼就带个男人上门，真是臊死了。我淡淡地说：“没啥，人总要活下去的。”她的声音淌着委屈：“真的不怪我。”我说：“我并没有怪你，我不在了，你找个好人家也是我的心愿。”她求我不要再说了，可怜兮兮的样子让我难受。我艰难地咽口唾沫，连同嘴里的杂物。

和女儿的关系似乎也有点儿问题。她和我混熟了，叔叔长叔叔短的，她叫一声，我的心就酸那么一下。也许从开始就该叫爸爸，我们太小心了。现在改口更不妥，可……叫到什么时候呢？三叔说叫什么无所谓，我也那么想过，现在觉得没那么简单。

那天白荷出去买菜，我逗女儿一会儿，鬼使神差地问她：“你爸爸呢？”

女儿说：“出门了。”

我问：“出门干啥？”

女儿说：“挣钱。”

我问：“谁说的？”

女儿说：“妈妈。”

我问：“爸爸挣钱干啥？”

女儿看我一会儿说：“买好衣服。”

我问：“爸爸好不好？”

女儿说："好！"

我问："爸爸好，还是叔叔好？"

女儿看着我，黑眼珠亮亮的。

我说："大胆说，你说了，叔给你买好吃的。"

女儿说："叔叔好！"

我突地横下脸，做个抽打的动作，女儿哇地哭了。直到白荷进来，女儿还在抽噎。白荷什么也没说，狠狠地瞪我一眼。

我怎么会这样？我胆小不假，可不是小肚鸡肠的男人。什么时候我的心被尘土塞满了？我为什么用自己的不痛快刺白荷，让她和我一样不痛快？

或许与两个人日夜厮守有关，单调的日子没什么可嚼，就琢磨着闹别扭。我萌生了找活儿的念头，这么藏着不等麻烦登门，自己就出问题了。三叔没有以前那么能来了，但半月二十天总要跑一趟。他那张总也洗不净的脸成了平安的信号旗。三叔再次登门，我还没张嘴，白荷抢先说了。她与我的想法一样，找个活儿干。她和我想到一起了，她害怕或腻烦与我关在笼子里。只是，她为什么不和我通气？我不满地刮她一眼，说找活儿也是我去。白荷说："你不能去，反正，没人认识我。"我粗声道："你以为这是什么地方？活儿在大街上等你？"我毕竟在皮城待了两年，知道难处。一直不吭声的三叔举起酒瓶："我喝酒容不得别人拌嘴，想让我醉呀？”我和白荷沉默，三叔的话却像撕裂袋子的豌豆。他吹嘘几天前打赌的经历，连吃五碗面条，还要吃第六碗，和他打赌的家伙吓坏了，认输不说，还掏了二十块钱。白荷眼睛瞪得茄子一样：“三叔，你不怕撑坏？”三叔不屑地说：“这算啥？我吃过半颗猪头两个猪蹄哩，就是现在，一顿也得一张大饼，你三婶——”白荷的茄子晃了晃：“三婶？”三叔说走嘴，自嘲地笑笑：“还没成呢，改天让你见见她。不说她了，咱说正事。我为什么喜欢打赌？喜欢白吃不假，主要是有赢的把握，我能掂量准自己的肚皮。你们的想法没什么不对，金山银山也经不住坐吃，可现在还不是时候。现在不过八成把握，等有了九成，想干啥都行。”

我问什么时候有九成把握，三叔说：“过了年，现在就算找个活儿，能挣几个？莫要因小失大。”三叔不明白我不愿躲的原因，我自己也不敢说真正明白。别看三叔没文化，但正如他所言，他里外都磨出油了，我虽说识几个字，青得很，因此许多事我都听三叔的。但在这个事上，我不想听，我突然想和三叔拧着干。我不能对不起墙上那束硬扎扎的目光，我为什么要一而再再而三地听三叔的？

三叔没说动我，霍地站起，说我上天他都不管了。走到门口，他想起什么，把杯里剩下的酒一饮而尽，掉头离去。

白荷责怪地剜我一眼。

我不在意三叔的翻脸，相反，奇怪的快意涨满胸口。我像三叔一样饮尽剩下的酒，不顾白荷劝阻，大步下楼。

我转了一圈儿，出了街，一直走到二环。夕阳像捏碎的蛋黄，稀稀拉拉地流到地球另一端。我没醉，却像个醉汉一样摇摆。雾罩罩的空气涂抹着我的鼻子、脸颊。我拐上斜出来的一条路，黄昏稠稠浆浆地浸过我的头顶。我突然想起几个月前那场车祸，我不知具体位置，是不是就在这条路？那片杂地是不是三叔撒尿的地方？那个人，我顶替他死的那个人始终模模糊糊，此时竟在昏暗中凸出一个瘦长的影子。我蓦地站住，感觉自己正跟着他走。他要把我领到哪里？不，我慌慌地抹抹额头，掉转方向，飞奔起来。黑暗被我撞得稀里哗啦，鱼鳞般乱溅。

终于看见灯光，我慢下来。仍心悸地回回头。甩掉他了，长舒一口气。就是从那晚，我反复做一个奇怪的梦。我的身体被旋出一个小孔，风从小孔穿越，呜呜地响。

四

我仍然记得白荷看见我的样子，枯白的脸，被冰雹袭击了的目光。一枚锋利的东西嵌进我并不发达的肌肉。我淡淡地说：“没什么事，憋得够呛，出去跑了一遭。”她不停追问，显然怀疑我。“你这么不放心，下次跟着我好啦。”我粗暴地阻绝了她。我明明心疼她，为什么不换一种方式打消她的疑虑？我不知道。白荷拾起我换下的衣服，泡在洗衣盆里。我看着她将粗糙的手浸在冷水里，捞出，再浸入……她机械地重复着这一动作。我忽然想说什么，那句话跑到嘴边却又飞掉，我不知说什么，就那么看着她。

隔天，三叔上门。他琢磨过了，这么长时间了，该有事早有了，我找个活儿干也好。白荷问是不是再等等，三叔“嘁”的一声：“天塌下来我顶着！”我没料三叔转得这样快，其实，我没起初那样坚定了。但三叔这样说，我不能再退缩。三叔不让我出去瞎碰，他先帮我找找。我的第一份活儿就是三叔找的。二十天后，我成了居美家具城的守夜者。居美家具城与建材市场一条街，三叔说费老鼻子劲了，他指着脏脸上突起的眼球说：“晓得吧？陪帮忙的老李喝酒，眼都喝出血了，你可得好好干哟。”不像别的地方，家具城守夜不能自由出进，每晚我被关进去，第二天早上他们打开门我才能出来。三叔确实费了心思，我等于被关进封闭的箱子。不过，也合我意。没人打扰，正好安安静静看小说。午夜，我巡视一圈儿——门锁着，又有什么可巡视的？这个差事像专门为我准备的——在躺椅上迷糊一会儿。按规定，我不准睡觉，可谁半夜查岗？

白天，我补一觉，帮白荷干点儿什么。不用再小心翼翼地躲藏，我不那么堵了。我竭力忘掉我“死亡”的那段日子白荷所做的一切。如果我真到了另一个世界，还能管住白荷吗？我没理由怪她。我鄙视和愤怒自己对心爱女人的清算。但是，我总觉得白荷眼睛深处除了担忧，还隐了些别的什么——似乎，她的某个角落对我封闭了。还有，我不时地想起那个人，那个面目模糊、背影清瘦的人。不过稍一停，我就像写错字一样，毫不客气地擦掉。

转眼就是夏天，开过花的红叶李放肆地生长着，一树肥叶缀满金色的阳光。我不再那么小心，像正常人那样出入商铺药店，甚至带白荷和女儿逛了两趟公园。由于守夜的关系，我和三叔见面反而少了，他只在阴雨天过来。带不来消息便是最好的消息。喝酒是我和三叔的重要内容，也是我报答他的最直接方式。被鸡爪踩过的脏脸洇了酒意，便吹嘘他的饭量——白荷不得不准备很多，或奚落墙壁上的人，我不知三叔为什么看海明威不入眼。

遗忘总是有个过程的，对不对？就像树木的生长，需要数个春夏秋冬——如果没什么意外的话。

那天，我半躺着翻阅一本缺了页的小说。买的时候没细看，不知哪个缺德鬼干的。我只得靠想象连接断开的故事。白荷带女儿出去了，她已经喜欢上这个城市。弥接故事，很辛苦，但也有一些乐趣。我口干舌燥，竟不愿动弹。

白荷几乎是撞进来的，我觉得床颤了一下。

“慌慌张张的……”我说半句便收住，白荷脸色涨红，鬓角处头发湿漉漉的。她把女儿往床上一搁，迅速掩了门，舒出一口气，方看着我，那目光让我想起被驴啃过的青苗。

“出什么事了？”我失去耐性。

“我……渴。”白荷说着捂捂胸，仿佛那里长了无数张嘴巴。

我跳下地，倒杯冷水。我突然渴得更厉害了，但是忍住没喝。

白荷喝水的样子像三叔，有一半流到嘴外。甚至她的动作也像，草草地抹抹嘴巴。“还好，”声音是她自己的，“我碰见赵青了。”

我眼睛猛地一涨，生气地说：“你碰见他干啥？”

我急得失去理智，这话太没道理，但白荷被我吓住了——她还未从惊恐中醒过神儿，不安地说：“不是我要碰见他的，我在那儿等车，恰好让他看见。”

我说：“行了行了，他和你说什么了。”

白荷说：“他硬要送我，我没让……我甩掉他了。”

白荷鼻尖吸着一枚汗滴，晶莹透亮。

楼道内传来“白荷、白荷”的叫喊，白荷和我对视一下，脸色骤变。“他跟来了……怎么办？我插住门，不让他进来。”她自问自答。

我说：“不行，他会怀疑，我先躲躲，你应付他。”匆忙嘱咐女儿几句，我贼一样钻到床底。

几分钟后，赵青的声音随着杂沓的脚步声进来："我没打算过来的，后来一想，我连个地址也没给你留，万一你有事找我呢。一个村出来的，在城里就算亲人了，你别见外。"

白荷小声说："我没见外。"不知白荷窘迫成什么了。

赵青责怪："还没见外？这么远的路，你非走着回来，我好歹有三轮嘛。"

白荷说："我走惯了。"

赵青说："还是见外吧，可别这样。听说你来城里了，我早就想打问打问，一直没碰到范秋三叔。"

白荷给赵青倒水。我张着嘴，渴得舌头要冒火苗了。我生白荷的气，和他啰唆什么？三叔说赵青这几年攒下钱了，他小偷小摸的把式在城里派上了用场。我和他没什么往来，倒不是瞧不起他——在皮城，这似乎算不上毛病，说长处可能更准确——而是没话可说。

赵青说："地方蛮不错嘛，范秋三叔帮你找的？"

白荷蜂鸣似的"嗯"了一声。

赵青说："范秋三叔人倒不坏，不过，你也得长个心眼儿，这年头！"

白荷说："你喝水。"

听见赵青咽水的声音，我的嗓子剧烈地绞痛。他似乎没走的意思，问白荷找活儿没。白荷说没，赵青说："是啊，孩子小，反正你也不缺……只是一个人，怪不容易的。"

白荷说："习惯了。"

赵青伤感地说："意外谁也料不到。"

白荷没答，我听到她拾弄盆碗的声音。我猜出她的意思了，赵青还算识趣，终于要走了。他留下地址、电话，说白荷有什么活儿尽管找他。白荷哎哎道，杂沓的脚步声渐渐远去。

我钻出来，像三叔和白荷那样狂饮不止。

白荷在我身后说："你慢点儿，他走了。"

我灌饱，方恼怒地训斥："干吗那么客气？"

白荷怯怯地看我一眼，委屈地说："总不能马上撵他走吧。"

我骂："这个没皮脸的货。"

白荷问："怎么办？"

我说："还能让他吓住？不理他！"

白荷问："万一他再来呢？"

我说："不至于吧，他来干什么？又没酒菜给他备着，就算他来，大不了我再钻一回床底。"

白荷问："要不要告诉三叔？"

我也正想这个问题，可是白荷先说出来，我甚是反感，我不能让三叔的脑袋总是插我脖子上。

白荷阴郁着脸，吃饭时再次解释，真是不小心碰上的，她以后不上街了。我只好拿宽话安慰她："大不了咱再搬一次家。”白荷说现在就搬吧，我说交了一年房租，退不出来，搬也得到期搬。

我宽慰着白荷，心里其实直敲鼓。那一夜，我没看书，巡游神一样从一楼转到三楼，从三楼转到一楼。赵青会不会这个时候敲白荷的门？白荷会不会禁不住他敲而打开？我甚至有回家瞧一眼的冲动。但走不出这个封闭的大屋，只好烦躁不安地巡游。清早回家，白荷和女儿完好无损，我松口气。暗怪自己胆小。我搬出三叔的话，天塌不下来。

白荷果真不再上街，除了偶尔买买菜。这和掩耳盗铃没什么区别。可是，我说什么好呢？这个女人承受着从未承受过的压力。

十几天后，我从一个废品站买了几本旧书回来，看到门口焦急张望的白荷。白荷边跑边冲我挥手，到了近前，她紧张地告诉我，赵青来了，我得躲躲。我的心迅速沉落，没好气地说：“他怎么又来了？”明明不是白荷的错，我却是责备的语气，仿佛赵青是她邀来的。白荷急道：“快走呀，小心他出来。”我走开，白荷的叮嘱隔着老远扔过来。

躲到什么地方去呢？似乎什么地方都有被赵青发现的可能。我绕开村子，一直往西，远离皮城，也就远离了危险吧。我不知赵青跑过来干啥，他比我大十多岁，他是有家口的。可是，这能证明什么？我急急地走着，明知赵青不会追来，还是停不住，稍一慢，脑里便是赵青站在屋里的样子。我只能用疾走驱逐他。

无路可走，我站住。日已西斜，回头望去，一片苍茫。我甩掉了赵青，也甩掉了皮城，甩掉了整个世界。一只突然脱笼的鸟，自由了，但是往哪儿飞呢？我甩掉皮城不假，同时也甩掉了白荷和女儿。对了，家具城要关门了，我不能误了。我撒腿往回奔。我走出太远，实在是太远了。我是被拔光羽毛的鸟。我大汗淋漓，气喘吁吁地奔到家具城，大门刚刚锁上。我好一通解释，才得以被关进笼子。那是我的安全所在。

次日，我竟没有急着回去。我不知自己耗什么，又较什么劲，或许是害怕什么。白荷迎上来，失魂落魄的。我又是心疼，又是恼怒。白荷毫无隐瞒地告诉我赵青来干什么，说了哪些话。我想她不会隐瞒，可是她隐瞒了，我怎么知道？我瞅着地上那捆已经发蔫的菠菜，这是赵青上门的缘由。我踢踢，丢到门外。白荷怯生生地看我一眼，捡起地上的一片叶子，扔出去。

我一声不吭。白荷突然说："他再来，我不给开门。"

我说："解决不了问题，看样子，他是盯上你了。"

白荷惶急地问："怎么办？"

我说："只好换个地方。"

白荷担心地说："要是他再找见呢？"

我的目光猛地甩过去，白荷被抽疼了似的，小声道："我是怕……"

我说："怕什么怕？他还能把皮城跑遍？"

白荷说："让三叔帮着找房。"

我恼火地说："我找得见！"

难道离了三叔，我连房也租不上了？或许我不该对白荷粗暴，不该迁怒于三叔。但我应该怎么做？谁能给我一个明白的答案？

那几日，我不再困觉，四处找房，终于在南二环边上问了一处。竟然被一个乡邻逼得搬家，有些窝囊不是？搬家前一天，我收拾了几本没有留用价值的书，打算卖掉。我下楼梯，一个人正上楼梯。我和他就这样对视在一起。我躲不掉，他也逃不走。他惊骇着，椭圆形的眼睛暴突着，随时都有碎裂的可能。

五

三叔险些将我骂成泥浆。他嫌我不和他通气，蚂蚁背大象，死撑。赵青第一次来，当天就该搬家，但我错过了。我不吭声，并非不敢和三叔顶嘴，而是挨骂的感觉不可思议地痛快。此时，如果白荷或赵青骂我，或许我都会张开耳朵。白荷不安地站在三叔身后，三叔喝一口，她马上续满，不知想讨好三叔，还是要把三叔灌醉。我忽然想，如果我真到了另一个世界，白荷还会不会这么怵三叔？三叔还敢不敢对白荷吆三喝四？她和三叔会是什么样的一种关系？三叔会把那二十万全部给白荷吗？三叔和白荷要是吵闹了，我会站在哪一边？我是不该这么想，如果没有这档事，我永远不会把自己想象成一个亡灵。我不是故意要想，而是控制不住。

三叔骂了一阵，态度忽又变了，说一个赵青不必放在心上，这事不碍他，他未必能咋样，只要不得罪他就是。三叔“嘁”的一声：“天塌不下来，塌了我顶着。”三叔甩着头，吃了酒的脏脸甚是悲壮。白荷哆嗦一下，酒洒了。三叔忙伸手蘸了，吮吸几下，对我说：“你倒是说话呀，别只在脑里做事。”我说：“你这么大脾气，我哪儿敢呀。”三叔嘴咧得老大：“你倒是有怕性，不过……”他往墙上扫一眼，似乎很矛盾的样子，“你是该做个硬汉哩。”

没了搬家的必要。我仍在那儿住着，每天晚上仍准时被关进那个封闭的空间。我和三叔请赵青吃了顿饭，用三叔的话说，给赵青喝点儿甜甜水。赵青提到车祸，三叔懊恼地说：“搞他妈错了。”然后指着我说：“这小子和我闹别扭，悄悄去了大同，我以为他被撞了，我这双老眼，认错尸了，你说冤不冤，把个没名没姓的家伙埋我家坟地了。”赵青眼睛放着贼光：“白得二十万，这个买卖划算呀。”三叔没好气：“那钱敢要？早退了！”赵青显然不相信三叔的话，但装出惋惜的样子：“你不退又有谁知道？”三叔“嘁”的一声："那钱是咱花的吗？"赵青说："那是，那是……不过，都说白荷得了二十万呢。"三叔的脏脸扭得麻花样："咱缝不住别人的嘴，可要是谁敢造谣，我真敢撕了他。我没儿子，范秋就是我儿子，糟蹋他等于糟蹋我姓范的。"又指着我说："看他脾气好啵？急了连我也不认！"赵青说："那是，不说话的狗咬人嘛。"三叔的话有许多漏洞，赵青不是傻子。他不说，不是被三叔吓住，而是那样的场合和三叔较真没什么意义。送走赵青，三叔得意地说："咋样？一顿饭就把他摆平了，他还去交警那儿查不成？"我不这么认为。临走赵青要了盒烟，不值几个钱，但我觉出不妙。不久，我的预感得到证实。

赵青来那天，我和白荷都在。赵青是碰巧走到这边，顺便上来坐坐。皮城大，可没个说话的人。赵青说了不少村里的事，谁发财了谁遭祸了，谁家男人养不住女人，谁家儿媳生了双胞胎。赵青似乎要透给我一个信息，他人在皮城，可什么都晓得。我"哦哦"着，盯着他那张棕色的脸，奇怪，他的脸怎么是这样一个颜色，且很均匀，像印子拓出来的。他耳郭前长一个长长的肉瘤，他说话，肉瘤就不停地动，很合拍。我的思绪不时滑远，如果我真到了另一个世界，他会不会纠缠住白荷不放？白荷讨厌？躲避？无可奈何？如果躲避不掉呢？赵青纠缠白荷是打那二十万的主意，还是有别的目的？这没法验证，也绝不想验证。我一次次吃力地把思绪拽回，又被它如野马般挣脱缰绳。

赵青没有走的意思，我让白荷出去买菜。赵青说着破费了，却不客气地拿起筷子。我问营生咋样，赵青马上吊了脸："不好干呀，收破烂的太多，干这行也就是糊个口，这年头胆大才能发财。"他话有所指，我面不改色，心却被他咬疼。我恭维几句，他说："也是，比起不如咱的，咱是上人，说不定哪天也能撞大运，你说是不是？"我笑笑，他像在我脸上发现了什么，盯半天方说："兄弟，你印堂红亮亮的，也有发财的命呢。"我暗暗骂娘，嘴上随他胡说八道。酒足饭饱，他依然没有走的意思，直到女儿困了要睡，他才站起，热情地让我和白荷抽时间去他那儿坐坐。

我让白荷晚上插好门，故意轻描淡写。白荷听得却重，回答得也重，很坚定，却透着委屈。也许根本用不着我强调，可我是她丈夫啊。忽又想，如果我是那个已死的人，谁来叮嘱她呢？她将怎么办？

那天夜里，我又做梦了。我走在旷野，风从我身体穿过，呜呜地响。身上的孔变大了，起先只有筷子粗，现在已能伸进手指。我没有痛感，仿佛那不是我的身体，而是被丢弃的乐器。

一个星期后，赵青又来了。不是碰巧，是"有事求我"。我问什么事，他却吞吞吐吐的，说不好意思张嘴。我豁达地说："乡里乡亲的，有什么不好意思？"他这才说："女人害病，没得抓药钱了。我知你也不容易，可除了你，我找谁去呀？”他恓惶得要落泪，但耳边的肉瘤放肆地颤挺着。我不由骂娘，这厮的狐狸尾巴终于露出来。我迅速想了一下，说：“我也没钱，可谁没个困难，我一定想办法。”我问需要多少，他说：“两千，两千就够。”我让他明天来，赵青欢喜着，整张脸像上了油的皮革，闪闪发光。

赵青没留下吃饭，说得抓紧挣钱。白荷埋怨我不该应得那么痛快，他不至于两千块钱也拿不出。我说：“好歹张开嘴，不能顶回他。”这当然不是真正原因，我知道为什么借钱给他。简单了说，消灾；复杂了讲，那不是我的钱，我能花，赵青为什么花不得？再说得透彻点儿，三叔没哄住他。不过，也许他在试探？我答应，反授之以柄。我有些后悔，答应得草率了，可又想，若不答应，难保这厮不去举报。那样，绝对得不偿失。

那些钱，我和白荷没舍得花，也不敢花。没料，第一个花的竟是与此事毫不相干的赵青。次日，赵青拿钱，我让他数数，他说：“数啥，我还不信你？”赵青要拽我出去吃饭，我说：“你家里有病人，你快忙吧。”赵青豪爽地说他一定要表示个意思，我没让他破费——那不等于拿我的钱请我？——打发白荷出去买菜。赵青说“那多不好意思呀”，将屁股牢牢粘在凳子上。

我对赵青说不出的讨厌，以致看见与棕色相近的颜色便有不适感。那日，我买菜，掂掂茄子，说：“怎么这个颜色？”卖菜的妇女嘴快：“茄子就是紫的，红的是辣椒。”我说：“你怎么不让我说话？”妇女蛮横道：“谁不让你说话？你买菜还是挑刺儿？”我没敢和妇女吵，不是不值得，而是想到自己的身份。白荷有同样的感觉吧，赵青一走，她那么用劲地擦拭赵青坐过的凳子。如果是她一个人，也会这么狠劲地擦吗？脑子又开小差了。

但我对赵青还是保持了适度的客气，甚至装出笑脸，毕竟，这厮手里有武器。赵青再来，仍要请我，我应了他，我不想让他的噪声吵了女儿，不想让那张棕脸不停地支使白荷，一会儿要蒜一会儿要酱的。

出门拐出十几米便有餐馆，赵青点了酱大骨、红烧鱼、砂锅羊肚和花生米。我说：“多了。”赵青说：“人活着图啥呀，不就图个吃吃喝喝嘛。”此话竟与三叔如出一辙。赵青兴致甚高，我基本上是听他那张喇叭广播。碰瓷、钓鱼、放鸽子，都是搞钱的邪招儿。他眼睛放着鱼鳞样的光：“兄弟，别看咱收破烂，认识不少牛人呢，先前和我一块儿骑三轮的河南侉子，现在是富豪夜总会老板，晓得他咋发财的？……不说了，不说了，说出来怕吓着你。”没一会儿，他就憋不住了。结账，他左掏右掏：“咦，钱呢？明明装在兜里呀。”我交了钱，他还在那儿装模作样。“这多不好意思，下次一定补上。”他诚恳地说。这厮，亏得小餐馆只能做出这等硬菜。

半个月后，赵青送来半颗冬瓜，扯会儿闲嘴，赵青忽然一拍头：“哎呀，差点儿把正事忘了，兄弟，得跟你抓借几个钱。”我和白荷迅速撞了一眼。赵青说：“实在不好意思开口，可……你嫂子的爹过世了，我俩得回去，盘缠路费倒是够了，可咋能空手呢？这是急事。范兄弟！”我盯着他，如果撕裂他的棕脸，他会怎样？赵青说：“你实在没有就算了，我可愁死了。你说他干吗这会儿死？等我有了钱死，给他风风光光办一场，现在……兄弟，要是拿张烂席片卷了，会不会让人笑话？”我咬咬牙，问他多少。他说：“五百就够，反正他不止一个儿女。”我让白荷凑凑，一张一张点给他。他晃着头：“我还信不过你，没必要点的。”也许真是没必要，但我一定要点。点完一遍，又来一遍。两遍的数不一致，我点第三遍、第四遍。赵青和白荷一左一右，急于帮忙，我没让。我固执地说：“我就不信点不清楚。”

女儿的哭声把我从遥远的疆界拉回，我让赵青数数。那厮，揣了钱，匆匆离开。

白荷小声问：“咋办？”

我像刚干完繁重的体力活儿，虚弱地反问：“什么咋办？”

白荷满眼愁绪：“他一直借下去呢？”

白荷说出了我的担心，我空嚼着嘴巴，饿极了的样子。

白荷说："和三叔说了吧。"

我突然火了："动不动就三叔，他能咋的？"

白荷低下头，似乎不愿让我看到眼睛里的东西。三叔来过几趟，我没说赵青的事，三叔问起，我马上支应过去。不是排斥三叔，而是不想什么事都遵照三叔的意愿。我后来意识到，那是我和三叔对顶的开始。

赵青打发老丈人回来，带了些炒大豆。他说老家的东西干净，不像城里的食品，什么都添加。赵青仍要出去坐坐，我不去，他死乞白赖地拽我。不只叫我，还叫白荷。他动手拽白荷，我只好答应。我没让他点菜，羊毛出在羊身上，我已做了出血的准备。谁想这厮上趟厕所，顺便加了个红烧肉。结账时，他故技重演。我耐着性子帮他"恢复记忆"。"难道丢在路上了？"他咕哝，要去找找看。演出到此结束，我把捂出汗的钱拍给服务员。

每次回去，白荷都追问赵青说了什么。我搪塞，不愿复习被宰割的过程，更怕她搬出三叔说事。她劝我不要再和赵青下馆子，他借一趟钱，请我吃一趟饭，将来说不清的。我恶狠狠地骂："他愿意破费，活该！"白荷忧心忡忡，欲言又止。我的鼻子忽然灌了醋，夸张地打个喷嚏。她不会知道，赵青支使她拿这拿那时，我常常有砸他一酒瓶的冲动。她不会知道，在那样的场合，我竟然冒出无耻的念头，如果我真的不在了，赵青会不会是白荷的常客？

没几日，赵青又来了。白荷急急牵了女儿去买菜，仿佛赵青是天天盼的稀客。赵青恬不知耻地说白荷厨艺好，把他死了的馋虫都勾活了。收破烂已然是副业，讹我吃我成了他的重要营生。我忽然想教训教训这厮，他不是喜欢喝吗？我灌死他。我没三叔那样的酒量，甚至不如赵青，但我可以做手脚。赵青没瞧出来，一杯一杯灌着。眼睛终于滞笨得难以转动，脸也成了深棕色。白荷给我眼色，我不理会，仍劝赵青干了一杯。赵青舌头僵着，反复说“兄弟放心”。我说时间不早了，劝他上路。赵青磨蹭着不走，仍让我“放心”。片刻之后，身子一歪，倒在地上。白荷责怪我不该让赵青喝这么多，出事咋办。我说我这就拖醒他，让他走。白荷急切地说：“不行，不行，让他睡会儿吧，这么出去真要出事。”我还算冷静，没轰他。其实，哪儿轰得动？他醉得像头死猪，我和白荷费老鼻子劲才把他抬床上。

本来要教训教训赵青，没想弄出一摊麻烦。直到晚上，赵青也没醒。我能把他丢给白荷吗？没办法，我旷了一夜工。我摸出他的钥匙，把他的三轮车锁进房东的前院。车丢了，我少不了得赔一辆。

就这样，赵青横在我和白荷的床上。我怕挤着白荷和女儿，紧紧贴住赵青后背。一抬头，恰好触见墙上嘲弄的目光，我的脸被烫出一个个深坑。半夜，赵青酒醒，或者是被尿憋醒。楼上有卫生间，但房东总锁着，夜晚跑楼下不方便，小便只好在屋里。赵青没出屋，像在自己家那样，对着门口的塑料桶，射出一屋噪声。

白荷蒙住头，而我雕塑一样凶视着那厮的后背。

六

那是一段黑色的日子。赵青像一只直肠子寄生虫，怎么也喂不饱。开始还有借口，小姨子做手术，大舅子开商店，要镶牙，要换三轮车，后来借口也没了，只说借钱。三五百，两三千，数目或大或小，我不敢得罪他，一次次忍让。我成了他的银行，还挺有规律，借一次钱，必定要请我吃饭。有了教训，我不再在家里招待他，门口小饭馆的老板都认识我和赵青，看见我俩，热情得像亲兄弟。

三叔知道此事，已是几个月后，赵青借走了一万多。白荷告诉三叔的，我没怪她，我快撑不住了。三叔自是没少数落。他和我琢磨对付赵青的招数，如：找人卸他一条胳膊，挑了他的脚筋，或干脆做了他。白荷吓得脸色都变了，直叫“使不得”。我不害怕，知道这不过是三叔的臆想。他还说过当了总统如何如何。三叔说：“白荷不同意，就不要这样了。”软不得硬不得，三叔想不到办法，最后只有两个字：不借。天塌下来他顶着。按他的意思，不能突然拒绝，我已把赵青惯坏，口要慢慢封。

赵青再借，我给他数目的一半，赵青明显不快，捏捏，还一张一张地照。我和白荷说了不少为难的话，仿佛赵青是债主。再来，借得更少。赵青腔调怪怪的："知道你们难，可我比你们更难。"

我没有望见曙光的喜悦，相反，心更加沉重。不知道接下来会发生什么。白天提心吊胆，夜晚缩在封闭的笼子里长吁短叹。

从我"死"那天，不安便在心里筑了巢。二十万对我和白荷确实是天文数字，可是换来这样一种日子，值不值得？如果我不是这样"死"掉，赵青还敢这样吗？我和赵青无多少瓜葛，因他手脚不干净，我瞧不上他，但现在他成了我的噩梦。这都是我"死"惹来的。我鄙视赵青，可细想想，我和他区别不大。他变得这样贪婪，追溯起来，还是我造成的。

我不想再"死"下去了。

等不到三叔上门，我很有些迫不及待。三叔正和几个趴活儿的吹大牛，裸露的肩膀泛着紫光，比他的脸干净许多。觑见我，三叔离开那几个人，边走边拎裤子。把我扯到墙角，急吼吼地问："那小子又逼你了？"

我说："没有。"

三叔问："那你来干啥？"

我说了两句，稍有些卡，但很快顺畅起来。我的目光从三叔的脏脸移开。对面卫生器具店门口，一个小男孩儿旁若无人地撒尿。

三叔往前伸伸头，看不清我似的："钱呢？"

我说："不要了。"

三叔说："好！像个硬汉……你以为退钱就完事吗？"

我说："坐牢我认。"

三叔问："我呢？让我也跟你坐牢？"

我说："我一人担着。"

三叔偏着头，看看我左脸，又瞧瞧我右脸，研究够了，方"嘁"地冷笑一声："你这脑子硬是看花书看坏了，你一个人担？你有几颗头？我可以陪你坐牢，白荷怎么办？让她也陪你？啊？"三叔越说越快，越说越高。如果不是这样一个场合，手掌没准儿会甩我脸上。

我不是没想过自首的后果，可经三叔一说，严重许多。如果我去自首，等于害了三叔和白荷。三叔没花一分钱，白荷管着但也没花，让三叔和白荷跟着坐牢实在太冤。抛开这个不说，我怎能把自己的亲人送进监狱？

我退缩了，但并未彻底打消那个念头。我承认三叔更多是为我和白荷着想，但仍对他怨气冲冲。是三叔造成我的"死亡"，没经我同意就让我"死"了。事实既成，我没有选择。当然我也有责任，还有白荷。是三叔、我和白荷一同让我"死"掉的。可既然这样，三叔、我和白荷为什么不能让我

"活"过来？难道"活"比"死"还难吗？忽又想，造成我从这个世界消失的并不只是三叔、我和白荷。还有……我感觉到巨物的存在，却说不上来，甚至说不清那是一张面孔或别的什么，总之，那是三叔、我和白荷难以操控的力量。我的脑子只够看小说，想这样的问题很是吃力，但不能不想。

"活"过来这样难，我只好继续"死"下去，厌恶、畏惧、讨好着赵青，由着赵青像出入自己家门一样来去自如。

赵青借钱越来越频繁，有时，头天刚借，第二天又杀上门。当然，我借给他的越来越少。那天，我终于让他吃了闭门羹。我穿着白荷几天前打了补丁的褂子，向他哭穷。赵青看我半天，冷不丁地问："不借给？"我说："老兄，你盘算盘算借走多少钱，实在没有了呀。"赵青说："我不想盘算，我想弄清你还能借给多少。"这厮，耳朵聋了吗？我咬定没钱，赵青又道："真没有？好，我不逼你！"

赵青冷脸离开，白荷惶惶不安，问赵青是不是真翻脸了，会不会做出什么事。我有些烦，让她闭嘴。她移开哀怨的目光，可一会儿又盘桓在我脸上，探询地说："要不，再借一次？"我叹口气，算是回应。其实，我更不踏实。

结果是不但借了，而且还给赵青送到手上。幸亏赵青留了地址，找他没太费事。我解释半天，赵青说："放心，总有一天，我发了财，加倍还你。"我踏实了，可又极其后悔，我到底是个什么东西？

那天晚上，那个人，那个面目模糊、身体清瘦的人又飘进脑里，我没像过去那样毫不客气地赶走他，让他停在那儿。足足五分钟，他悄然而逝，拖着长长的叹息。我呆坐着，似乎等他回转。他没有。我的脑子混乱不堪，像整个屋子的家具都丢放在里面了。不知什么时候睡去的。我又站在旷野上，身上的洞又粗了许多，能插进两个拳头。风嗖嗖地响，从看不到的地方刮来，又刮到看不见的地方……

我对他及与他有关的“兴趣”，大约是从那时开始的。范秋这个名字死了，但我还活着，顶替范秋死亡的、那个真正死去的人究竟是谁？叫什么名字？妻子是否在寻找？一直寻找，还是寻找一段时间后放弃了？那个女人在什么地方？过着什么样的日子？身边已经有了别人，还是苦苦等待但别的男人却纠缠不休？越想问题越多，探寻的欲望也越强烈。

我不知自己为什么要弄清楚他，弄清楚了又能怎样。也许只有搞清楚才能明白。

我不再提心吊胆地待在家里，算计、等待着赵青上门。我扑进皮城，寻找与他相关的线索。我没告诉三叔和白荷，这是我一个人的事，必须秘密进行。理由是躲赵青。于是白荷也带着女儿，整日耗在公园商场。这样也好，惹不起躲得起，难道赵青满大街追我？

我跑了两个火车站、四个汽车站，然后沿路寻找公交站牌。电线杆、商铺及饭馆门口，都不放过。我像一只猎犬，这儿嗅嗅，那儿嗅嗅。先前，我只是抄录与他接近的寻人启事，后来看到任何寻人的线索都要记下。我请收购站老板吃了顿饭，每天借一卷旧报纸，第二天再送回去。在那个封闭的笼子里，一页页搜寻着报纸的边边角角。

不到一个月，我就抄了厚厚两本。失踪者竟然这么多，超出我的想象。有男有女，有老人也有孩子，有的写得很细，穿什么上衣什么下衣，鞋的样式及颜色都清清楚楚；有的只说个大概相貌，连照片都没有；有的写明在皮城失踪，有的没写，想来从什么地方消失的还是个谜。

失踪者已然消亡，还是出于某种原因隐匿在世界的某个角落？仅仅是一时兴起，还是要永远隐匿下去？是自己的选择，还是迫不得已？我的思绪一路狂奔，当然没有答案。但想到他可能就在其中，我竟有一种躁乱的兴奋。

我检索出几十条重要线索，誊写到新本上，一一编号。我没有停止搜寻，线索不断增加。

一天中午，我拨打了一号的电话。一号三十几岁，与我年龄接近。当然，他不是在皮城失踪的，是在另一个城市，可万一他的家人搞错了呢？通了，我把耳朵往紧贴贴，恨不能钻进去。女人的声音，我的心再度狂跳，以致有些口吃："你是……寻……寻人吗？"女人似乎没听明白，问我说啥，我重复。女人哈哈大笑，而后突然一转："那王八蛋早回来了。"

我愣愣地站着，良久方摸摸耳朵。好好的，没削掉。

几天后，我拨了二号的电话，两个，均是号码错误。我不甘心，接着拨三号的电话。这次是个男人，我刚说一句，他便挂了电话。我拨了七八次，他方又接起来，声音恶狠狠的："再骚扰，我就报警！"没容我说什么，再次挂断。放在过去，我是没胆量再拨的，即便对方可能在千里之外，可那日我只是斟酌了一会儿，毫无惧意地打过去。他终于接了，我抢着叫声"哥"，显然这声"哥"抑或我悲切的声音起了作用，他没有马上掐掉。老天保佑，我没有结巴。他沉默几分钟，缓缓开口，可是我仍能感觉到压抑的愤怒："你编出花也骗不了我，这是我接到的第一百二十个电话，我告诉你，我弟弟半年前就找见了，他死了！晓得不？他死了！你甭想领到赏钱，永远甭想！……"

忘了是我先挂掉的，还是对方先挂掉的。只记得我迷失了方向，站在路口盯着变换的红绿灯，不知往哪里去，直到饥饿咬痛我。后来，我觉得自己可笑，死都可以，挨顿骂算什么？何况，他的愤怒不是对我，而是那些不轨之徒。一则了无生气的寻人启事，背后演绎、隐藏着多少庞杂的故事。我忽然想，如果我不是明明白白的"死亡"，而是离奇失踪，白荷也会这样寻找吧？她会接到什么样的电话？会不会受骗？会不会有我这样的隐匿者被她棍棒般的语言杀伤、击打？我还想顺着思路走下去，脑袋涨得麻包一样。我迫使自己打住。

但是，我不会放弃寻找。

七

毫无疑问，对他的寻找在某种程度上让我走出了赵青的阴影，想他，就会忘了赵青。但我并没有摆脱赵青，这厮寻不见我，便到家具店门口堵。那天早上，我刚出门便看见那张棕脸。他“请”我到对面吃早点，说怎么怎么想我。我真想把滚烫的豆浆泼他脸上。

再下班，我会在门旁观察几分钟。如果他在正门，我就从侧门离开，如果他在侧门，我就绕到正门。躲猫猫的游戏玩了几次，赵青换了招数，直接去找白荷。白荷白天可以躲，晚上无处可去。一次，他赖到十点多钟，还让白荷给他炒菜。

我搬了家。再如此下去，白荷会被他逼疯。这样，白荷也不用再躲。赵青只能堵我，我是那么好堵的吗？我的游击战术已经很纯熟。三叔总说我看花书看坏了脑子，起码在这点上三叔是错误的。一个早上，两处门都没有赵青的影子，待我出去，背后猛地跳起一个声音，我的头皮一阵麻颤，但没有回头，撒腿飞奔。我知他追上来，因为叫喊始终在身后，一个小时后，我甩掉了他。我开始搜寻找人的线索时，赵青便成了脑里的一个斑点。

有两个月时间，我没和赵青正面交锋，没给他开口的机会。我奈何不了他，他又能把我怎样？他握有秘密武器，但绝不会轻易告发我。我进去，他吃谁？去哪里找这样的金库，不用任何手续就可以拿钱？

那天，我转了几条街，中午吃了两个烧饼，喝了碗馄饨，在公园长椅上打盹儿。节令已是深秋，凉飕飕的，可是我太困了。我睁开眼，似乎瞥见什么，再瞅，只是几棵被秋风剃光叶子的梧桐。大约看花眼了。一男一女进入视线，在我前面不远的椅子停住。男的已经谢顶，女的像个中学生，一坐下两人的嘴便咬在一起。和一则则寻人的故事比，实在不新鲜。忽然想，那谢顶男人岂不是个隐匿者？他顶替的不是别人，而是他自己。是另一种形式的隐匿。这个世界有多少隐匿者，就有多少隐匿的形式。

出了公园，我在门口的报亭打十号的电话。前面的已被我一一剔除。对方是个女的，这最好——我希望他妻子在等他。周围嘈杂，我怕她听不清，将衣服罩在头顶，样子很鬼祟。“陈雷？……你是陈雷！”女人的声音透着惊喜，“你在哪儿？”

我犹豫一下，说：“我不是陈雷，我看到……”

“不，你是，我听出来了！”女人大叫。

我说：“我不是……”

女人道："就算你装出别人的声音，我也能听出来。"

我说："你先听我说。"

女人叫："你不用解释，你在哪儿？"

我说："你一定要听我说。"

女人说："无论你做了什么，我都不计较，只求你回来。"

我说："你冷静些。"

女人说："我找你一年多，我还以为你……陈雷，回来吧。"

居然与他死亡的时间吻合，我凉下去的心又慢慢热了，可女人不给我说话机会，我有些生气，叫："你不让我说，我就挂了！"

我的威胁奏效，女人近乎巴结地说："别挂，千万别，我听。"

我舔舔干渴的嘴唇："我真不是陈雷。"

女人问："那你是谁？"

我说："你不认识我，我是看到了寻人启事的电话。"

女人问："你有陈雷的消息？"

我说："可能吧，我需要与你核实，陈雷他……"

女人忽然发怒："陈雷，你别装，你要干吗？戏弄我？还是羞辱我？"

我说："不是这样的。"

女人吼："够了，有种的你当面和我说！"

我沉默了，不知是挂掉，还是等待。

女人忽又软下来："陈雷，求你，别躲着我……"

我缓缓地，残忍地把电话摁回去。交费时，电话被扎疼似的叫起来。我迅速离开。据说夫妻是有感应的，如果他就是那个陈雷，他的妻子该不会这样。那个陈雷在哪儿？已经魂归九泉，还是隐匿在某个地方？我不会操心这些，但很长一段时间，陈雷的故事徘徊在我脑里。

我又转了一条街，看到一个挤在商铺中间的小书店。我有很多天没看小说了，搜寻、整理几乎占据了我所有空闲的时间。我犹豫一下，走进去。选了本五折的《罪与罚》。出来，挤上 21 路公交车。

我详细记录这一天的行程，因为我想在记录的过程中发现某些被我忽略的迹象。车上，我的头扭来扭去，似乎在寻找一个熟人。好像那个对我叫嚷的妇女，或是那个叫陈雷的男人就在车上，她或他的脸上有隐秘的只有我能识别的记号。我试图往前挤，旁边的男人纹丝不动。我一向胆小，出格只在梦里。如果我是已经死亡的人，还害怕这个并不孔武的男人吗？这么想着，我生硬地闯过去。他看我一眼，没说什么，扭开头。我一一辨识那些脸，男的女的胖的瘦的爬满皱纹的青春勃发的遐想沉默的佯装睡觉的。陈雷究竟在不在车上？谁是陈雷？没那么容易弄清，但我猜车内一定有隐匿者。

换了一趟公交。下车，买菜，我不买茄子，好长时间我不吃茄子了。拐进巷子，我似乎回了下头，又似乎没回，这个细节记不起来了。

开门，肩膀被拍了一下。我差点儿跳起来。那张棕脸幕布一样悬在面前，几乎将背后的墙遮住。熟悉的让人别扭的笑，随便丢在幕布上，随风颤着，满是嘲弄。

后来回想，赵青其实跟踪了我一天，我有所察觉，但没引起警惕。我沉溺于隐匿者的思考，没想到，赵青就隐匿在我身边。

赵青借了两趟钱，我就搬家了。我不敢大意，这厮，什么时候学会这一手？我甩掉任何可能的尾巴——万一这厮雇人跟踪我呢？不得不防。但百密一疏，赵青还是嗅见我和白荷的新家，我不知究竟哪里出了问题。反正家什也简单，搬呗。于是，我不停地换住处，大年三十那天还搬了一次。可是，那厮像撕不掉的狗皮膏药。

转来转去，我又搬回西二环那个住处。房东多加了五十块钱。当时搬得匆忙，忘了揭海明威的画像——墙上已贴了某个女影星，我抱着试试看的心理摘下女影星，那硬扎扎的目光狠狠戳我一下。

赵青再次追来，我一点儿都不惊讶，只是沮丧。白荷正洗衣服，她埋下头，动作很快地搓着。我暗暗祈祷，可千万别掉眼泪，那厮不吃这一套。我的祈愿怕是要落空，我分明看见什么东西坠进脸盆。我瞅瞅女儿，她睡得正香。

“兄弟，好久没见了呀，真想你。”赵青往那儿一站，掏出烟。

我说：“今儿先别吸了，豆豆感冒刚好。”

赵青埋怨：“你搬来搬去折腾啥呢？瞧瞧，把孩子折腾病了吧？”

我问：“借多少？”

赵青愣愣，忽而一笑：“兄弟真是痛快人，二百就够了。我发了财，肯定加倍还你。”

我丢给他，他却没有走的意思。闲扯几句，仍要出去坐坐。我说就在家吃吧。在外边太费钱了。不吃饭他不会离开，早早吃了，让他早早滚。钱都借了，一顿饭算什么？我瞅白荷一眼，她仍在发狂地搓洗。我出去买菜。

我估摸了一下，我花了十几分钟的时间。这十几分钟发生了什么我不清楚，可正在发生的事清楚地烙进我眼珠。也许我有预感，平时我花去的时间要长得多。可那天，我心慌得很。上楼，我猛跨两个台阶。我看不到白荷的样子，白荷被他抵在墙角。那厮背对着我，后脑屋檐般翘起。听到声音，他松开白荷。白荷满面通红，又羞又恼。那厮竟毫不慌张，咧咧嘴：“开个玩笑哦。”嗓子眼儿蹿上什么东西，我吃力地吞进去。手攥了攥，仅仅是攥了攥。瞪着他，仅仅是瞪着他。我说：“跟我来。”转身下楼。我怕他不会跟上来，在门口停停。他跟上来了，没有一丝惧意。

我走。

他跟着。

紧紧地，似乎怕被我甩掉。

我穿过烟气腾腾的街道、一片稀稀拉拉的树林，在郊外的水塘边立住。水塘没水，横七竖八的枯草霸居着。风很硬，我的后背却伏了一层滚烫的汗。日头无精打采，对尘世厌倦的样子。二环距此并不是很远，但听不见任何声音，像被切刀齐齐整整地削掉了。我和赵青对视着，那张棕脸依然阔大，眼珠跃跃欲试。我的身体突然叫起来，那是风穿越而过的声音。呜咽与号角混杂着。

我声音发抖："你究竟要怎样？"

赵青伸出巴掌："我要这个数，给了我，我绝不再麻烦你，咱们还是兄弟。"我明白了，这厮就是逼我翻脸的。

我竭力控制着："凭什么？"

赵青说："你明白，你吃肉，我不过喝碗汤。"

我说："我要是不给呢？"

赵青说："你明白。"

我大声道："我不明白。"

赵青说："别嚷嚷，我不怕你，是你怕我！晓得不？"

我猛地撞过去。我在孩童时代亲眼看到，七十岁的老汉将一个壮汉撞倒。赵青绝没料到我敢动手，他毫无防备。仰面倒在枯竭的水塘中，他竟惊异地瞟我一眼。这更加激怒我。

我跳进去，骑他身上，挥舞双拳。我没打过架，这是头一次。因而打得毫无章法，叫嚷了些什么自己也不知道。那张棕脸，终于掺了别的颜色，眼窝周围也爬满我没见过的目光。

没想这厮竟是个软蛋，这么快就开始哀求。我又揍他一拳："你不是要去告吗？去呀！"赵青难以躲避，龇着牙说，他是开玩笑，绝不会告我。我大吼："你去告！"他说不告，我揍他一拳。他还说不告，我又揍他一拳："你去告，告呀！"他骇然地瞧着我，说："我去告。"我没打他，只是嚷："你告我去，你必须告我去！"赵青惶惶地"嗯嗯"着。

三叔后来夸我像个硬汉，老嫖客的画像没白挂。我绝不是硬汉，我太清楚自己。我不怕赵青告，赵青没了讹我的武器，先就虚了。那样说并不是愤怒得失去理智，而是真的萌生了那样的念头。我不想隐匿下去了，但又不能害了三叔和白荷，怎么办？这个"忙"只有赵青能帮。就算连累三叔和白荷，毕竟不是我造成的。我是不是真的看花书看坏脑子，想出如此歪招？我这样就对得住一分钱没花的三叔和白荷了？我不敢想下去，更不敢说出来，不得不说的是，那个念头挥之不去。我自然瞒着三叔和白荷。我是个自私的家伙，可以前不是这样的，或许，我过去没有发现？

赵青离开时，把刚刚借的二百块钱留下了。次日，我破天荒地没去搜寻他的线索，直接去了赵青家。赵青歪在床上，我进屋他就把女人支出去。他仍龇牙咧嘴的："兄弟，你出手真狠呀，脸成了这样，咋出去收破烂？”我脱口道：“我赔你损失，多少？你说个数！”赵青慌道：“你说哪里话，我正想歇歇。”赵青态度逆转，绝不是因为我厉害。不是的。我问他说话还行吧，他频频点头：“没问题。”我说：“你的话可还记得？”赵青嘿嘿一笑：“兄弟，我不过说着玩的。”我板了脸：“你必须去告我。”赵青仍以为我在试探他，保证，那档事不光他要烂在肚里，也要让女人烂在肚里。他说：“我那口子你放心，我说一她绝不敢说二。”这我晓得，在村里赵青用裤带抽得女人满街跑，不过是女人和邻居多说了几句话。我背着手，来回转了几步，而后盯住他，让他把吃掉的钱一张一张吐出来。赵青应得很痛快：“我还，我还。”变戏法一样从床边翻出五百，正是上上次借的数目。

八

我和三叔在酒馆吃酱大骨。三叔过生日，必定放开肚皮吃一顿。不同的是今年我给他订了一盒蛋糕。我毕竟是个有良心的人。三叔不让打开，趁早给白荷带回去。三叔惦记着下午的营生，只喝啤酒。嫌不过瘾，又改成白酒。他豁出去似的，说一年只过一次生日，就给自己放半天假。三叔总能找出理由。我说：“是呀，以后过生日，我给发饷。”三叔左右扫一眼，压低声音说："别整掉一个赵青就大意了，嘴巴要严，什么饷不饷的，烧包。"眼窝被酒淹出些许红色时，三叔嘴巴便漏风了，说半个月前他其实过了一回生日，是那个卖大饼的女人给他过的。我吃惊道："过了？你有几个生日？"三叔嘿嘿着，脏脸横满得意："你三婶说我过生日要给我个大礼，我等不到，就提前过了。你还不知道我的生日咋回事？"我得补充一下，三叔的生日是我俩喝酒喝到头大时我替他选定的，他根本不知道自己何月何日出生，户口本上的日子是别人代填的。三叔当然不晓得他认可的生日与他一直瞧不上的海明威生日相近。

我问她给他送了什么大礼，三叔和我碰一杯，却摇头："不能说，不能说，你三婶别看长得不咋的，浪得很呢。"我已猜出大概，三叔的脏脸油光闪亮。他止了这个话题，让我再讲讲教训赵青的经过。我都讲了几十次，实在烦透了。三叔求我，就当给三叔加个硬菜。我杜撰了一些细节，三叔边听边给我倒酒——之前都是我为他倒——而后评价："男人就得这个样子，你越怕他，他越想欺你。"我觉得三叔喝到口无遮拦了，很随意地问了一个蓄谋已久的问题："三叔，你还记得那个人长什么样不？"

"哪个人？"三叔没反应过来。

我说："死了的那个。"

三叔勾我一眼："问这干啥？不记得了。"

我说："随便问问，不干啥。他的口音呢？"

三叔语气更重："不记得了。"

我忽然指着窗外："瞅啊，三叔。对面，一个穿着裸露的女人牵着一条牛犊子大小的狗。"三叔收回目光，说："要是我女人我非收拾扁她。"隐匿者，我如是想。我没再问。三叔让我好好过日子，有个长远打算，不枉女人跟我一场。

我拎回蛋糕，还买了二斤酱骨。赵青吃我，我嘴巴也没闲着，只是苦了白荷和女儿。没了赵青的逼迫，白荷眉头舒展许多——山珍海味也没这功效。间或，她眼角仍会滑过不易察觉的阴影，我猜不出那是什么。但相比那一段黑色的日子，已是翻身农奴得解放。

女儿嘴边、鼻尖沾满奶油，她蹭一下，整个脸都是了。吃得油汪汪的白荷给女儿擦拭，结果她也沾上了。久违的笑起起落落。我盯着白荷，身体悄然膨胀。我说出去转一圈儿，让白荷哄吃饱的女儿睡觉。白荷瞥我一眼，脸微微红了。那些日子夜晚上班，白天被赵青追赶，哪有心思？偶尔接触一次，做了贼似的。

我折回屋，女儿已经睡了，白荷正洗膀子。我等不及了，把沾了香皂沫的白荷推扔到床上。完事后，我躺着，白荷爬起来，找出那个小本。就像白荷不知道我拥有失踪者档案一样，我也不知道白荷留了这样的心思。她把赵青借过的每一笔都记着，包括日期。我算了算，被那厮借去三万多呢，还想再要五万，他哪儿来那么大胃口？如果他适可而止，如果他不调戏白荷，我或许就认了。赵青已还回三十几笔，白荷在后面打了小钩。赵青肯定也有这样一个本子，因为他还钱很有顺序，每一笔都与白荷的记载吻合。后来——我一再用这个词并不是叙述上的喜好，而是我没有海明威那样的脑子——我品味出白荷此举别样的心思。

白荷乐此不疲地加着赵青还回的钱。没了膨胀的欲望，我的脑子开小差了。我不是我，我已经“死”了，刚才和白荷做爱的是另一个男人，此时凝视白荷的也是另一个男人。这个男人在想什么？白荷的身子？白荷的钱？他想没想过白荷和她的前夫？而白荷在想什么？女儿？前夫？还是现在的男人？

我自嘲，如果我死了，怎么会想这些问题？想这些有什么意义？可我控制不住，就像我的脑子也被替换了。这让我难受。若不想，除非我不再是隐匿者。

不仅仅和白荷、三叔、赵青的关系上，在许多事上，我的思维都会滑偏。有必要说说那宗持刀砍人案。那天，我在搜寻线索，忽见行人四处奔逃。闻听是疯子砍人，我和别人一样转身就跑。跑了两步，我停住，如果我是个死去的人，我还怕他？不错，正是这样奇怪的想法撑壮我的胆子，似乎我逃跑会玷污那个身份。我折回去，果见一汉子挥刀砍向一个老妇。地上已躺了一个人。我边跑边抓起一把破旧的阳伞。汉子往上砍，我捅他裤裆，往下砍，我戳他眼睛。

过程随你想吧，警察赶来，我已把汉子制服。警察给汉子戴手铐的当儿，我悄然离去。不知是累的缘故，还是看见手铐，我的心跳得很厉害。第二天，我在报纸上看到《歹徒持刀砍人，路人徒手擒凶》的消息，把我写成了英雄。我怀疑那个人是我，我只在梦里才有那样的壮举。我想，我如此勇猛不只是为了制服狂徒，也是在制服自己。是活着的我制服死了的我，还是死了的我制服活着的我，我就说不上了。

并没有到此结束，第三日的报纸进行了后续报道，多位市民讲述目击过程，末尾，让看到消息的我尽快与报纸联系，并请路人提供相关线索。接下来，还有《英雄，你在哪里》的报道，据说我可以领取皮城的见义勇为奖。那几天，我反复地阅读相关消息。我是一个隐匿者，永远不会站出来。如果不是这个原因，我抵挡不住奖金的诱惑。可如果我不是隐匿者，还会有那样的胆量吗？

我绝不让自己的身份如此大白于天下，宁可让赵青告发。

看小说多了，我常常胡思乱想，但制服歹徒事件，绝对不是为了往脸上贴金编出来的。对于隐匿者，贴金有什么意义？

另一档事，也是在寻找失踪者线索的时候发生的。我看到一个男人往电线杆上贴着什么，忙凑过去。是寻爱犬的启事，提供线索者赏谢五千，送犬上门者赏谢一万。我吃了一惊，问什么狗这么值钱。男人白我一眼："少见多怪，上千万的犬多的是。"我问："这狗是你的？"男人纠正："是犬，不是狗。"我哑然失笑："犬和狗有什么区别？"男人说："犬是犬，狗是狗，不一样的。"等于废话，我嘎地笑出声。男人甚是恼火："你取笑我？"我说不敢。我不是惹是生非的人。可突然间，我邪行了，仿佛立在男人面前的是另一个我，我怕事，并非另一个我也怕事。我傲睨着他："狗就是犬，犬就是狗，都是哺乳动物，种类很多。我不知哪个种类多少钱，但我知道与狗有关的词比犬多，狗宝、狗屁、狗熊、狗吃屎、狗尿苔、狗腿子、狗急跳墙、狗皮膏药、狗头军师、狗仗人势……"我一口气说下去，男人先是愠怒，继而惊讶。他说："没看出你还蛮有才，我正想找个人请教呢，能不能借一步说话？"我稍一迟疑，跟了男人便走。我甚至轻贱自己的迟疑。走了几十米，拐进巷子，男人停住，不知何时，一高一矮两个青皮跟上来，我情知不妙，但已无退路。男人咬定我偷了他的犬，我辩解，霎时被三个人打倒。数日前我是见义勇为的英雄，此时被人打得鼻口流血，直到把仅有的四百块钱赔给他。男人尚不甘休，非让我说狗和犬不是一回事。我不再逞能，承认狗是狗犬是犬，还被汉子逼着说一通我是狗宝、狗屁、狗屎……

我为自己的卖弄付出了代价。本可以事后报警，寻犬启事上留有男人的电话，可警察询问我的姓名，我该怎么说？我是谁？我认了，反正没人知道——就算男人满世界炫耀，他又知我是谁？

那次挨打之后，我和三叔正面对顶了一次。我的惨样把白荷吓得够呛，再三追问。她叫我别再出去乱跑，不然早晚要出事。我能听她的？这样，三叔便正式出场了。三叔问我满世界疯跑究竟干什么，我说憋得不行，透透气。三叔的脏脸顿时涨起来："憋就可以打架？就可以横行？你打出瘾了？你以为收拾了赵青所有皮城人都能收拾？你是谁？你以为你是谁？"

最后这句话击中我的隐痛。让我"死"了的不只三叔，但始作俑者绝对是他。我活着，可一部分已经死掉。我当然知道我是谁，可现在我总不由自主替换他人或被他人替换。我不想与三叔掰扯这些，只是硬硬地回击："你说我是谁？"

三叔的脏脸似乎掠过什么东西："翅膀硬了呀。"

白荷急着推我，我狠狠甩开她："咋？你不让我硬？"

三叔瞪视着我，像从墙壁上射出来的，硬扎、粗粝，忽然之间，没有任何过渡地，目光稀瘪下去："好，你硬，看你硬上个天。"

白荷拽三叔一把，没拽住。三叔怒气冲冲的，但我知道他发怯了——尽管不知道那是为什么。

白荷想责备我，但又不敢，便蹲在地上猛搓衣服。其实，三叔出门我就后悔了。三叔对我像父亲一样，他是让我“死”了，但那是意外不是？他没拿一分钱。他没有让我活过来的能耐，不然他还会让我“活”过来的。我怎么这样待他？那个时候或许是另外一个人替换了我。

我打算给三叔认个错。没等我行动，和上次一样，三叔先上门了。他检讨自己的“冒凉”话伤了我。我说：“哪里，谁让你是我三叔呢，我不计较。”我大度地“原谅”了他。我和三叔不可思议地倒置过来。

九

“儿呀，是你吗？”

我一下愣住。女人的声音几乎和我母亲一模一样。是母亲活过来了，还是我真的到了另一个世界？下意识抬起头，一辆公交车摇摇晃晃地驶过。

女人又追问一句，我听到啜泣声、眼泪坠落的声音。我慌慌地问：“你是孙智的母亲？”启事写得很明白，孙智，男，四十岁，连鬓胡，出走时穿蓝夹克，黄色胶鞋。

顿了顿，她问：“你不是孙智？你是谁？”

我似乎看见她失望的样子，甚是不安。我小心地说："你不认识我，我看到启事……"

女人语速很快："你有我儿的消息？"

我说不知道是不是他。我想问一下这个叫孙智的男人是什么时候出走的。可女人连珠炮似的追问："你什么时候见到他的？你在哪里？怎么联系你？"

我说："我在皮城，你联系不到我，我没电话。"

女人急速地说："你联系我二儿，他和我去。"没容我再说什么，匆匆挂掉。

我被搞蒙了，听口气她要来，可我什么都不能提供，她来干吗？她是不是糊涂了？我查查区号，是商丘的，离皮城并不远，但这和远近没关系。我可不想把她骗来。我什么都说不出，她不抽我嘴巴子？待了十几分钟，再打，无人接听。我打启事上的手机号，得知我就是刚才打电话的，并说不出任何有用的内容，他质问我为什么骗一个六十多岁的老人。我语无伦次地解释，让他千万不要来。他叹口气，说他和母亲已经上路。我烫了手似的扔掉话筒。

我匆匆逃回家。白荷问我怎么了，我说没怎么呀。她不再问，幽怨晃荡着，几乎溅出来。我照照镜子，脸色灰不溜秋。白荷以为我又闯祸了。这不是祸，但我不安。明明清楚女人不是我骗来的，她来也找不到我，我还是发慌。不见她，我打定主意。但是耳边总晃着她的声音，苍老、枯瘦。我端起白荷盛好的稀粥灌了一口，突然喷出，没抓稳，碗摔地上了。女儿尖叫一声，眼泪奔腾。白荷给女儿脱袜子，我试图帮忙，白荷用肘抵拒了我。我只好站着，还好，只是烫红一点儿。白荷狠狠剜我一眼。我清扫了碎碗、残粥，颓然离开。

他又出现了，模糊的脸，瘦长的身架。足足停了五分钟。我试图追他，可我瘫在那儿，有被碾碎的感觉。直到进入梦乡，我才竖立。身上的洞有碗口那么粗了，风哗哗地穿越，没有停歇的意思。

我没打那个电话，不知老女人和他儿子是否到了皮城。可是，她的声音像被雨浸坏的泥皮，不时脱落："儿呀，是你吗？儿呀，是你吗？"我跑三叔那儿，套问那个人是否长了连鬓胡，自是一无所获。三叔没训斥我，但"什么都不记得了"。

我反复翻着这个标号二十八的档案。所有档案都是语言的组合，像枯了的石榴，干瘪，了无生气，但只要撩开一角，气息、声音透出来，就不一样了。我已经撩开二十八号的帘子，就此掩上吗？

第三天，我终于忍不住，打了男人的手机。男人说："我知道是你，我和母亲等你两天了。"我很紧张，话却是埋怨的："叫你不要来了嘛。"男人说他母亲要来，他拦不住，已经来了，务必见个面。我问孙智什么时候失踪的，男人说五年前，走了就再没回来。男人开始求我，说他母亲哭瞎了双眼，只想听听他哥的消息，我编几句就行。

我最终和男人在小旅店门口见了面。他也是络腮胡，和孙智的照片毫无二致。他嘱咐我一番，并要塞给我五十块钱。我拒绝了。

那个哭瞎眼的老女人先在我身上嗅嗅，而后伸出青筋暴突的手上上下下摸个遍，开始问："你见过我儿？"

我说："见过。"

她问："怎么没我儿的味儿？"

我慌了，不知怎么答。

她问："什么时候？"

我说："半年前，在一辆车上。"我按照男人的叮嘱小心叙述着，女人不时插问。

女人长长地舒口气："我知道他还活着，他受骗了，没脸回家。你要是再见到他，叫他一定回去看看。"

我虚虚地应了一声。离开时，老女人再次在我身上闻嗅，时间更长。我没法形容当时的感觉，我像一只青蛙，四肢被冷冻，肚皮却坠入沸水中。她说："我闻到了，是有我儿的味儿。"我头皮猛地一奓。男人送我出来，再三致谢，说两个月之内，他母亲会好过一些。他求我两个月后再给他母亲打个电话，这样的请求，我怎能拒绝？

我本来希望与他的父母妻子联系上，但和老女人见面后，我突然意识到，没有结果其实是最好的结果。如果我证明了他就是孙智，孙智就是他，我该怎么办？把钱转给老女人？真能一了百了？

那几日，我受了挫似的，没搜寻失踪者的线索，也未打任何电话，除了去找赵青，就是在家睡觉。白荷踏实许多，变着法给我做好吃的。我嚼得无滋无味，甚至一面吃饺子一面无耻地乱想，如果我真的死了，白荷会不会挖空心思伺候另一个男人？我就是那个男人的话，会咋样待白荷？与我和白荷的生活一模一样，还是一种我不熟悉的日子？

后来，我的思绪失控，无边无际地蔓延……如果我是孙智，我是流落他乡成为一个隐匿者了，还是安睡于另一个世界了？我是否知道老母亲哭瞎了双眼？我受了什么骗？

匪夷所思地，我忽然想尝尝受骗的滋味。我又不安分了，白荷的厨艺没拴住我。报上每天都登骗与被骗的消息，让人觉得这个世界到处都是骗子。但真想受一次骗，也非易事。滑稽吧，我出了问题，还是世界出了问题？

为挨一次骗，没少费心思。我请了两夜假，从黄昏便守在二环上，拦截过往的车辆。那些司机准以为我是骗子，没一辆停住。午夜时分，一辆大货车驶来，我猛地跳过去。刺耳的刹车声。司机伸出头，骂了一通娘，绝尘而去。我傻兮兮地想，那个孙智挨了骂会怎么样呢？和司机叫板，还是求司机拉他一程？第二天黄昏，一辆三轮车终于停住，车主问我去哪儿，我说："我受骗了，只有五块钱，随你拉到哪儿。"我拽出鞋垫压着的臭烘烘的票子，递给他。车主接了，让我上车。和某个场景重叠了，我又兴奋又紧张。一个疑问悄然冒出：那一切是不是三叔设计的？车主会不会也停下车撒尿？我紧盯着车主的后脑勺。进城又驶了一段，他停住，但没有撒尿，说到家了。我没有被这个人骗，很沮丧。竟把三叔想得那样险恶，我几乎想抓自己的脸。

我想放弃挨骗的尝试，机会却送上门。那时，我又开始搜寻失踪者的线索。走过火车站前面那条街，一个黑眼圈的中年女人问休息不，并压低声音说有我想要的任何服务。三叔曾经讲过，某个趴活儿的同乡在火车站被类似的女人骗过，惨得裤子都被扒了。我怎么忘了这一茬呢？

我搭讪几句，黑眼圈死死咬住我，说得天花乱坠，似乎花一块钱就能睡遍全世界的女星。我问："不骗我吧？"黑眼圈发誓，说如果骗我，我可以抠出她的眼珠。我跟在女人身后往巷里走，往骗局里走。我才不抠她的眼珠呢，我尝的就是这个味儿。如果我不是顶替死亡的隐匿者，绝不会生出这样的嗜好。

拐了一下，走进一个更窄的巷子。黑眼圈说好酒不怕巷子深，怎么个好，我待会儿就知道。三叔曾问我为什么喜欢那个老嫖客，是不是想做老嫖客的徒弟。现在，我正作为一个嫖客进入秘密场所，但不是因为那个老嫖客。三叔绝不会想到与他有关。

黑眼圈在一个挂着布帘子的茶吧停住。我稍一愣，黑眼圈诡秘一笑，这样安全。我想起电影里的情报机关多设在药铺、粮店，恍惚中，我又成了联络员，差点儿问黑眼圈有什么接头暗号。

带我进入房间，黑眼圈拍拍我，说你就等着好好享受吧。

三个凶蛮的男人闯进来，我的享受就此开始。一个男人打我一掌，让我老实配合。我没有一丝惊异，主动抬起胳膊让他搜。男人生硬地摸一遍，问："钱呢？"

我脱了鞋，抽出一张二十元的票子。

男人受了侮辱似的："这么点儿？"

我说："已经不少了，买二十颗鸡蛋呢。"

男人又掴我一掌，骂了数句脏话，扬言要把我交给公安。

我说："好啊，就等着这一天呢。"

另一个男人踹我一脚："别以为老子不敢。"

我说："欢迎。"

三个男人嘀咕几句，让我滚蛋。我不滚，说："要么把我交给公安，要么杀了我，反正我不走。"

一直没说话的那个家伙皱着眉说："怎么弄个傻子？"

我说："我不是傻子。"

对方骂："你不傻，那爷们儿就是傻子。"踢我一脚，让我滚。

我不滚，死死抓着床沿，并不清楚要干什么——那个时候，我已变成另外一个人，我绝无这样的胆略气魄——我不晓得他怎么想怎么做，或许就是现在这样，横出不要命的样子。

我挨了一顿打，但最终是那个黑眼圈哄我半天，我才离开。他们没要那二十块钱。我对黑眼圈说："你那眼珠我就不抠了，留着给你照个亮吧。"我转过身，听黑眼圈低声骂"傻 ×"！

受骗是什么滋味？我仍说不上来。不错，我尝到了，但究竟是他人的，还是我自己的？一笔糊涂账。

十

我要说赵青了。有一阵没提他了，并不是忘了他，或是懒得搭理他，实际情况是，每隔四五天我就找他一次，像过去他频繁地缠我那样。我和他的关系颠倒了。我没提，是因为一说那个事我就常常扯不开脑子。现在，得说说我是怎么熬炖那厮的。

片段之一

我拿了钱，却不走，坐姿松松垮垮，一只脚耷拉着，另一只跷在床沿。什么东西都不缺，杂七杂八，光电视机就两个。赵青跟着我的目光转了一圈儿，问我看中啥了，随便拿。我说："偷来的吧？"赵青嘿嘿一乐："我要有那能耐，还住这憋屈屋？"我说："你能耐大了，什么时候告我？"赵青忙保证——这厮，我一撺掇他告，他就发誓——"兄弟，我要漏一个字，你就缝了我的嘴。"我说我可不敢。赵青再次问我相中啥了，我说："倒是看中一样，就怕你不给呢。"赵青豁达地说："瞧兄弟说的，就是要我这不值钱的命，我也不会说个不字。"我说不要你的命，我相中你女人了。赵青的棕脸猛地映出一抹青绿，瞬间，棕色又漆了一样均匀，他嘿嘿笑着："就怕你看不上。"我说我偏看上了。赵青说："随你，我把她叫回来？"我说改天吧。我就是想激怒他。我不信这厮有撑船的度量。

片段之二

我进院，赵青正烧铜线，院里弥漫着呛鼻的焦煳味儿。我问："销赃呢？什么地方偷来的？"赵青说是收的，偷的才没这个胆子大白天烧呢。我说："卖铜线的人是偷的，你收也就是偷。"赵青说："兄弟，干这行不易呀，不抓叼点儿填不饱肚子。"我说："有个大买卖你干不干？"他问："啥？"我说抢银行。赵青棕脸被瓜分了一样扭了扭，进屋取了钱，说以后别跑了，他给我送。我说："咋，嫌我烦了？"

赵青忙说："没有，我巴不得有个人说话呢，我家那口子，一天没几句话，像个哑巴。"我和他闲扯一会儿，他要喊回女人做饭。我说："也太没出息了吧，到处是馆子，你不认得？我领你去。"不由分说，热情地把他拽出来。

片段之三

赵青搬出一个坛子，神秘地说是滋补药酒。我问哪来的，赵青嘿嘿一笑："反正不是买的，咱哪买得起？我没舍得喝，就等兄弟你来呢。"我说我可不会客气。赵青说："咱就别往外跑了吧。"我说："这么好的酒，得配硬菜呢，你搬不动，我来！"赵青忙不迭地说："搬得动搬得动，不过，还是倒出一瓶吧。"我没反对。点菜我毫不手软，我点一个，赵青的脸肌便颤一下。酒足饭饱，我问："你结还是我结？"赵青哭丧着脸："我装着钱呢。"

那天我搜寻失踪者的线索，并没有找赵青的打算。但中途下起雨，丝毫没有停歇的意思，我又没带伞，只能去寻赵青。眼睛不大睁得开，挤出的那一绺仍瞅着沿路的墙体、电线杆。拐弯儿踩进坑里，闪倒，膝盖狠狠与地面咬了一下，火辣辣的。稍有些瘸，还好，没掉进缺了盖的下水井，不然就报销了。恼火还是涨出来，这账要算赵青头上。如果不找他，我就不会走这条路。

赵青正和女人打架。女人仰躺在地上，他骑她身上。他举着鞋，她奋力争夺。女人头发散乱，我还是瞥见她脸上的伤痕。这厮，进城多年还是老毛病，对付女人，不是裤带就是臭鞋。赵青看见我，龇龇牙，我以为他要放开女人，没料，女人大意之际，他突然抽出鞋，照着女人打下去，并叫嚣着："我让你偷，我让你偷！"女人再夺鞋已不可能，便双臂交叉，死死护着头部。

我霹雷般怒喝一声："你他妈住手！"

赵青僵住，阴阴地斜我一眼——我熟悉这眼神儿，他斜过之后，就要和拉架的人纠缠了——却出奇的一副委屈的腔调："她是我女人啊。"

我冷冷地说："你女人咋的？就由着你了？"

赵青说："她欠打。"

我说："欠打的是你。"

赵青说："兄弟，这事与你无关，收拾完她，咱俩喝酒去。"

我不说话，只是死死地钳着他。

赵青从女人身上离开，说："兄弟求情，我就饶了你，看你以后还敢。"赵青的女人爬起来，仿佛怕我看到她脸上的伤痕和泪痕，背转身靠在那儿。

按理我该到此作罢，清官难断家务事嘛，我能喝开赵青已经不简单，三叔也未必敢拉赵青的架。但我不甘心，赵青惹着我了。我想知道我能把赵青剃成什么样儿。说穿了，不是把赵青咋样，而是我能咋样。

赵青责打女人的原因很简单，女人把赵青捡到的一副跳棋送给和她一块儿干活儿的女人。忘说了，赵青的女人是个清洁工。我问赵青的女人为什么要送，赵青的女人答，她同伴有个十岁大的孩子。我问赵青："听见了吗？"赵青说："那也得和我说一声啊。"我骂："你活半辈子人，一副跳棋值得大动肝火？你他妈是两条腿还是四条腿？啊？阴天下雨打女人，说的就是你这种缺德货！"

我放肆地叫骂着，赵青间或辩解一句，我砸过更多的石头瓦块。能想象吗？那厮竟豆芽般缩着。赵青承认了错误。我说："这就完了？你抽半天白抽了？"我让那女人抽赵青，女人不动或是不敢，赵青也劝她，她还是不动。我说："只好你代劳了。"赵青果真抽自己两下，棕脸马上贴上一层茄子皮。

我问："以后还毛驴不了？"

赵青说："不了。"

我叫："大声点儿！"

赵青说："不了！"

我说："再让我碰见一次……"我冷笑一声，又对女人说若赵青不长记性，我给她做主。女人感激而又惶然。她不会明白，我其实是给自己做主。

我再去，拿钱，吃饭，还要问赵青打女人没有。问了赵青，还要问女人。不仅如此，我还特意去赵青的女人干活儿的地方找过她一次，暗中调查。我像不像个侠客？老实说，我盼望赵青再打女人一次，我实在想知道我还能释放出多少东西。

赵青被我熬炖怕了，余下的钱一次性还了我，还卖乖："兄弟，我七拼八凑，说啥也要还了你。"那天，赵青很是慷慨，主动让我宰了一次。我离开时，他抓着我的手，恋恋不舍，像生离死别。

几天后，我出现在赵青面前时，他吃惊得几乎咬了舌头："我……不是……还完了吗？"

我说："你是还完了，我看看你不行吗？"

赵青的棕脸抽了抽，垂头丧气地说："看就看吧，你早该看腻了啊。"

我说："看见你这张脸，我胃口好得不得了。"

白荷清点完那些钱，欢欣地说一分不少，之后很奇怪地问："赵青咋就怕你了？"我说："一物降一物，先前是我没降住他。"白荷看我半天。我没法说得更清楚，本来就说不清楚。赵青怕我绝不仅仅是因为那顿打。另外一个人指挥着我，赵青其实怕是的另外一个人，还是别的什么？我不能把白荷的脑子也搞乱。白荷劝我，赵青还了钱，就不要再和他来往，这种人还是躲远点儿，说不定哪天他会反咬。我说：

“我不去赵青就要过来，你是让他来，还是让我去？”如果是过去，我绝对和白荷一样的心理，但现在……我倒是盼他反咬哩，这厮却一天比一天皱巴。

赵青的耐性终于耗尽，我再一次登门，他的棕脸憋了半天，问我到底想干什么。我毫无表情：“去告我，别忘了你说的话。”赵青说：“不过随便说说，哪能当真？”我说我当真。赵青眼珠滑动着：“干吗让我告你？我告了，你莫非能发横财？”我说：“我想死，我真是想死啊。”赵青掩藏在棕脸下的愠怒忽然稀里哗啦，整张脸瞬时瘪下去，他苦巴巴的：“我不告，打死我也不告。”他到底怕什么？我真想问问他。

赵青竟也搬出三叔。三叔没有劈头盖脸训我，和我喝了会儿酒，问：“你让赵青告你是什么意思？”我说：“没啥，我看看他告了我能咋样。”三叔问：“万一他真告呢，你想过后果没有？”我语气甚是不恭：“三叔，你咋就恁胆小呢？早就没事了。”三叔说：“万一……”我纠正：“没有万一，绝对没事。”我真正的心思不敢透给三叔，如果说我担心，也是担心三叔和白荷。三叔说：“还是别冒险吧。”我不想再与三叔讨论，三叔不会明白一个隐匿者的心理。我说：“赵青不会告，你放心好了。”三叔为赵青求情，我点着三叔鼻子：“你得了他什么好处，怎么替他说话？”三叔涨着脏脸，百般发誓。三叔不外乎吃赵青一顿，我心里有数。

瞧他如此，我很是痛快。我成了狼崽子不是？不能完全怪我，我是不由自主。我的脑子被分裂成两个阵地，其中一个早就不再归我指挥。

赵青搬家了，像我过去那样。这厮无招了。难不住我，我跟踪赵青的女人一次，便将赵青套住。半个月后，赵青又搬一次。我费了不少时日，还是找见他的新窟。就这样，赵青不停地搬，不停地寻找隐蔽之所。我边搜寻失踪者线索边侦察赵青的窝，比皮城市长还忙，但乐此不疲。

赵青居然又搬到原先的小院，滑稽不滑稽？兔子逼急还咬人哩，我如此熬煎赵青，他会不会反扑？

十一

遇见那个女人时，我已打过四十三个寻找失踪者的电话，除了那个老女人和她儿子，我没再和对方见面。五花八门，我不赘述了。那天，我打二十八号——那个老女人的电话，她儿子求过我的。她儿子告诉我，他母亲已于二十天前过世，母亲闭眼前仍相信大儿子还活着。远方的男人悲伤地说："谢谢你，以后不劳烦你了。"我的脸湿湿的，以为下雨了，抬头，天空蓝得没一丝杂质。

我无精打采地转着。那个叫孙智的男人，是失踪了，还是隐匿着，怕永远是谜了。路口围了些人，城管正训斥一个女人，她在地上坐着，怀里抱着包。女人在皮城五彩的宣传牌上贴了一张打印的纸，像美女患了白癜风，确实不雅。我瞅瞅，目光突然被割疼。城管仍在训，并试图抢女人手里的包。女人死死抱着，腰折得更弯。我看不清她的脸，但觉出她在咬牙。

我拍拍城管，借一步和他说话。城管打量我一下，随我离开。我说自己是记者，问他看没看过上周的《皮城晚报》。城管问我到底要说什么。我说："晚报登了则认尸启事，和女人寻人启事上的人一模一样，是你们告诉她，还是我来跟她说？"城管忙着执行公务，撕了"白癜风"，迅速离开。

我蹲下去，冲女人说："他们走了。"

女人抬起头，脸色稍黑，长相普通，但很揪人。她四处瞅瞅，竟然笑了："真走了呀。"

我说："你不该贴这种地方，你前脚走，后脚就被撕了。"

女人委屈地说："别的地儿我都贴过了呀。"

我问："找的是你什么人？"

女人目光黯淡下去，声音也扁了："我男人。"

我问："他瘦长瘦长的？"

女人几乎揪住我，随即又松开，急促地问："你见过他？"

我说："随我来。"

这个叫杨苗的女人讲她丈夫到皮城寻活儿，一走再没音讯。有人说，她丈夫发财后抛弃她了，也有人说可能遭遇不测，但哪种结果她都不信。她发誓要找到他，三年来她以皮城为中心，贴遍寻人启事。时间吻合，年龄吻合，瘦长瘦长的形象也吻合，他就这样与杨苗的丈夫重叠在一起。因而杨苗再次问我，我说我在书城扛麻包时，有个和她丈夫差不多的，不过……我费了点儿劲才说出来，他干半个月就不干了，我再没见过他。但就是这一信息，杨苗光芒四射。她问一句我答一句，末了，她大声说："没错，大哥，就是他呀。"

夜晚，我囚于笼子里，不安地等待他，猜测模糊的脸是否清晰起来。他飘了一下，但没停留，没容我看清便走了。我竭力想从暗影里拽出他，反而是杨苗闪出来，执着，忧郁，不失乐观。我骗了她。我只能这样拴住她——她也会拴着我的——准确地判断尚需时日。我发誓，我绝无花肠子。

翌日一早，我赶到杨苗住的小店，听她讲她丈夫，我则回忆和她丈夫扛麻包的经历，讲到我和她丈夫差点儿打架时，她睁大眼："真的呀，你可别和他计较，他是直筒子，不会拐弯儿的。"我笑笑："哪里，下午我俩就和好了，都是卖力气的，闹什么别扭？"杨苗说："大哥通情达理，他咋就不和大哥一块儿干了呢？"我说："可能他找了更好的活儿吧。"杨苗信任地望着我："他没和你说什么？"我说："没有，我俩还没混到那份儿上，毕竟时间短了些。"

我带她到图书批发大厦转了一圈儿，她怜爱地摸着堆叠的书，就像那是丈夫的脸。中午吃饭，她和我商量，能不能跟她回趟家，她想让公婆见见我。她说："我说怕他们信不过。"我问："你是想给他们一个安慰吧？我和你丈夫见面是很久以前的事了呀。"她说："你就说一年前才看到他嘛。"我骗了她，她和我合伙骗她的公婆——我想起老女人的儿子，酸楚不已。我没有拒绝老女人的儿子，同样不能拒绝杨苗。正好，我也想看看她的家——也算走近他的一种方式吧。我请了假，随杨苗回家。

杨苗住在距皮城二百公里的一个村庄，不大，村前有河，村后有树。尽管河已干涸，树稀稀拉拉，但看上去是个住得下去的地方。我见到了她公婆、她女儿。杨苗介绍完，我便讲我和他们儿子的短暂交往。从开始我就觉出她公婆眼里的敌意，或许是心慌的缘故，我不像骗杨苗那么顺畅了。她公公不停地搓捻着一个什么东西，她婆婆头发花白了，竟然还绣花。她举起针冠照照，仿佛透过那个小孔能照见我的原形。我更慌了，额头满是细汗。杨苗婆婆问："你热啊？"我摇头，忽又改口："是，有点儿。"杨苗公公问："你穿几码的鞋？"我说："四二。"两人轮番问，没一个问题与他们的儿子有关。我意识到，他们越来越怀疑我。

那晚，我住在专门给我腾出的屋子。杨苗瞧出我的不安，解释，自打她丈夫离家，他们就这样了，对谁都这个态度。

她说明早一同陪我返回皮城。

我要睡了，杨苗公公进来，我慌慌地赔一个笑。他不说话，目光铡草刀一样切割着我，我耐不住，叫声“叔”。

他伸出手，我以为他要告辞，也机械地伸出去。突然“哎呀”一声。那只手几乎被他捏碎。他停住，我咝咝几声，他再次用力，我尖叫起来。

“舒服不？”他的声音仍是沙哑的。

我说：“不……舒服。”

他说：“讲！”

我问：“讲啥？”

他又一捏，我疼出眼泪。

我叫：“叔……呀。”

他说：“你要敢骗她，我捏碎你。”

我说：“没……没呀。”

他低低地喝：“讲！”

我嘴都张不开了。这时，有人敲门，他迅速松开。杨苗进来，瞅瞅我，看看公爹。他公公慢慢踱出。杨苗问我没事吧，我摇头，让她赶紧走。她离开，我马上把门插住。

我疼得半夜没睡，也不敢睡，忍不住胡思乱想。他有这样一个有掌力的父亲？老汉不停地搓捻大约是在控制自己，刚见面他就想捏我了吧？他怎么一眼就看出我是骗子？看出我是骗子为什么不当杨苗的面揭穿？稍有动静，我便受惊似的竖起。

次日，我和杨苗离开，她公公和我握手告别，我远远地躲开。他锋利地瞥我一眼，我读出老眼里的警告，不快地也是紧张地扭过头。我为什么如此怕一个老汉？是我怕，还是那个占据我脑子的家伙害怕？我从未这样糊涂过。坐上车，我已谅解老汉，换了我，我也不信“我”会跑这么远只为讲一丁点儿没有任何意义的消息。“我”必定有所图。我对杨苗讲，她公爹大概看出来了。杨苗说：“你受委屈了吧？”我说没有，差点儿就说“那个家伙”才不委屈哩。杨苗还是给我道歉，同时为公婆开脱，“听得多了，对什么都疑神疑鬼。反正我心里明白。”她强调。你明白个啥？你公爹怀疑我打你主意哩。但我没这样说，或许是另一个家伙没让我这么说，我没打她的主意，并不等于他也不打。他什么不敢干？我稍稍挪挪身子，仿佛这样杨苗就安全了。

分手时，我和杨苗要了些寻人启事，并告诉她去什么地方找我。每隔一段时间，杨苗便来找我一次，讲她寻找的经历，我会告诉她我做了些什么。每次，她都让我讲她丈夫扛麻包的事，我读的小说派上用场，编也得有个谱不是？自然，我也从她嘴里获得她丈夫的更多信息。我和她就像两个盲人画画儿，一点点依据对方的描述，勾画出一个清晰的人貌。不同的是，她勾画的是现在的丈夫，我勾画的是她过去的丈夫。她闻听呼吸，而我审视那个人怎样消亡，她的眼睛烁亮，我则难掩凄然。

我仍在搜寻失踪者的信息，但没再打电话，似乎没必要了。那个人和她丈夫越来越接近，两幅画儿像几乎重叠在一起。但是，我没有尘埃落定的轻松，反更加不安。接触老女人时遇到的问题重新挡在面前，我该怎么办？把真相告诉她？说她丈夫正躺在我父母身边？把二十万给她，求得她的谅解？她能谅解我吗？她谅解了，她公婆会饶我吗？不饶我可以，能饶三叔和白荷吗？——不错，我是自私的，但我并不愿三叔和白荷受牵连——还有，现在，她心目中的丈夫活着，我若告诉她，就彻底杀死了她的丈夫，或许还有她、她的公婆。一边是二十万和结果，一边是无期的等待，哪个对她更好？也许是后者。那么让她继续找下去，我揣着二十万，继续隐匿？我不知道。我真的真的不知道。还有一点，我不踏实，那个人与她丈夫只是在我脑里重合，并无铁的证据。

十二

我和杨苗断断续续来往着。我仿佛陷入沼泽，既无力前行，也难以后退。

狂躁时，就去找赵青。潜意识中，我把赵青当成一味药了，究竟这味药能治什么，我却说不清楚。赵青不搬家了，躲猫猫。我还没坐稳，赵青就要上厕所。上次，他也是这么躲走的。我总不能跟他后面，让他快去快回。这厮，一走就没影儿了。躲得了和尚躲不了庙，我决定死等。我让赵青的女人炒菜，她炒了一个土豆丝、一个瓜片。我皱皱眉，她赶紧说，她不管钱。没肉怎么喝酒？我摸出二十块钱，赵青的女人买回一只猪耳朵，我问她喝点儿不，她摇头，一脸怯意地看着我。

我不信那厮能躲天上去。你躲，就让你女人侍候。我想了会儿杨苗，她的公爹，手隐隐疼起来，抓酒瓶竟有些吃力。赵青的女人盯住我的手，我恼火地松开，让她给我倒。她很乖，很听话。她立着，我坐着，我喝一盅，她弯一下腰。我恶狠狠地想，老子就是要当这个屋的皇帝，抑或是那个家伙这么想吧。

我喝得晕乎了，赵青仍未露面，压抑的火气冒上来。我问他女人："他去哪儿了？"女人摇头。我醉眼审视着她："你一定知道。"她说："我真不知道。"我问："他骂过我没有？"女人说没有。我不信赵青没骂过我，显然女人说谎。我替她主持公道，她却包庇赵青。我看不到她的可怜，她眉眉眼眼藏着奸佞。我的目光在她周遭滑了几下，邪意渐生。

我嘿嘿笑着，她害冷似的缩缩。她的动作彻底惹恼我，我问：“我很可怕？”

她摇头，又补充：“不。”

我没好气地说：“干吗不敢看我？”

她怯懦地笑笑，目光在我脸上游弋。

我问：“我好不？”

她慌慌地说：“好。”

我问：“我的话你听不？”

她说：“听。”

我说：“把衣服脱了！”

她的脸抖了一下，人却未动，像被针钉在墙壁上的蝴蝶。

我说：“没听清？”

她蚊鸣似的叫：“大……兄弟。”

“脱！”我恶恶地吼。

她看我一眼，恐惧地躲开。一只手摸到扣子，解了一粒，触到第二粒，她央求地望着我，试图等待我反悔。

“快点儿！”凶狠的声音我自己都吃惊。

她的脸失去血色，黄黄的，如一页陈年的宣纸。她依然脱得很慢。脱了外衣、背心，露出松松垮垮的奶罩。两只奶罩颜色不一样，明显是两个旧奶罩缝合在一起的。我喉结动了动，不说话，只是盯着那个地方。她停停，没等见我的命令，慢慢把奶罩褪去。女人出奇的瘦，肋骨都要刺出来，两只干瘪的奶子垂在胸前，有一只泛出青光。安静极了。女人没哭，可我分明看到一颗泪珠砸落地上，吧嗒，吧嗒，到处是溅起的回音。

我突然结巴了："你……穿上吧。"她尚未反应过来，我跳起来，抓起她的褂子扔给她，夺门出来。

我重重扇自己一个嘴巴，恶狠狠地骂赵青。

那天，对，就是日头灰答答的那天，我逃回家，三叔迎候贵宾一样慌忙站起来。我不知他注没注意我的神色，反正我瞥见的是一张死灰样的脸。他问我是不是喝酒了，我点头，责备白荷怎么让三叔干坐着。三叔赶紧说："我不喝。"三叔上门不喝酒，很罕见的，我也不习惯。我问他是否有事，三叔说也没什么事。我马上明白三叔遇上麻烦了，他可不是吞吞吐吐的人。我扫白荷一眼，白荷领上女儿，带门出去。

三叔像在水里闷了太久，突然喘上气似的："秋啊，三叔求你来了。"

他和卖大饼的女人出事了。两人被大饼女人的丈夫和兄弟捉住。三叔被逼着写了五万的欠条。我问："她不是快成三婶了吗？怎么跑出个丈夫？"三叔沮丧地说："我让那女人骗了，她说男人瘫痪了，她早晚要离婚，谁想……秋，他们限我十日内交钱，不然要卸我的腿，瘫的可就是我了。"我听出三叔的意思，还是问："你要五万块钱？"三叔说："你知道我没攒下钱，我去哪儿弄去？秋，我向你爹保证，我从未打过那二十万的主意，三叔是给你挣下的，可现在……只有你能救我，我瘫了，最终还是麻烦你。”绝对如此，但……我问：“你怎么断定他们敢卸你的腿？为什么不报警？”三叔说：“咱理亏呀，报什么警？他们肯定会卸，我知道，秋，算三叔借的。”一直把世界不放眼里的三叔竟如此软塌，和赵青没什么两样。我很意外，很失望。我必须帮三叔，但不想借给他钱，过去我绝对会借，我比三叔胆小怕事得多，现在已经不同。

我简单说一下解决过程，我不想炫耀自己多么了不起，说到底，我不想替另外一个人脸上抹金。我和三叔上门，我看了三叔的借条，两下就撕碎了。大饼女人的丈夫和兄弟还未反应过来，我一顿乱砍。晓得吧？我带刀了。这一招，连三叔也瞒着。事后，三叔问我想没想过后果，要是我把人砍了，或是他们也动刀，砍了我怎么办。我冷冷一笑：“没有把握，我还是我吗？”三叔没听明白，看我的目光甚是惧怕。我的凶恶镇住他们。我没砍着谁，只是砍了一气破烂的家具，完后丢下几百块钱，作为赔偿。

我替三叔解决了麻烦，三叔诸事都要向我讨主意。我猜，他准在向他的趴友吹嘘他侄儿怎么怎么厉害。我再次询问几年前那个晚上的事，没想他更记不得了，近乎哀求地叫我不要再问。

我没再问，或许，他真记不得了。问题的棘手不在于三叔遗忘的记忆，而在于该不该及怎样和杨苗说——我难以把那个瘦长的人和杨苗的丈夫分开了。

那是一段难以描述的日子。我辞了职，离开了那个窒息但安全的笼子。我已经安全了，没人找我麻烦，我像任何一个皮城人那样随意在白日和夜晚出入——其实早就这样了。我可以干任何想干的正事和歪事。是不是这个世界的隐匿者太多了，没人注意我？是啊，我算什么？但我的心始终被顶着，在我命令赵青的女人脱衣服时，在我挥刀横劈滥砍时，我以为那个坚硬的东西会消融下去，事实是顶得更加厉害。三叔劝我做些生意，那曾是我和三叔的梦想，但我没有兴趣。很长时间没看小说了，我静不下来，那股力量洪水似的挟裹着我。三叔说的没错，我白白得了二十万，没缺胳膊没缺腿，汗毛都没缺一根。但是我的脑子被替换了。没人看得见，我自己明白。我自由了，可仍然是隐匿者。

煎熬中，我做出决定，把那二十万还给杨苗，不说是她丈夫换来的，我想了一个理由：她丈夫寄放在我这儿的。我不晓得钱怎么来的。我本来想吞掉，到底没那样做。这样，她会接受。至于她的丈夫，让他安睡在我父母身边好了。我绝对没做圣贤的想法，只想换回自己的脑子。

我跟白荷说了杨苗的事和我的打算，白荷没有任何犹豫，只是问："要不要告诉三叔？"我说："自己的事，告诉他干什么？"绝非对三叔不恭，而是没必要。隐闪在白荷眼底的荫翳忽地淡去。我终于明白了那是什么。我怎么没考虑到？白荷心头也压着石头呢。我扫过墙壁，那目光依然硬扎扎的，我很想问问他：“我离硬汉有多远？”

杨苗有些日子没来了，又打不通她电话，不知道怎么回事。我猜，她可能是闹病了，累趴了。寻找丈夫，是身体和精神的双重耗损。我等不到，决定去一趟。

我也累了，上车没多久就睡着了。又站在旷野上，我惊喜地发现，身上那个窟窿正在缩小，很缓慢，但能感觉出来。我等待它合上，我听着那咝咝声——车颠簸一下，我从梦中跌出。想骂，但控制住了，久久望着窗外。

门虚掩着，一推就开了。杨苗的公婆在院里对坐，没见到杨苗。两个人显然正说什么，被我打断，他们嘴巴半张着，目光齐刷刷横扫过来，依然那样硬。我是怎样走过去的？我不知道。我站到他们面前，两人双双站起。老汉没伸手，我当然不会伸过去。我问：“杨苗呢？”老汉反问：“找她做什么？”我说有重要的事告诉她。老汉冷冷地说：“她不在，告诉我好了。”我松口气：“这么说，杨苗没生病？”我犹豫着，是先跟她公婆说，还是等她？我问杨苗什么时候回来，老汉苍硬地问：“你究竟想干什么？”

我不想和仍然揣着敌意的老汉对峙，小心地说了来意。

杨苗的公婆迅速对视一眼，目光齐齐定在我脸上。不说话，就那么看着我。没有我想象的惊愕，敌意似乎肢解了，但没有碎裂，横七竖八的。没有声音，像赵青的女人脱掉奶罩后突然而至的死寂，但是更漫长。过了几百年似的，老汉方滑过一抹古怪的笑，他抓我的手，我没有躲，机械地递过去。

嘎巴一声，我没来得及喊便抽成一团，而后，方从身子下方冒出飘忽的“叔呀”。

老汉松松，但仍旧抓着：“我儿子给你留了二十万？”

我龇牙咧嘴地说：“是……我没花一分。”

老汉问：“带了吗？”

我说：“我不方便带，让杨苗跟我取吧。”

老汉再一用力，我疼得大叫：“叔呀……我……”我说不出了。手骨肯定被老汉捏断了。也许是我痛苦的样子让他怜悯，他松开。我蹲地上不敢站起，又觉得没说清楚，吃力地张着嘴：“叔，你这是干吗？”

老汉说：“还装！你不是想找杨苗吗？她在医院陪我儿子呢。”

我魂飞魄散：“他……没死？”

老汉目如锋刃：“你盼他死是不？他没死，他让人骗去干了三年苦工，可是没死！杨苗找见他了。”

我头晕目眩：“这是好事。”我搜寻那么多线索，耗费那么多精力，还是搞错了，那个瘦长的人是谁？

老汉重声道：“当然是好事，你拿二十万骗谁？”

我突然灵醒，弹起来，撞开两扇年久失修的门。我不知往哪个方向跑的，等我气喘吁吁地停下，才发现自己站在河岸上。老汉没有追来，赛跑他不是对手。也许他根本没追，他不想追一个骗子。

我在裸露的河床坐下，面前是沙砾、石块、杂草。风很缓，却钩子般挠着我的嘴巴、鼻子、眼睛和额头，我感觉有什么东西正从皮肤渗出，淹了沙砾、石块、杂草和我。隐匿，还是寻找？我不知道。我吃力地仰起头，看到那一枚巨大的蛋正从西天坠落。它颤得那么厉害，坠一下，又升一下，坠一下，又升一下。再坠，突然啪的一声，汤汤水水地碎裂了。

图书在版编目（CIP）数据

隐匿者 / 胡学文著. -- 石家庄：河北教育出版社，2022. 10

（年轮典存丛书 / 邱华栋，杨晓升主编）

ISBN 978-7-5545-7179-8

I. ①隐… II. ①胡… III. ①中篇小说 - 小说集 - 中国 - 当代 IV. ① I247.5

中国版本图书馆 CIP 数据核字（2022）第 156164 号

年轮典存丛书

书　　名　隐匿者

YINNIZHE

作　　者　胡学文

出 版 人　董素山

总 策 划　金丽红　黎　波

责任编辑　王　磊

特约编辑　张　维　张金红

出　　版　河北出版传媒集团

河北教育出版社　http://www.hbep.com

（石家庄市联盟路 705 号，050061）

印　　制　天津盛辉印刷有限公司

开　　本　787 mm × 1092 mm　1/32

印　　张　10.75

字　　数　206 千字

版　　次　2022 年 10 月第 1 版

印　　次　2022 年 10 月第 1 次印刷

书　　号　ISBN 978-7-5545-7179-8

定　　价　48.00 元